Timmy Stadler
Der erste Schatten

AF287820

Timmy Stadler

Der erste Schatten

Fantasy

Bibliografische Information der Deutschen Nationalbibliothek: Die Deutsche Nationalbibliothek verzeichnet diese
Publikation in der Deutschen Nationalbibliografie; detail-
lierte bibliografische Daten sind im Internet über
dnb.dnb.de abrufbar.

© 2025 Timmy Stadler

Verlag: BoD · Books on Demand GmbH, Überseering 33, 22297 Hamburg, bod@bod.de

Druck: Libri Plureos GmbH, Friedensallee 273, 22763 Hamburg

ISBN: 978-3-8192-0939-0

Prolog

Mein Name ist Leonidas Schwarzhaar – zumindest für den Moment.

Ich bin ein Formwandler, geboren in einem Land, das in eurer Welt niemals existierte und wohl auch niemals existieren wird.

Meine Heimat liegt auf einer Zeitebene, so fern und fremd, dass gewöhnliche Menschen sie nie begreifen könnten – genauso wenig, wie die Wesen meiner Welt je eure Verstehen würden.

Hier, in eurer Realität, hält sich der Mensch für das Maß aller Dinge, die Krone der Schöpfung. Doch in meiner Welt gibt es viele Völker: Manche hoch entwickelt, andere wild und rau, die meisten aber teilen eine Eigenschaft – sie sind humanoid.

Menschen, Zwerge, Elfen, Orks, Goblins und unzählige mehr – ein brodelnder Schmelztiegel verschiedenster Kulturen, Rassen und Gesellschaften.

Doch unter all diesen Völkern gibt es eine Spezies, die überall verachtet, gejagt und gefürchtet wird: die Doppelgänger.

Uns.

Wir sind der Abschaum in den Augen der anderen und sie haben allen Grund dazu.

Denn wir besitzen eine Gabe, die mehr Feinde als Freunde schafft: Wir können jede Gestalt annehmen, jedes Wesen werden, das wir je berührt haben.

Viele von uns verstecken sich, getrieben von Angst und Überlebenswillen. Manche ziehen sich in abgelegene Kolonien zurück, fernab der Städte und fernab der Gefahr.

Andere, wie meine Familie und ich, tauchen unter – mitten unter den Menschen,
verborgen im Strom der Massen.
Ein Schatten unter Schatten.
Immer wachsam, immer auf der Hut, niemals wirklich frei.
Denn wer uns erkennt, sieht in uns nur eines: eine Bedrohung.

Kapitel 1

Meine Geschichte begann lange, bevor ich das
Licht dieser Welt erblickte.
Meine Eltern, Torgen und Rabea, lebten in bitterer Armut.
Doch statt zu verzweifeln, widmeten sie ihr
Leben dem Wohl anderer.
Sie teilten ihr karges Brot mit Bettlern, suchten für verlassene Kinder ein neues Zuhause und halfen jedem, der Rat oder eine helfende Hand brauchte – sei es beim Flicken eines undichten Daches oder beim Schlichten eines Streits.
Ihr Herz schlug für die Schwachen, die Vergessenen.
Eines Tages wurden ihre guten Taten bemerkt – nicht von einem dankbaren Nachbarn, nicht von einem großzügigen Adligen, sondern von einem Fremden, der mehr über sie wusste, als er hätte wissen dürfen.
Ein hochgewachsener Mann, gekleidet in dunkle, kostbare Stoffe, mit goldenen Ringen an jedem Finger, trat aus dem Nichts in ihr Leben.
Seine Stimme war weich, fast schmeichelnd, als er ihnen ein Angebot machte: unermesslicher Reichtum. Genug Gold, um jeden Hunger zu stillen, jede Not zu lindern, jedes verlorene Kind zu retten. Alles, was sie sich je erträumt hatten – zum Greifen nah.
Doch dieses Versprechen hatte einen Preis:
„Euer erstgeborener Sohn", sagte der Fremde mit einem Lächeln, das keine Freude kannte:
„Seine Seele – für eine bessere Welt."
Er legte ein Pergament auf den Tisch, die Siegel leuchteten rot wie getrocknetes Blut:

„Ich komme morgen wieder, um eure Entscheidung zu hören."

Meine Eltern starrten auf das Pergament – nur für einen
Atemzug.

Als sie aufblickten, war der Mann verschwunden.
Kein Schritt, kein Laut, nicht einmal ein Schatten
war von ihm geblieben.

Nur das Pergament.

Torgen und Rabea wussten nichts über ihn – nicht seinen
Namen, nicht seine Herkunft, nicht sein wahres Ziel.

Doch was hatten sie zu verlieren? Sie waren unfruchtbar.

Ein Sohn, der nie geboren werden würde, gegen Reichtum
ohne Ende – war das nicht ein lächerlich einfaches Geschäft?

Und doch saß mein Vater die ganze Nacht über dem Pergament, fuhr mit den Fingern die blutroten Siegel nach,
ließ jedes Wort durch seinen Verstand gleiten.

Die Verträge waren klar. Keine versteckten Fallen, keine
doppelten Bedeutungen.

Alles stand genauso geschrieben, wie der Fremde es gesagt hatte.

Vertrag über die Übergabe einer Seele:
Zwischen Trazdier Murklock, Lord von Farce,
Torgen Nezdock und Rabea Nezdock
§1 – Gewährung von Reichtum
Trazdier Murklock, rechtmäßiger Herr von Farce, gewährt
den Unterzeichnern – Torgen und Rabea Nezdock – uner-
schöpflichen Reichtum. Dieser Reichtum dient dem Zweck,
notleidenden Wesen Hilfe zu leisten, ihre Lebensumstände
zu verbessern und wohltätige Taten zu ermöglichen.

§2 – *Gegenleistung*

Im Austausch für die gewährte Gabe tritt die Seele des erstgeborenen Sohnes der Unterzeichner, sobald dieser das sechzehnte Lebensjahr vollendet hat, in das uneingeschränkte Eigentum von Trazdier Murklock über.

§3 – *Ausbildung und Dienst*

Mit dem sechzehnten Lebensjahr beginnt der Sohn der Unterzeichner seine Ausbildung unter der Aufsicht und nach den Maßgaben von Trazdier Murklock. Alle während der Lehrzeit erworbenen Fähigkeiten, Kenntnisse und Fertigkeiten sind ausschließlich im Sinne und zum Vorteil des Lehrmeisters einzusetzen.

§4 – *Widersetzung und Strafe*

Im Falle einer Auflehnung, Weigerung oder eines Verstoßes gegen die Anweisungen des Lehrmeisters obliegt es allein Trazdier Murklock, über das weitere Schicksal der besagten Seele zu richten. Seine Entscheidung ist bindend, unumstößlich und jeder Anfechtung entzogen.

§5 – *Verbot der Rückkehr*

Dem Kind ist es bei Strafe der Auflösung seiner Existenz untersagt, je wieder das Haus seiner Eltern zu betreten oder eine Verbindung zu diesen herzustellen.

Mögen die Unterzeichner in Weisheit handeln und die Konsequenzen ihres Entschlusses erkennen. Der Vertrag tritt mit Unterzeichnung in Kraft und ist auf ewig gültig.

Unten auf dem Pergament prangten drei leere Felder — zwei für die Unterschriften meiner Eltern, eines für den Fremden.

Für Torgen und Rabea schien es keinen Zweifel zu geben. Das Angebot war zu gut, zu verheißungsvoll, um es auszuschlagen.

Sie setzten die Feder an.

Kaum berührte die Tinte das Pergament, da erschien wie von Geisterhand eine dritte Unterschrift darunter:
Trazdier Murklock.

Am nächsten Morgen, mit den ersten Strahlen der Sonne, stand der Fremde erneut vor ihrer Tür. In seiner Hand hielt er eine kleine, unscheinbare Tasche aus braunem Leder, kaum größer als ein Trinkschlauch. Seine Augen waren leer, seine Stimme kalt, als er fragte:

„Die Verträge?"
Ohne ein Wort reichte Torgen ihm das Dokument. Der Fremde nahm es entgegen, ließ dafür die Tasche in die Hand meines Vaters gleiten – so beiläufig, als wäre es ein belangloser Handel.
Misstrauisch betrachtete Torgen das unscheinbare Bündel.
Feine, glühende Linien zogen sich über den Stoff, flackerten, verschlangen sich gegenseitig – ein ständiges, leises Pulsieren, als würde das Leder atmen. Dann erlosch das Leuchten, und auf wundersame Weise formte sich ein Schriftzug auf der Oberfläche:
Torgen und Rabea.
Mit pochendem Herzen öffnete mein Vater die Tasche – und erstarrte.
Ein Raum, bodenlos und düster, tat sich darin auf, gefüllt mit unzähligen Goldmünzen, die in der schwachen Morgensonne matt funkelten.
Torgen griff nach einer der Münzen – doch sie rührte sich nicht.
Er zog fester, stemmte sich dagegen, zerrte mit aller Kraft.
Nichts.

Die Münzen blieben starr an ihrem Platz, als wären sie mit dem Inneren der Tasche verwoben.

Ein Betrug.

Ein grausamer Scherz.

Die Wut stieg in ihm auf, heiß und unaufhaltsam. Er riss die Ofentür auf, schleuderte den verfluchten Beutel in die lodernden Flammen und sah zu, wie das Leder erst zu glühen begann, dann in sich zusammenfiel und zu Asche zerbarst.

Erleichtert schlug er die Tür des Ofens zu.

Als wäre nie etwas geschehen, wandte er sich seiner Arbeit zu.

Rabea bereitete in der Küche das Mittagessen, während er draußen mit Nachbar Malvin Holz spaltete.

Gerade hatte er die Axt erneut erhoben, als er ein merkwürdiges Gewicht an seiner rechten Gesäßtasche spürte.

Ein eiskalter Schauer kroch seinen Rücken empor.

Langsam, fast mechanisch, tastete er nach hinten und zog die Tasche hervor.

Es war dieselbe.

Unversehrt.

Unverändert.

Der Schriftzug „**Torgen und Rabea**" stand noch immer auf dem makellosen Leder, als hätte das Feuer nie existiert.

Für einen Moment stockte ihm der Atem.

Seine Finger wurden taub.

Die Axt entglitt seiner Hand und fiel mit einem dumpfen Schlag auf den Boden.

Malvin hob eine Augenbraue und schnaubte:

„Wenn du alle paar Minuten eine Pause einlegst, werden wir vor dem Mittagessen nicht fertig. Was ist los mit dir?"
Torgen schluckte schwer. Seine Finger klammerten sich fester um die kleine Tasche, während sein Blick nervös zur Seite huschte: „D-diese Tasche… I-ich habe sie vorhin im Ofen verbrannt!"
Malvin lachte spöttisch: „Du hast wohl gestern zu tief ins Met Fass geschaut. Augenscheinlich ist sie nicht verbrannt."
„Doch! Ich schwöre es!" Torgen starrte auf das unscheinbare Leder in seiner Hand. Sein Herz pochte, während Erinnerungen an das brennende Feuer durch seinen Geist jagten.
Zögernd öffnete er die Tasche – und da war es wieder: ein bodenloser Abgrund aus Gold. Münzen, die sich auftürmten, als läge der Schatz eines Königs in diesem kleinen Beutel verborgen:
„Ein Mann hat sie mir heute gegeben",
murmelte er. „Er sagte, darin wäre unermesslicher Reichtum. Und ja, das Gold ist da – aber ich kann es nicht herausnehmen."
Malvin zog eine Augenbraue hoch: „Reichtum? Zeig her."
Torgen hielt ihm die Tasche hin.
Malvin beugte sich neugierig vor, blinzelte – und brach in schallendes Gelächter aus:
„Willst du mich veralbern? Da ist NICHTS drin!"
Torgens Magen krampfte sich zusammen. Nichts? Aber er sah es doch funkeln, sah das Gold, so klar wie den Himmel über sich!
Sein Atem ging stoßweise. Hastig griff er in den Beutel, tastete nach einer Münze – und zog sie hervor: schwer, golden, echt.

Malvin, der den plötzlichen Ernst in Torgens Blick be-
merkte, nahm die Münze vorsichtig entgegen. Er drehte
sie prüfend zwischen den Fingern, biss zögernd hinein –
und erstarrte:
„Die ist echt...", hauchte er.
Ein Funkeln trat in seine Augen: „Darf ich sie behalten?"
Doch Torgen hörte ihn kaum noch. Eine Erkenntnis, kalt
und scharf wie ein Dolch, drang in sein Bewusstsein.
Ohne ein weiteres Wort ließ er Axt und Holz liegen, wir-
belte herum und rannte davon, die Tasche fest an die
Brust gepresst:
„Torgen?!", rief Malvin ihm verwirrt hinterher. „Das
Holz!"
Doch Torgen winkte nur ab: „Später! Ich muss etwas nach-
lesen!"
Er stürmte ins Haus, schlug die Tür hinter sich zu und riss
die Verträge an sich. Mit fliegenden Blicken jagte er über
die Zeilen – suchte, hetzte – bis seine Augen an einer Pas-
sage hängen blieben.
Sein Atem stockte:
„Dieses Gold...", flüsterte er.
Er sah Rabea an, während er die Tasche erneut öffnete:
„Es kann nur genutzt werden, um anderen zu helfen."
Mit zitternden Fingern griff er hinein, versuchte eine
Münze zu packen – doch sie blieb reglos. Kein Ziehen, kein
Rütteln   konnte   sie   aus   dem   Beutel   lösen.
Er reichte die Tasche Rabea. Auch sie versuchte es – und
auch sie scheiterte.
Die Erkenntnis traf sie beide wie ein Donnerschlag:
Sie konnten das Gold nicht für sich selbst
verwenden.
Sie konnten es nur für andere nutzen.

Also begannen Torgen und Rabea, den fragwürdigen Schatz unter den Bedürftigen zu verteilen. Sie kauften Brot, Fleisch, Gemüse, Obst – ja, sogar
Bier – und gaben es weiter.
Doch jedes Mal, wenn sie selbst davon kosten wollten, verdarb ihnen ein grausamer Fluch den Genuss.
Das Brot war hart wie Stein. Das Fleisch stinkend und faul.
Die Wurst war bitter, das Gemüse verschimmelt.
Alles, was durch ihre Hände zu ihnen zurück
kehrte, war verdorben.
Das Gold war ein Fluch.
Und so hielten sie ihre Gabe verborgen.
Sie spendeten nicht mehr als früher, wagten keine auffälligen Gesten. Niemand durfte erfahren, dass ihr Besitz unerschöpflich war.

Kapitel 2

Wochen vergingen.

Dann geschah das Undenkbare.

Rabea fühlte sich unwohl.

Zunächst war es nur flüchtige Übelkeit – kaum der Rede wert. Doch sie kehrte wieder, wurde häufiger, blieb länger.

Hinzu kamen Schwindelanfälle, ein Zittern in den Gliedern und eine bleierne Müdigkeit, die selbst nach langen Nächten nicht von ihr wich.

Torgen machte sich Sorgen, doch Rabea winkte ab. Immer wieder.

Erst als ihr Kreislauf an einem frostigen Morgen völlig zusammenbrach, suchten sie gemeinsam
den Heiler auf.

Was dieser ihnen eröffnete, ließ die Welt
Stillstehen.

„Ein Kind", sagte er schlicht: „Ihr erwartet ein
Kind."

Rabeas Herz pochte in ihren Ohren.

Torgens Gesicht wurde bleich wie Asche.

Für einen Moment schien selbst die Zeit den Atem anzuhalten.

Der Vertrag.

Der verdammte Vertrag.

Es war nicht nur ein Wunder, dass Rabea überhaupt schwanger geworden war – es war ein Fluch. Dieses noch ungeborene Leben gehörte nicht zu ihnen.

Es gehörte ihm.

Torgen spürte, wie sich seine Kehle zuschnürte. Der Heiler sprach weiter – von Vorbereitungen,

Vitaminen, Ruhephasen – doch Torgen hörte ihn längst nicht mehr.

Seine Gedanken rasten.

Wie viel Zeit blieb ihnen?

Wusste der Fremde es bereits?

Und dann, wie ein Schlag in die Magengrube, die nächste Erkenntnis:

Ein Formwandlerkind in einer von Menschen bewohnten Stadt zur Welt zu bringen, war Wahnsinn. Die Geburt allein konnte ihre Tarnung auffliegen lassen. Ein Neugeborenes – so jung, so instabil – konnte seine Gestalt kaum halten. Schon der erste Anblick konnte sie verraten.

Noch in derselben Nacht trafen sie ihre Entscheidung.

Während der Regen gegen die Fensterscheiben peitschte und der Wind durch die Gassen heulte, packten Torgen und Rabea ihre wenigen Habseligkeiten zusammen.

Keine Abschiede.

Keine Spuren.

Sie wickelten ihre Wertsachen in alte Tücher, verließen ihr Haus – und somit ihr bisheriges Leben. Unter dem Schutz der Dunkelheit reisten sie, mieden große Straßen, folgten dem Flüstern der Wälder, dem Knirschen des Schnees unter ihren Stiefeln. Ihr Ziel war klar: die alte Zwergenmine in den Ránthur-Bergen.

Ein verlassener Ort, tief unter der Erde verborgen – ein Refugium für jene, die die Welt verstoßen hatte. Eine kleine Kolonie von Formwandlern, verborgen im Dunkel.

Dort, fernab von Verträgen, Gier und misstrauischen Blicken, brachte Rabea schließlich ihren Sohn zur Welt.

Sie nannten ihn: Tolgur.

Kapitel 3

Er war ihr ganzer Stolz, ihr kleiner Hoffnungsfunke in einer Welt voller Schatten.

Doch das Glück war nur von kurzer Dauer.

Die Jahre vergingen, und während Tolgur in Sicherheit aufwuchs, wurde Torgen von einem einzigen Gedanken beherrscht:

Den Vertrag brechen.

Er durchforstete alte Bücher, sprach mit Gelehrten, reiste in entlegene Dörfer – doch nirgends

fand er eine Antwort.

Keine Schrift, kein Märchen, keine Legende

konnte ihm sagen, wie er sich von diesem teuflischen Handel lösen konnte.

Und dann, als Tolgur noch keine vier Jahre alt war, traf Torgen eine Entscheidung.

Sie mussten zurück.

Zurück in die zivilisierte Welt.

Zurück in die Städte, wo er die Antwort vielleicht finden würde.

Mit nichts als ihren Kleidern, zwei Büchern über Hexenzirkel, dem letzten Ersparten und ein paar Tagesrationen machten sie sich auf den Weg.

Es war der erste Moment meines Lebens unter freiem Himmel.

Ein Bild, das sich unauslöschlich in mein Herz eingebrannt hat:

Vor dem verborgenen Höhleneingang erhob sich ein gewaltiger Felsen, an dessen Fuß sich bunte Blumen im Wind wiegten.

Die Sonne – so gleißend hell, dass jede Farbe in ihrer prachtvollsten Reinheit strahlte.

Vögel kreisten über mir, frei und grenzenlos. Auf der einen Seite ragten uralte Bäume empor, auf der anderen glitzerte ein leise plätschernder Fluss.

Für einen Atemzug glaubte ich, die Welt wäre voller Wunder.

Dann holte mich die Realität ein.

Mein Vater hob mich hoch.

Sein Blick war streng, aber nicht hart – vielmehr voller Entschlossenheit, die keine Zweifel zuließ. Während er seine menschliche Gestalt annahm, sprach er mit ruhiger, ernster Stimme:

„Wir müssen dein Gesicht und deinen Körper verbergen. Sobald wir ein Kind finden, dessen Gestalt du annehmen kannst, darfst du dich umsehen. Verstanden, mein Sohn?"

Ich nickte stumm.

Tief in mir wusste ich: Unser Leben hing davon ab.

Ohne weitere Worte verhüllte mein Vater mich – eine Gesichtsmaske, ein langer, dunkler Umhang. Dann setzte er mich auf seine Schultern, und wir marschierten los.

Tag für Tag zogen wir durch die Wildnis, nachts schliefen wir unter dem weiten Sternenzelt, während mein Vater am knisternden Lagerfeuer saß und mir Geschichten erzählte.

Geschichten von tapferen Kriegern, von verborgenen Reichen, von Wundern, die jenseits meines Vorstellungsvermögens lagen.

Doch in seiner Stimme lag immer ein Hauch von Bitterkeit.

Nach einigen Tagen erreichten wir endlich unser Ziel.

Edondon.

Kapitel 4

Mein Herz schlug schneller, als ich die gewaltigen Mauern vor uns sah. Sie ragten so hoch in den Himmel, dass selbst ein Affe sie nicht hätte erklimmen können. Davor erstreckte sich eine tiefe Schlucht – breit genug, um jede Flucht unmöglich zu machen.

Es gab nur einen einzigen Weg hinein.

Eine lange, schmale Holzbrücke führte über die Schlucht und endete an einer gewaltigen Öffnung in der Mauer. Vor dem Tor standen zwei Wachen, bewaffnet mit langen Speeren. Ihre Gesichter waren reglos, ihre Blicke wachsam.

Mein Vater ließ sich nichts anmerken.

Als eine Halbelfenfamilie gerade die Brücke überquerte, trat er ihnen mit einem freundlichen Lächeln entgegen. Er verwickelte sie geschickt in ein Gespräch über die örtlichen Händler, fragte beiläufig nach dem besten Markt für frische Waren.

Sie waren freundlich – und ahnungslos.

Während sie sich unterhielten, stellte sich mein Vater mit einem falschen Namen vor, von nun an sollte unser Familienname „Luvren" sein.

Er schüttelte erst dem Mann die Hand, dann der Frau und schließlich dem Kind. Er wies uns an, dasselbe zu tun. Der Höflichkeit wegen.

Ich fühlte direkt, wie ihre Gestalt durch meine Fingerspitzen floss.

Sie erzählten uns, dass sie nur auf der Durchreise waren, daher nicht allzu viel über die Stadt sagen konnten. Doch diese Aussage war genau das was mein Vater hören wollte.

Als er mir einen vielsagenden Blick zuwarf, wusste ich, was zu tun war. Ich konzentrierte mich, ließ die Verwandlung geschehen. Mein Körper kribbelte, meine Haut zog sich seltsam zusammen und als ich die Maske abnahm, blickte mir aus einer spiegelnden Wasserpfütze das Gesicht eines wunderschönen, sanftmütigen Halbelfen-Kindes entgegen.

Ein perfekter Schutz.

Mit diesem neuen Gesicht konnten wir durch die
Tore schreiten, ohne dass jemand Verdacht
schöpfte.

Edondon lag nun vor uns und somit auch unsere neue Existenz.

Die Stadt war noch gewaltiger, als ich es mir vorgestellt hatte. Reihen von dicht gedrängten Häusern erstreckten sich entlang gepflasterter Straßen. Über allem ragte eine Kathedrale auf, so
riesig, dass sie selbst die Stadtmauern übertraf. Ihr steinerner Glockenturm wirkte wie ein Wächter, der jeden unserer Schritte beobachtete.

Ein Schloss thronte in der Ferne – aus hellem Stein erbaut, mit spitzen Türmen, die in den Himmel ragten. Und davor lag ein Park, so weitläufig und grün, dass es mir unmöglich schien, ihn jemals ganz zu durchqueren.

Ich sog alles in mich auf.

Dies war unser neues Leben.

Jetzt war es an der Zeit, eine Bleibe zu finden. Einen Ort, den wir ein Zuhause nennen konnten.

Die nächsten sechs Jahre in Edondon vergingen schneller, als ich es mir hätte vorstellen können.

Wir lebten nicht luxuriös – ganz im Gegenteil. Unsere kleine Wohnung lag in einem großen, engen Reihenhaus. Die Küche war spärlich eingerichtet: ein einfacher Ofen,

ein Regal für das wenige Geschirr, das wir besaßen, und ein wackliger Tisch mit zwei Stühlen. Unser Schlafraum war kaum
mehr als eine Kammer mit zwei Betten – eines für meine Mutter, eines für mich.

Mein Vater kam selten nach Hause, um dort zu schlafen. Die meiste Zeit verbrachte er in der Bibliothek, vergraben in alten Folianten.

Wenn er doch einmal kam, war es fast schon ein Spiel: Er verwandelte sich in eine kleine Maus, schlüpfte lautlos unter meine Decke oder in den Schoß meiner Mutter und kuschelte sich an uns. Ein stilles Zeichen, dass er noch da war – dass er trotz all seiner Sorgen und Pflichten immer noch unser Vater war.

Trotz allem fehlte es uns an nichts.

Mein Vater hatte eine Anstellung bei der Stadtwache gefunden – eine ehrbare Arbeit, die genug einbrachte, um uns über Wasser zu halten.

Meine Mutter hingegen folgte weiterhin ihrer Überzeugung: Sie half jedem, der ihre Hilfe annehmen wollte.

Sie spendete Essen an die Suppenküchen, kaufte Werkzeug für Handwerker, die ihre Häuser reparieren mussten. Sie kümmerte sich um Waisen
und Kranke. Sprach mit den Einsamen und Traurigen. Für viele war sie ein Engel, eine gütige Seele in einer oft kalten Stadt.

Und ich?

Ich verbrachte meine Tage auf den Straßen, mit meinen besten Freunden:

Nurry, einem stillen, aber schlagfertigen Halblingsmädchen, das sich schneller durch Menschenmengen schlängeln konnte als jeder andere. Nic, einem quirligen, vorlauten Halbelfenjungen, der stets ein Messer und einen Plan parat hatte.

Wir mussten nicht viele Worte wechseln – wir verstanden uns blind.

Und wir hatten unseren eigenen Weg gefunden, zu überleben.

Tagsüber tollten wir durch die Stadt, spielten auf den Plätzen oder beobachteten die Menschen, die geschäftig ihren Tag bestritten. Doch sobald die Dämmerung kam, wandelten sich unsere Spiele.

Wir waren klug. Wir waren schnell. Und wir hatten keine Skrupel, denen etwas wegzunehmen, die sowieso zu viel besaßen.

Die reichen Viertel von Edondon waren wie ein anderes Reich: breite Straßen, edle Häuser mit verzierten Fassaden, Händler, die Schmuck, feine Stoffe und Waffen verkauften. Die Bewohner trugen seidene Kleider, prall gefüllte Geldbeutel an ihren Gürteln – und achteten selten auf Kinder wie uns.

Wir schlichen uns zwischen die Marktstände, beobachteten, warteten auf den perfekten Moment. Eine schnelle Hand, ein Ablenkungsmanöver – und schon hatte einer von uns ein paar Münzen mehr in der Tasche.

Aber wir waren nicht dumm.

Je näher ein Viertel am Schloss lag, desto gefährlicher wurde es. Die Straßenwachen patrouillierten dort doppelt so häufig, die Strafen für Diebstahl waren hart.

Und am schlimmsten?

Ich wusste, dass mein Vater dort manchmal im Dienst war.

Jedes Mal, wenn ich durch die dunklen Gassen huschte, spähte ich um Ecken, hielt meinen Atem an, wenn eine Wache vorbeiging.

Was, wenn er mich eines Tages erwischte?

Was hätte ich ihm sagen sollen? Dass ich das tat, um unsere Familie zu unterstützen? Dass ich es unfair fand, dass manche im Überfluss lebten,
während andere kaum wussten, woher ihr nächstes Essen kam?
Vielleicht hätte er es verstanden.
Vielleicht auch nicht.
Aber bis zu dem Tag, an dem es so weit wäre, machten wir weiter. Und wenn ich abends nach Hause kam, steckte ich meiner Mutter heimlich ein paar Münzen in ihre Schürzentasche.
Sie fragte nie, woher das Geld kam.
Doch in ihren Augen lag stets ein Hauch von Sorge.

Kapitel 5

So vergingen auch die nächsten fünf Jahre.

An einem düsteren Abend, am Tage vor seinem sechzehnten Geburtstag, saßen sie schweigend am Esstisch. Das Feuer im Kamin war fast heruntergebrannt, der Wind zerrte an den Fensterläden, und die Schatten in der Stube wurden länger.

Etwas lag in der Luft – schwer und unausgesprochen.

Torgen räusperte sich schließlich, seine Stimme rau vor Anspannung:

„Tolgur...", begann er zögerlich, „wir müssen mit dir reden."

Rabea senkte den Blick, Tränen schimmerten in ihren Augen.

Tolgur spürte, wie sich ein Knoten in seiner Brust bildete:

„Was ist los?", fragte er misstrauisch.

Torgen fuhr sich fahrig durch das Haar, als suchte er nach Worten, die all das Ungesagte erträglicher machen könnten.

„Bevor du geboren wurdest... geschah etwas."

Eine bedrückende Stille legte sich über den Raum.

„Wir waren arm, verzweifelt", setzte Torgen schließlich an: „Und eines Nachts trat ein Mann an uns heran. Er bot uns Reichtum – mehr Gold, als wir je besessen hatten."

Tolgur runzelte die Stirn:

„Und ihr... habt es genommen?", fragte er langsam.

Torgen nickte schwer:

„Ja. Eine prall gefüllte Tasche, um jedem helfen zu können. Im Austausch...", er stockte, „gegen unser erstes Kind."

Tolgur starrte ihn an. Für einen Moment glaubte er, sich verhört zu haben:

„Was habt ihr getan?", flüsterte er.

Torgen hob die Hände, als wollte er etwas verteidigen, das sich längst nicht mehr verteidigen ließ: „Die Heiler sagten, wir könnten keine Kinder bekommen. Es schien ein leerer Handel. Eine Wette auf etwas, das nie eintreten würde."

Rabea schluchzte leise.

„Und dann kam ich", sagte Tolgur tonlos.

Torgen nickte, der Schmerz in seinen Zügen kaum zu ertragen.

„Was passiert jetzt?", fragte der Junge mit gepresster Stimme.

„Morgen, bei Sonnenaufgang...", hauchte Rabea, während ihr Tränen die Wangen hinabliefen:

„wird er kommen. Um dich zu holen."

Tolgur wich einen Schritt zurück.

Kälte breitete sich in ihm aus – nicht die der Nacht, sondern eine, die tief aus seinem Innersten kam.

„Ihr habt mich verkauft", stieß er hervor. „Für eine Tasche voll Gold."

Torgen trat auf ihn zu, doch Tolgur riss sich los.

„Tolgur!", rief Rabea. „Bitte versteh uns! Wir haben dich immer geliebt! Es war ein Fehler..."

„Ein Fehler?", seine Stimme bebte vor Zorn. „Ihr habt mich geopfert."

Ohne ein weiteres Wort wandte er sich ab.

Er stieß das Fenster auf, ließ die kalte Nachtluft hereinströmen. Der Wind zerrte an seinen Kleidern, als wolle er ihn forttragen.

Hinter sich hörte er die Stimme seines Vaters, gebrochen und flehend:

„Tolgur, bitte!"

Doch es war zu spät.

Er ließ seine Gestalt hinter sich. Sein Körper krümmte sich, wurde kleiner, Federn sprossen aus seiner Haut. Aus Armen wurden Flügel, aus Beinen schmale Klauen, sein Gesicht streckte sich, formte einen Schnabel. Als kleiner Spatz erhob er sich in die dunkle Nacht leicht, schnell, lautlos.

Unter ihm verblasste das Haus seiner Kindheit.

Die Nacht war sternenklar, der Mond so hell, als würde er heute alles genau beobachten wollen. Ein leichter Wind strich um seine Flügel, während er beinahe schwerelos durch die kühle Nacht glitt, hoch über den Dächern von Edondon.

Es dauerte nicht lange, bis er zwischen den rauchenden Schornsteinen eine vertraute Silhouette ausmachte. Nurry war bereits auf dem Weg.

Rasch landete er und verwandelte sich zurück. Sein Körper wurde größer, die Federn wichen Haut und Stoff, Arme und Beine formten sich zurück in seine Halbelfengestalt. Er wartete.

Wortlos setzte sich Nurry neben ihn, ihre Schulter leicht an seine gelehnt. Zwischen den wenigen wilden Pflanzen, die ein Nachbar auf dem Dach aufgestellt hatte, saßen sie dicht beieinander, während sich über ihnen der Sternenhimmel spannte.

Von Nic fehlte jede Spur. Vermutlich hatte sein Vater ihn wieder festgehalten, wie so oft.

Sein Vater, der darauf bestand, dass die Familie nach der Sperrstunde gemeinsam die Abende verbrachte – eine Pflicht, die Nic verabscheute. Eingesperrt in dieser engen, trostlosen Wohnung.

Oft stritten sie deswegen. Oft schloss Nic sich in seinem Zimmer ein, kletterte heimlich aus dem Fenster. Ein riskantes Unterfangen: Die Wohnung lag hoch, das Fenster war schmal, die Fassade glatt.

Trotzdem schaffte er es – meistens. Aber eben nicht immer.

Eine Weile schwiegen Leonidas und Nurry. Die Stadt lag ruhig unter ihnen, nur das Flüstern des Windes war zu hören.

Schließlich durchbrach er die Stille.

„Ich muss fort", murmelte er, den Kopf gesenkt, kaum mehr als ein Flüstern.

Ein Moment verstrich.

Dann antwortete Nurry – leise, fast zerbrechlich:

„Das habe ich mir gedacht."

Er hob den Blick. Ihre Augen fingen seine ein, voller Traurigkeit, Verständnis ... und Abschied.

Sein Herz zog sich schmerzhaft zusammen. Er nickte nur, unfähig zu sprechen, während Tränen hinter seinen Augenlidern brannten.

Sie kannte ihn. Besser als jeder andere. Sie verstand ihn – auch wenn sie nicht ahnte, welchem düsteren Schicksal er entgegenblickte.

Ein sanftes, trauriges Lächeln legte sich auf ihre Lippen.

„Dann lass uns nicht Lebewohl sagen..., sondern auf Wiedersehen", flüsterte sie.

Sie kam ihm näher, ihre Stimme kaum hörbar:

„Und beim nächsten Mal erzählen wir uns unsere spannendsten Abenteuer."

Sanft legte sie eine Hand an seine Wange, ihre Wärme ein letzter Trost in der kalten Nacht. Sie beugte sich vor und hauchte ihm einen Kuss auf die Haut – leicht wie ein Flügelschlag.

Dann wandte sie sich ab – und verschwand langsam in der Dunkelheit.

Tolgur wollte sie aufhalten. Wollte ihr sagen, dass es vielleicht kein nächstes Mal geben würde. Doch die Worte erstickten in seinem Hals.

Er blieb zurück – allein mit den Schatten auf den Dächern jener Stadt, die für einige Jahre sein zuhause gewesen war.

Unten auf den Straßen lag stille Dunkelheit.

Die letzten Personen waren in ihre Häuser geschlüpft, Türen hatten sich geschlossen, und vereinzelt klapperten lose Fensterläden im Wind. Einmal zog eine Patrouille der Stadtwache durch die Gasse – ohne einen einzigen Blick zu verschwenden. Ihre Straße war wohl nicht wichtig genug, um sie gründlich zu kontrollieren.

Er ließ sich rücklings auf die kühlen Dachschindeln sinken. Der Nachtwind strich über sein Gesicht, während über ihm der Mond seine gemächliche Bahn zog.

Er sah hinauf zu den Sternen.

Sie standen still – unbewegt, fest verankert an ihrem Platz, als gehörten sie dorthin und nirgendwo sonst.

Es war ihr Zuhause … und zugleich ihr Gefängnis.

Sie beobachteten alles, was auf dieser Welt geschah – und doch waren sie dazu verdammt, nie Teil davon zu sein.

Stumm und ewig leuchteten sie in einer Welt, die sie nie berühren konnten.

Ein trauriges Schicksal, wenn man länger darüber nachdachte: eingekerkert in der eigenen Existenz, unfähig, mehr zu sein als das, was man war.

Je länger er diesen Gedanken festhielt, desto klarer wurde es ihm:

Er war einer dieser Sterne.
Gefangen in seinem Leben.
Gefangen von einem Wesen, dessen Namen er kaum kannte. Und doch würde seine Seele ihm gehören.
Der Dämon würde über ihn gebieten, bestimmen, was er tun durfte – und was nicht.
Doch anders als die Sterne konnte Tolgur handeln.
Er konnte entscheiden.
Er konnte kämpfen.
Und er würde kämpfen.
Ich bin Tolgur, dachte er, während der Nachtwind ihm die Worte fast von den Lippen stahl. *Und eines Tages werde ich ein freier Formwandler sein.*
Einer, der sich nicht mehr verstecken muss.
Nicht mehr fliehen.
Nicht mehr schweigen.
Eines Tages.
Eines Tages!

Kapitel 6

Er erwachte, als die Sonne gerade begann, sich über die Stadtmauern von Edondon zu erheben.

Eine Stimme, dunkel und bedrohlich wie die Nacht, durchzog seine Gedanken:

„So lernen wir uns kennen, Tolgur. Ab diesem Morgen wirst du meine Befehle befolgen."

Angst breitete sich in ihm aus.

Er war da. Es war wirklich passiert.

Schweiß trat ihm auf die Stirn, während er mit bebender Stimme entgegnete:

„Wieso sollte ich das tun? Den Vertrag hast du nicht mit mir geschlossen."

Ein stechender Schmerz durchfuhr ihn – tief aus seinem Inneren, als würde es ihn in Stücke reißen.

Er ging zu Boden, krümmte sich, die Hände gegen den Bauch gepresst, während sein ganzer Körper bebte.

Dann, von einem Augenblick auf den nächsten, hörte es auf.

Die Stimme sprach erneut, höhnisch:

„Diesen Schmerz wirst du immer spüren, wenn du mir nicht gehorchst. Deine Eltern werden ihn ebenfalls fühlen. Und das Beste daran: Er wird erst aufhören, wenn ich es will."

Ein bösartiges Lachen folgte, ehe die Stimme scharf wurde:

„Nun gut. Du wirst nicht mehr nach Hause zurückkehren. Verlasse sofort die Stadt – in deiner jetzigen Gestalt. Und besorge dir unterwegs etwas Gold. Du wirst es brauchen."

Er griff in seine vordere Hosentasche und zog ein paar Kupfermünzen hervor – Beute der letzten

Tage, als er mit Nic und Nurry unterwegs gewesen war.

Die Stimme kehrte zurück, schneidend wie ein Messer:

„Ich sagte Gold! Danach gehst du durch das südliche Stadttor."

Widerstrebend stand er auf, ging an den Rand des Daches und blickte auf die Straße hinab.

Nur wenige Menschen waren unterwegs. Die meisten hasteten, noch schlaftrunken, zu ihren Arbeitsplätzen oder auf den Markt.

Er bewegte sich vorsichtig zur Stelle, wo Nurry ihn oft aufs Dach geholt hatte – eine kleine, dunkle Seitengasse, die kaum benutzt wurde. Der Weg führte direkt an ihrem Schlafzimmerfenster vorbei.

Vielleicht würde er noch ein letztes Mal einen Blick auf sie erhaschen, bevor er fortging. Für immer.

Er sah nach unten: Eine alte Katze huschte über das Pflaster, Ratten schlichen an den Mauern entlang. Sonst niemand.

Gerade wollte er sich in eine Katze verwandeln, als ein schneidender Schmerz ihn durchfuhr und die Stimme ihm donnernd befahl:

„Ich sagte: in dieser Gestalt!"

Zähneknirschend setzte er sich auf den Rand des Daches, drehte sich und begann den Abstieg.

Vorsichtig setzte er einen Fuß auf das Fensterbrett unter sich, hielt sich mit den Händen an der Schwelle fest, tastete sich Schritt für Schritt nach unten.

Da fiel sein Blick auf Nurry.

Sie lag schlafend in ihrem Bett, zugedeckt bis zum Kinn, den Kopf leicht zur Seite geneigt.

Hätte sie die Augen geöffnet, hätte sie ihn direkt angesehen.

Stattdessen rümpfte sie leicht die Nase – ein vertrautes, geliebtes Zeichen, das er nie vergessen würde.

Plötzlich hob sie eine Hand, als würde sie erwachen. Panik ergriff ihn.

Was würde sie denken, wenn sie ihn jetzt vor ihrem Fenster erblickte?

Hektisch suchten seine Augen nach einem Halt, doch der glatte Stein ließ keinen Griff zu.

Er verlor das Gleichgewicht.

Seine Hände lösten sich vom Fensterrahmen, und langsam kippte er nach hinten.

Er schluckte einen Schrei hinunter und schlug mit einem dumpfen Knall auf der kalten Straße auf.

Schmerz schoss durch seinen Körper.

Benommen rappelte er sich auf.

Adrenalin rauschte durch seine Adern, ließ ihn die dumpfen Schmerzen kaum spüren. Er musste hier weg. Sofort.

Gerade als er um die nächste Ecke bog, hörte er, wie ein Fenster aufging.

Hatte sie ihn gehört? Oder sogar gesehen?

Er würde es wohl nie erfahren.

Er ließ sich auf eine nahegelegene Treppe fallen und inspizierte seine Gliedmaßen.

„Leichte Schürfwunden, nichts Schlimmes", murmelte er vor sich hin, während in seinem Kopf ein höhnisches Lachen erklang.

„Muss ich dich jetzt immer hören?" fragte er in Gedanken.

Die Antwort kam sofort:

„Nur, wenn ich es will. Weiter jetzt."

Er biss die Zähne zusammen und erhob sich.

Mittlerweile waren die Straßen voller Menschen.

Ein paar Meter weiter herrschte Unruhe: Menschenmassen hatten sich um eine schmale Seitengasse gebildet, sie riefen hektisches Durcheinander.

Neugierig schlug er den Weg dorthin ein.

„GEH IN DIE ANDERE RICHTUNG!" Donnerte die Stimme in seinem Kopf, bebend vor Zorn.

Angst vor einem weiteren Schmerzanfall ließ ihn sofort kehrtmachen.

Doch im Vorübergehen warf er einen kurzen Blick zurück.

Die Menge trug einen reglosen Körper aus der Gasse.

Bewusstlos? Tod?

Hier in Edondon war beides keine Seltenheit: Schlägereien, Überfälle – das tägliche Leben in einer Stadt, die ihre Schatten nie ganz verbarg.

Trotzdem blieb ihm das Bild im Kopf haften, während er weiterging.

Und er wusste: Dies war erst der Anfang.

Kapitel 7

Er setzte seinen Weg fort, die Kapuze tief ins Gesicht gezogen. Es dauerte nicht lange, bis sich ihm ein potenzielles Opfer bot: Ein älterer Herr im Anzug, mit einem Zylinder auf dem Kopf, kam zielstrebig auf ihn zu. An der linken Hosentasche wölbte sich auffällig eine dicke Beule – vermutlich ein praller Goldbeutel.

Tolgur beschleunigte seine Schritte. Dann setzte er zum Sprint an. Doch kurz bevor er den alten Mann erreichte, glitt sein Fuß zur Seite, ein Schritt zu weit nach rechts. Seine Beine verkeilten sich ungeschickt, und ein stechender Schmerz durchzuckte seinen Rücken wie ein Blitz. Mit einem gepressten Schrei stürzte er nach vorn, die Arme zu schwach, um den Fall abzufangen. Seine Stirn schlug hart auf den Asphalt auf.

Reglos blieb er liegen – ein Bild des Elends, unfähig, auf seine altbewährten Fähigkeiten
zurückzugreifen.

Ein scheiß Tag.

Als er die Augen wieder aufschlug, beugte sich der alte Herr über ihn. Mit prüfendem Blick musterte er den jungen Halbelfen, reichte ihm wortlos die Hand und murmelte ein knappes: „Tut mir leid", ehe er ihn auf die Füße zog und seinen Weg fortsetzte.

Tolgur wusste, dass er es langsamer angehen musste. Der Sturz steckte ihm noch in den Knochen. Sein nächstes Ziel war der Marktplatz – dort, wo die Leute leicht abgelenkt waren, verstrickt in Gespräche mit Händlern oder gebannt von Zauberstücken und Gauklern. Im Durcheinander der Stimmen und Bewegungen würde es ihm leichter fallen, unbemerkt zuzuschlagen.

Sein Weg führte ihn etwa fünfzehn Minuten durch die engen Straßen der Stadt. Hektische Menschen drängten sich vorbei, nur die Obdachlosen blieben abseitsstehen – verloren, ohne ein Ziel, das ihnen noch etwas bedeutete. Die Geschäfte entlang dieser Viertel wirkten abgenutzt und schäbig. Vor ihren Türen standen alte Gemüsekisten, deren Inhalt ebenso gut vom Vortag hätte stammen können.

Ganz anders präsentierten sich die reichen Viertel. Hier leuchteten die Fassaden in hellen Farben, das Obst und Gemüse glänzte verführerisch in aufwendig dekorierten Auslagen. Straßenbettler waren selten – und wenn doch, wurden sie schnell von der Stadtwache entfernt.

An einer besonders belebten Ecke stand eine kleine Bar. Blumen rankten sich über einladende Vordächer, Kerzen in Laternen warteten darauf, am Abend entzündet zu werden. Dort standen zwei Damen – jede ein Abbild verschwenderischer Eleganz. Die eine trug ein rotes Kleid aus feiner Seide, ihre blonden Haare fielen in sorgfältig drapierten Wellen auf die Schultern. Die Lippen leuchteten in einem satten Rot, noch intensiver als das Kleid selbst.

Die andere hatte sich in einen Pelzmantel gehüllt, trug hohe Schuhe und an ihrem Ringfinger funkelte ein Diamant, groß genug, um ein ganzes Haus zu bezahlen.

Beide Frauen hielten ein Glas Wein in der Hand, verloren in ein Gespräch über den „Abschaum aus der Gosse" und die vermeintliche Unfähigkeit der einfachen Leute, überhaupt Seife zu benutzen.

Leonidas schloss sich der Menge an, drängte sich unauffällig an den Schaufenstern vorbei und näherte sich den beiden. Keine von ihnen bemerkte ihn. Sie waren zu sehr damit beschäftigt, ihr Gift zu verspritzen.

Geschickt ließ er seine Hand in die Tasche der Frau im roten Kleid gleiten. Mit einem schnellen Griff zog er einen schweren Beutel hervor. Das laute Stimmengewirr der Straße verschluckte das Klimpern der Münzen.

Sein nächster Griff galt der anderen Dame. Viel fand er nicht in ihrer Tasche, doch eine feine goldene Kette blitzte ihm entgegen. Er ließ sie geschickt verschwinden.

Als er sich langsam entfernte und einen letzten Blick zurückwarf, standen die Frauen noch immer dort – nichtsahnend, das Glas halb geleert, vertieft in ihre Unterhaltung.

Ein kurzer Moment der Versuchung überkam ihn – der Wunsch, zu bleiben, um ihr Entsetzen zu sehen, wenn sie den Verlust bemerkten. Doch der Schmerz, der in seiner Brust aufloderte, drängte ihn weiter.

Je näher er den Stadttoren kam, desto schwerer lastete der Gedanke auf ihm, was er nun hinter sich ließ. Seine Eltern. Nic. Nurry.

Sogar an die schrullige alte Dame vom Krämerladen musste er denken – klein, gebrechlich, stets begleitet von einem winzigen Vogel auf der Schulter. Skurril vielleicht, aber dennoch liebenswert.

Wie es Nic wohl ging? Ein Abschied hatte ihm nicht vergönnt sein können.

Langsam durchschritt Leonidas die Straßen, nahm jedes Detail in sich auf: die Stimmen, die Gerüche, die Farben. Er sog alles tief in sich ein, als wolle er nichts vergessen.

Und kurz bevor er die Stadttore erreichte, fiel es ihm wie Schuppen von den Augen.

Kapitel 8

Vor dem Stadttor stand eine Halbelfenfamilie – ein älterer Mann, seine Frau und ihre Tochter. In ihren Gesichtern spiegelte sich Verzweiflung; Tränen rannen ihnen über die Wangen, während sie die Wachen anflehten. Der Vater, ein Mann mit wettergegerbtem Gesicht und zittrigen Händen, trat vor.

Seine Stimme überschlug sich beinahe, als er bat: „Bitte… untersucht, was mit meinem Sohn passiert ist!"

Die erste Wache, ein griesgrämiger Mann mit wetterfester Rüstung, musterte ihn nur flüchtig. Seine Miene blieb gleichgültig, als habe er diese Szene schon tausendmal gesehen.

„Er ist vom Dach gefallen. Was soll da schon passiert sein?"

Die Mutter, eine blasse Frau mit dunklen Ringen unter den Augen, unterdrückte ein Schluchzen. Schutzsuchend hielt sie ihre kleine Tochter im Arm, während ihr Blick verzweifelt durch die Umgebung irrte, als könne sie irgendwo eine Antwort finden.

„Nein… nein! Das kann nicht sein!"

Das Mädchen, nicht älter als sechs Jahre, schrie mit einer Stimme, die sich tief ins Herz bohrte: „Bruder! Wo ist mein Bruder?!"

Die Familie stand, wie angewurzelt da, während die vorbeigehenden Menschen mit gesenktem Blick an ihnen vorbeieilten. Keine helfende Hand wurde ihnen gereicht, kein Wort des Trostes.

Der Vater ballte die Fäuste, seine Trauer wandelte sich in Zorn.

„Wieso sollte mein Sohn einfach so vom Dach gefallen sein? Was hätte er da draußen gewollt – noch dazu nach der Sperrstunde?"

Die zweite Wache, strenger im Auftreten, aber mit einem Anflug von Bedauern in der Stimme, trat einen Schritt näher:

„Werter Herr, Ihr Sohn wurde heute Morgen in einer Gasse gefunden. Wie Sie selbst sagen, war er nach der Sperrstunde unterwegs. Seid froh, wenn wir den Fall nicht weiter untersuchen... Es könnten hohe Strafen auf Ihre Familie zukommen."

Entsetzen huschte über das Gesicht des Vaters: „Strafen? Mein Sohn ist tot! Ich will antworten, keine Drohungen!"

Die erste Wache hob die Hand in einer warnenden Geste. Seine Stimme war kalt, endgültig.

„Ich sage es nur einmal: Gehen Sie. Jetzt. Oder ich nehme Sie in Gewahrsam."

Mit zittrigen Fingern ergriff die Mutter die Hand ihres Mannes. Ihre Stimme war kaum mehr als ein Flüstern.

„Es war ein Unfall, mein Schatz... Milly braucht dich jetzt mehr denn je. Bitte... lass es gut sein."

Schwer atmend, ließ sich der Vater von ihr zurückziehen. Seine Schultern sanken herab, gebeugt unter einer Last, die ihn zu erdrücken drohte. Die kleine Milly klammerte sich an den Arm ihrer Mutter, während leise Schluchzer ihren kleinen Körper erschütterten.

Am Rande der Szene verharrte Leonidas reglos, verborgen im Schatten. Seine Hände waren zu Fäusten geballt, seine Augen glänzten feucht. Keine Bewegung verriet ihn, nur das hektische Heben und Senken seiner Brust zeugte von dem Sturm, der in ihm tobte.

Die Wachen kehrten zurück zu ihrem Posten, als wäre nichts geschehen. Der Marktplatz vor dem Stadttor lebte weiter – Händler riefen ihre Angebote aus, Kinder lachten und spielten, als hätte das Leid dieser Familie keine Bedeutung.

Unsichtbar für alle anderen, trat der junge Mann langsam zurück. Er hatte genug gesehen, genug gefühlt. Die Tränen brannten in seinen Augen, doch er wischte sie nicht fort. Seine Gedanken kreisten um eine grausame Erkenntnis: Der Junge, der gestern nicht zum Treffpunkt erschienen war – sein Freund –, war nun tot. Er war auf dem Weg zu ihm gewesen, zu ihrem Treffpunkt. Und jetzt war es zu spät.

Eine kühle, fremde Stimme hallte in seinem Inneren: „Geh jetzt durch das Stadttor. Du kannst ihm nicht mehr helfen. Du hast es doch gehört – es war ein Unfall."

Sein Körper gehorchte, während seine Seele sich wehrte. Er wollte bleiben, wollte trauern. Doch die Stimme wurde schärfer, unnachgiebig:

„Nein, jetzt nicht. Du gehörst mir, nicht deinem gefallenen Freund. Beweg dich!"

Ein kalter Windstoß fuhr durch die Gassen. Mit bleiernen Schritten wandte Leonidas sich ab und ging, ohne zurückzublicken. Die Namen, die Erinnerungen, sie blieben zurück – doch sie hallten in seinem Innern nach, wie ferne Glocken, die nie verstummen würden.

Seine Schritte führten ihn fort von der Stadt hinaus ins offene Land. Tränen verschleierten seinen Blick, doch er ging weiter, geradeaus, bis die Stadt hinter ihm lag und er nicht mehr spürte, wie weit er gekommen war.

Vor ihm erhob sich ein kleiner Wald, kaum fünfzig Bäume, karg und unscheinbar. Dort, zwischen den Stämmen, ließ er sich nieder. Ein Befehl der Stimme durchdrang die Kälte der Luft:

„Errichte dein Lager hier. Du bist sicher … vorerst. Weine, trauere – es ist mir gleich. Doch morgen beginnt deine Ausbildung, und ich dulde keine Schwäche."

Er antwortete nicht. Stattdessen setzte er sich auf einen kleinen, moosbewachsenen Stein und starrte in die Leere. Langsam begann sich seine Gestalt zu verändern.

Sein Haar hellte sich auf, schimmerte nun in einem goldenen Blond, seine Augen wurden tiefblau, so klar wie der Himmel an einem Sommertag. Seine Gesichtszüge wurden sanfter, die Haut glatt und makellos. Nichts erinnerte mehr an den Jungen, der er einst gewesen war.

Was blieb, war das Bild eines jungen Halbelfen – die Gestalt seines toten Freundes. Von diesem Tag an würde Nic's Gesicht das seine sein. Damit er ihn nie vergaß. Damit er in ihm weiterlebte.

Kapitel 9

Als er erwachte, lag er noch immer neben jenem Felsen, auf dem er am Abend zuvor gesessen hatte. Über ihm begrüßten die Vögel die aufgehende Sonne mit ihren freudigen Liedern. Ihre Melodien trugen die Leichtigkeit des Morgens in sich, während in der Ferne einige Rehe grasten, die ihn keines Blickes würdigten. Sanft schaukelten die Blätter im Wind, und während er ihrem Spiel folgte, fragte er sich, was das Leben nun wohl für ihn bereithalten mochte.

Dann hallte die Stimme in seinem Kopf – dumpf und erdrückend:

„Nun … es ist an der Zeit, dass du deine Ausbildung beginnst."

Ein eisiger Schleier legte sich über seinen Verstand und verschlang jeden klaren Gedanken, bis er sich leer fühlte:

„Du wirst meine Aufgaben erfüllen – ohne Widerworte", verlangte die Stimme, unnachgiebig wie Stahl: „Je besser du dich anstellst, desto mehr Macht werde ich dir überlassen. Dies ist deine Chance, eine Kraft zu erlangen, die den meisten ein Leben lang verwehrt bleibt. Nutze sie."

Ein Schauer jagte ihm über den Rücken. Er ballte die Fäuste, rang mit sich:

„Und … wirst du mich dann irgendwann freilassen?" Seine Stimme war leiser, als er es beabsichtigt hatte.

Die Antwort kam sofort – kalt und scharf wie ein Dolch:

„Wenn du mir treu bist, wirst du die Erlaubnis haben, eigene Entscheidungen zu treffen. Doch bis dahin bestimme ich deinen Weg."

Seine Kehle war trocken. Er hätte widersprechen können, hätte schreien, sich wehren sollen – aber tief in seinem Innern wusste er, dass es keinen Ausweg gab.

Nach einem langen Moment zwang er die Worte über seine Lippen: „Was ist meine erste Aufgabe?"

Die Stimme lachte – ein dunkles, zufriedenes Lachen, das ihm bis ins Mark fuhr:

„Das wollte ich hören. Nicht weit von hier, nördlich, liegt eine Taverne. Heute Abend wird dort ein Ritter eintreffen. Er trägt eine Schwertscheide bei sich. Du wirst sie stehlen – und zu mir bringen."

Sein Magen zog sich zusammen:

„Was hat es mit dieser Schwertscheide auf sich?" fragte er misstrauisch.

Einen Moment lang schwieg die Stimme. Dann folgte eine Antwort, so leise und durchdringend, dass selbst die Schatten ringsum zu erzittern schienen:

„Das wirst du früh genug erfahren."

Dann verstummte sie, und Klarheit kehrte zurück in seine Gedanken.

Er ließ den Blick über die Landschaft schweifen. Die Rehe waren verschwunden, doch die Lieder der Vögel klangen noch zwischen den Bäumen. Die Blätter neigten sich im Wind, als wollten sie ihm Trost spenden – doch er war allein. Einsam in einer Welt, die ihm fremd geworden war. Einzig die Stimme in seinem Kopf blieb ihm, ein ständiger Schatten, der ihn begleitete, wohin er auch ging.

Langsam rappelte er sich auf. Sein Rücken schmerzte noch vom Sturz am Vortag, doch es hätte schlimmer kommen können. Er hatte Glück gehabt.

Ein mulmiges Gefühl breitete sich in seinem Inneren aus, als er an Nic dachte. Nic, der Beste unter ihnen, wenn es ums Klettern ging. Er stürzte nie. Warum ausgerechnet an diesem Tag?

War es wirklich ein Unfall gewesen?

Ein kalter, unbequemer Gedanke schlich sich in sein Bewusstsein. *Hatte der Dämon etwas damit zu tun? Der, der nun ein Teil von ihm war?*

Aber warum? Aus reiner Grausamkeit? Um ihn zu brechen? Ihn gefügig zu machen? Oder um ein Zeichen zu setzen?

Er würde es herausfinden. Eines Tages – wenn sich die Gelegenheit ergab.

Kapitel 10

Zuerst musste er also zur Taverne, um die Schwertscheide zu besorgen – er hoffte inständig, dass diese Ausbildung bald ein Ende finden würde. Danach wollte er nach Edondon zurückkehren. Er musste herausfinden, was wirklich mit Nic geschehen war – seinem besten Freund.

Während er sich langsam Richtung Norden in Bewegung setzte, blickte er auf seine Hände. Sie fühlten sich fremd an – und doch waren sie ihm vertraut. Die Hände eines Jungen, dessen glatte Haut nur von einer einzigen Narbe durchzogen war. Eine Erinnerung, eingebrannt in Fleisch und Geist.

Damals hatte Nic versucht, einem alten Mann auf der Straße die Geldbörse zu entwenden. Es war ein dummer Plan gewesen – und er hatte sich dabei sehr ungeschickt angestellt. In dem Moment, als er die Hand in die Tasche des Mannes schob, packte dieser zu. Seine Pranken umschlossen Nic's Handgelenk wie ein Schraubstock.

Ein dunkles, kehliges Lachen drang aus der Kehle des Mannes – bedrohlich und kalt:

„Da hast du dir den Falschen ausgesucht, Kleiner."

Nic erstarrte. Sein Blick war voller Angst, seine Stimme zitterte:

„Es ... es tut mir leid, Mister. Ich habe nur solchen Hunger..."

Doch der Mann zeigte kein Erbarmen. Seine Worte klangen hart wie gehämmerter Stahl:

„Hunger? Das ist keine Entschuldigung. Weißt du, was mit Dieben passiert? Ihnen wird die Hand abgehackt."

Nic versuchte, sich loszureißen, doch der Griff blieb unerbittlich. Mit einer einzigen, fließenden Bewegung drehte der Mann ihn zu sich, bis Nic mit dem Rücken vor ihm stand.

„Ich bin ja kein Unmensch", sagte er mit einem schmierigen Unterton, der ihm den Magen umdrehte.

„Deshalb werde ich dich nicht verraten. Aber eine Lektion bekommst du trotzdem."

Er zog ein Messer hervor – die Klinge blitzte im Licht der Nachmittagssonne. Leonidas wollte etwas rufen, sich bewegen, eingreifen – doch sein Körper gehorchte ihm nicht. Langsam, fast genießerisch, führte der Mann die Schneide über Nics Handfläche. Ein markerschütternder Schrei zerriss die Geräuschkulisse der Straße. Blut tropfte auf den staubigen Boden, während Nic zusammensackte, zitternd vor Schmerz.

Dann hob der Mann den Kopf – und sah direkt zu ihm. Sein Blick war wissend, durchdringend. Als hätte er längst erkannt, dass Nic nicht allein war. Als hätte er längst begriffen, dass sie zusammengehörten.

Mit einem zufriedenen Lächeln schubste er Nic nach vorne. Der Junge stolperte, fiel fast hin. Dann hob der Mann sein Messer – und deutete mit der Spitze in Tolgurs Richtung.

Er schluckte hart. Nic lief los, direkt auf sie zu, und deutete an, dass sie auch anfangen sollten wegzulaufen. Sie bogen um die nächste Ecke. Nurry zückte ein Leinentuch und umwickelte die blutende Handfläche, während sie in das schmerzverzerrte Gesicht starrte. Alles, was von diesem Tag übrigblieb, war diese Narbe, die Nic sein Leben lang zeichnen sollte.

Nun aber zeichnete sie ihn.

Nach einigen Schritten erreichte er eine Straße aus Schutt und Kies. Solche Wege waren in ihrem Land keine Seltenheit – nur in den Städten pflasterte man sie ordentlich. Es war nicht schwer zu erkennen, dass sie häufig genutzt wurde: Die Spuren der Wagenräder hatten sich tief in das lose Gestein gegraben, als würden sie eine Geschichte erzählen, die jeden Tag aufs Neue geschrieben wurde.
Er wandte sich nach Norden und begann gemächlich zu gehen. Die Landschaft wirkte freundlich,
fast friedlich – ein trügerischer Schleier, der sich über das legte, was ihn erwartete. Schon nach kurzer Zeit begegneten ihm die ersten Reisenden: eine kleine Gruppe Zwerge, vier oder fünf, mit einem großen, schwer beladenen Wagen, der von zwei kräftigen Pferden gezogen wurde. Sie nickten ihm höflich zu, und er erwiderte die Geste stumm, während sie an ihm vorbeizogen.
Einige Meter vor ihm erhob sich ein sanfter Hügel, über den sich der Weg wie ein Band spannte. Er marschierte hinauf, und dort, auf der anderen Seite, sah er sie – eine einsam gelegene Taverne, windschief, als wäre sie müde vom Stehen. Ein paar Wesen standen davor, beschäftigt damit, ihre Pferde an einer Tränke zu versorgen.
Da kroch die Stimme erneut durch seine Gedanken – kalt und formlos wie Nebel. Sie durchdrang ihn, füllte jeden Winkel seines Verstandes, bis keine klaren Gedanken mehr Platz fanden.
„Geh dort hinein. Miete dir ein Zimmer für die Nacht. Setz dich in den Schankraum und trink Bier, bis ein Mann mit einer verzierten Schwertscheide das Lokal betritt."

Unwillkürlich ballten sich seine Hände zu Fäusten. Sein Herz schlug schneller. Er antwortete stumm, ein leiser Widerhall seines Zweifels:

„Es gibt viele Schwertscheiden. Wie soll ich wissen, welche die richtige ist?"

Die Stimme wurde schärfer, ein Hauch von Ungeduld schwang darin mit:

„Du wirst es wissen."

Ein unangenehmes Kribbeln kroch ihm über den Rücken, als hätte jemand Eiswasser über seine Wirbelsäule gegossen.

„Warte auf den richtigen Moment – und dann
stiehl sie. Dir wird schon etwas einfallen."

Dann verstummte sie – doch ihr Befehl hallte nach, wie ein Echo, das sich in einer endlosen Schlucht verlor.

Er atmete tief durch, zwang sich zur Ruhe. Dann setzte er einen Fuß vor den anderen – und betrat nach wenigen Augenblicken die Taverne.

Kaum hatte er die Schwelle der Taverne überschritten, wurde er mit einem breiten Lächeln empfangen. Der Wirt – ein Zwerg mit einem gewaltigen, rot leuchtenden Bart, der ihm bis zu den Knien reichte – musterte ihn mit wachen, freundlichen Augen.

„Guten Tag, der Herr! Wie kann ich Ihnen behilflich sein?"

Seine Stimme war tief und kräftig, doch voller Wärme.

„Ein Zimmer für die Nacht." erwiderte er knapp.

Der Zwerg nickte begeistert.

„Da haben Sie Glück! Noch gibt es genug freie Räumlichkeiten."

Er atmete unwillkürlich auf.

„Gut. Was kostet es?"

Sein Blick wurde ein wenig ernster.

„Fünf Kupfer. Und ich muss im Voraus kassieren – hier auf dem Land haben wir leider zu oft mit Zechprellern zu tun."

Ohne zu zögern, zog er die gestohlene Tasche voller Gold hervor, holte die Münzen heraus und ließ sie in die ausgestreckte Hand des Wirts fallen.

„Verständlich. Hier, bitte, der Herr."

Der Zwerg ließ die Münzen geschickt in einem kleinen Beutel verschwinden, dann lachte er leise.

„Nenn mich Baldrin. Förmlichkeiten brauchen wir hier nicht."

Er griff in seine Hosentasche, zog einen kleinen Schlüssel hervor und legte ihn ihm in die Hand. Seine Finger waren rau wie von harter Arbeit.

„Die Treppe hinauf, Zimmer drei. Der Waschraum ist am Ende des Flurs."

Leonidas nickte dankend, schloss die Finger um den Schlüssel und machte sich auf den Weg nach oben.

Die Holztreppe knarrte unter jedem Schritt, als er sie hinaufstieg. Oben angelangt, erstreckte sich ein langer Flur vor ihm. Auf jeder Seite befanden sich vier Türen, und am gegenüberliegenden Ende des Gangs thronte eine weitere – vermutlich der Waschraum.

Seine Augen glitten über die Türschilder, bis er fand, was er suchte: Zimmer drei. Der Halbelf steckte den Schlüssel ins Schloss. Ein leises Klicken ertönte, dann schwang die Tür langsam auf.

Der Raum war schlicht eingerichtet. Ein schmales Bett, gerade groß genug, um darin zu schlafen, ein kleiner Tisch mit einem einfachen Stuhl davor und eine Kommode – bereit, Reisegepäck aufzunehmen, das er kaum besaß. Er trat ein, ließ die Tür hinter sich ins Schloss fallen und betrachtete sein neues Quartier.

Er musste sich etwas einfallen lassen – irgendeinen Plan, wie er an die Schwertscheide kommen konnte. Vielleicht würde der Waschraum eine Gelegenheit bieten. Dort würde der Ritter sie früher oder später ablegen müssen. Oder er schlich sich in sein Zimmer, wenn er schlief, und holte sie sich dann.

Er beschloss, sich den Waschraum anzusehen.

Gerade als er den Flur entlangging, öffnete sich die Tür neben ihm. Eine junge Elfenfrau trat heraus. Sie war groß, fast einen Kopf größer als er, mit langen, goldblonden Haaren, die ihr sanft über den Rücken fielen. Sein Blick huschte prüfend über sie – keine Schwertscheide. Er wandte sich wieder ab. Ohne ein Wort ging sie an ihm vorbei und stieg die Treppe hinunter.

Leonidas öffnete die Tür zum Waschraum.

Drinnen bot sich ihm ein ebenso spärlich eingerichtetes Bild wie zuvor im Schlafzimmer: eine
einfache Holzwanne, daneben ein Eimer, im hinteren Teil des Raumes eine Toilette. Alles aus grobem Holz gezimmert – schlicht, funktional. Keine Ecken, keine Nischen, kein Ort, an dem man unbemerkt etwas verstecken oder entwenden konnte.

Der Plan mit dem Waschraum war damit erledigt. *Zu offen, zu übersichtlich.*

Vielleicht bot sich später eine andere Gelegenheit.

Er stieg die knarrenden Stufen hinunter in den Schankraum. Die Luft war schwer – eine Mischung aus altem Holz, Bier und dem feinen Rauch der großen Feuerstelle in der Ecke.

Sein Blick wanderte durch den Raum – leer. Kein Wunder, es war nicht einmal Mittag. Noch
herrschte Ruhe in der Taverne. Aber das würde sich bald ändern.

Der Halbelf suchte sich einen Platz mit direkter Sicht auf die Eingangstür. Falls jemand kam, wollte er der Erste sein, der es bemerkte. Mit ruhigen, bedachten Schritten ging er zu einem Tisch in der Nähe der Wand, ließ sich auf die Bank sinken und lehnte sich zurück.

Jetzt hieß es warten.

Kapitel 11

Es dauerte nicht lange, bis Baldrin mit seinem breiten Lächeln auf Leonidas zutrat.

„Hast du dich bereits eingerichtet? Darf ich dir etwas bringen?"

Der Junge nahm den Eingang keine Sekunde aus den Augen. „Ja, sehr angenehm hier. Ich hätte gern etwas zu essen."

Baldrin nickte und wischte sich mit der Schürze über die Hände.

„Natürlich. Wir haben heute eine einfache Gemüsesuppe, eine Wurstplatte oder – falls du es lieber herzhaft magst – eine Käseplatte. Dazu gibt's Bier, Wein oder frisches Brunnenwasser."

Er spürte, wie ihm bei der bloßen Erwähnung der Wurstplatte das Wasser im Mund zusammenlief. Es war lange her, dass er Fleisch gegessen hatte. Zu lange. „Die Wurstplatte." sagte er, beinahe zu schnell, und ergänzte hastig: „Und die Suppe."

Baldrin hob eine Augenbraue, schmunzelte: „Lange nichts mehr gegessen, was?"

Tolgur lehnte sich etwas nach vorne.

„Satt war ich schon lange nicht mehr. Bring mir bitte auch ein Bier."

Der Zwerg nickte, sein Ton blieb höflich, doch in seinen Augen blitzte Neugier auf. „Sehr gern."

Er drehte sich um, machte sich auf den Weg zur Küche.

Kurz zögernd, als würde er einen Moment mit sich ringen, rief der Formwandler dem Zwerg hinterher: „Leo ... Leonidas. Mein Name ist Leonidas." Baldrin hielt kurz inne, als wolle er sich den Namen einprägen, dann verschwand er in der Küche. Leonidas lehnte sich zurück, ließ den Blick wieder zur Tür wandern. Einige Minuten verstrichen — zehn, vielleicht fünfzehn — in denen die Taverne in nahezu vollkommene Stille gehüllt war. Das gelegentliche Knistern der Feuerstelle war das einzige Geräusch, das die Ruhe durchbrach.

Dann schwang plötzlich die Tür zur Küche auf, und Baldrin trat mit breitem Grinsen und energischen Schritten heraus.

„Einmal der Wurstteller mit Suppe und einem frisch gezapften Bier für den Herrn!"

Verkündete er lautstark und stellte die Speisen mit geübter Präzision vor Leonidas ab.

„Besteck bringe ich sofort." Der verlockende Duft der Mahlzeit stieg ihm sofort in die Nase. Die grüne Suppe dampfte noch leicht, durchzogen von

leuchtend orangefarbenen Karottenwürfeln, weichen Kartoffelstücken und feinen Zwiebeln. Daneben lag die Wurst, dünn aufgeschnitten, begleitet von einem noch warmen, knusprigen Brotlaib und einem kleinen Stück Butter. Über die gesamte Platte verteilt glänzten feine, weiße Salzkristalle.

Das Bier stand in einem schweren Steinkrug vor ihm, eine perfekte, schaumige Krone auf der dunklen Flüssigkeit. Baldrin trat erneut an den Tisch, diesmal mit dem Besteck in der Hand.

„Dann lass es dir schmecken." Leonidas gab ihm noch eine Goldmünze in die Hand. Der Zwerg klopfte ihm freundschaftlich auf die Schulter, bevor er sich mit entschlossenen Schritten wieder in die Küche zurückzog. Der Schmerz durchbohrte direkt wieder seinen Körper, zurückerinnert an den gestrigen Sturz.

Leonidas nahm den Löffel in die Hand, tauchte ihn langsam in die dampfende Suppe und ließ das Metall geschmeidig durch die heiße Flüssigkeit gleiten. Mit einem Hauch von Vorfreude fischte er einige Karotten- und Kartoffelstücke auf, hob den Löffel an die Lippen und ließ die Brühe langsam in seinen Mund gleiten. Sofort bereute er es. Zu heiß! Ein brennendes Gefühl breitete sich auf seiner Zunge aus. Reflexartig öffnete er den Mund, schob die Suppe hastig mit der Zunge zurück in die Schüssel und verzog das Gesicht. Er hätte nicht so ungeduldig sein sollen.

Nach einem kurzen Moment wagte er einen zweiten Versuch – diesmal vorsichtiger. Er pustete gründlich über den dampfenden Löffel, ließ die Brühe ein wenig abkühlen und nahm dann einen neuen Schluck. Der Geschmack war überwältigend. Eine Explosion aus Aromen entfaltete sich in seinem Mund – die sanfte Süße der Karotten, die herzhafte Wärme der Kartoffeln, die feine Würze der Zwiebeln. Die Brühe war reichhaltig, perfekt gewürzt, jede einzelne Zutat harmonierte miteinander.

Während er sich die erste warme Mahlzeit seit Langem schmecken ließ, füllte sich die Taverne allmählich mit Leben. Die Tür wurde immer wieder aufgestoßen, begleitet von einem Schwall kalter Luft, und eine bunte Mischung aus Gästen strömte herein. Zwerge mit wettergegerbten Gesichtern und langen Bärten, Elfen mit eleganter Haltung und scharfen Blicken, Menschen in staubigen Reisekleidern und sogar ein paar grinsende Goblins mit spitzen Zähnen. Hier schien jeder willkommen zu sein, egal welcher Herkunft oder welchem Volk er angehörte.

Eines jedoch hatten sie alle gemeinsam: Jeder trug eine Waffe. Dolche an den Gürteln, Schwerter über die Schultern geschnallt oder Äxte, die locker an der Hüfte baumelten. Doch so sehr Leonidas auch suchte, steckte keine dieser Waffen in einer auffälligen Schwertscheide. Noch nicht. Die Stunden verstrichen, und allmählich neigte sich der Tag seinem Ende zu. Der Schankraum füllte sich mit der gedämpften Wärme des Kaminfeuers, das Holz knackte leise, während draußen die Dunkelheit über das Land kroch.

Leonidas hatte sich noch das ein oder andere Bier bestellt, jedes mit demselben kräftigen, herben Geschmack, der angenehm auf der Zunge lag. Baldrin begann gerade, eine Kerze nach der anderen im Lokal zu entzünden, ihr flackerndes Licht ließ die Schatten an den Wänden tanzen. Dann wurde die Tür mit einem kräftigen Ruck aufgestoßen. Ein Trupp bewaffneter Ritter trat ein.

Fünf Personen, gekleidet in schwere Rüstungen, die mit kunstvollen, bunten Verzierungen versehen waren. Ihre Plattenpanzer glänzten matt im Kerzenschein, und auf ihren Brustpanzern prangte das Wappen eines mächtigen Löwen, der mit gebleckten Zähnen zum Kampf bereit schien. Leonidas' Augen verengten sich. Dieses Wappen ... er konnte es nicht zuordnen. Doch wie auch? Er hatte bisher nur einen Bruchteil dieser Welt gesehen. Ein unbestimmtes Gefühl machte sich in seiner Magengrube breit. Und dann fiel sein Blick auf eine Schwertscheide – aufwendig verziert, mit filigranen Gravuren.

Es war genau die, nach der er suchte. Die Männer traten mit ernsten Blicken auf Leonidas zu.

Der vorderste von ihnen, ein etwa 1,80 Meter großer Mensch mit scharf geschnittenen Zügen, sprach mit ruhiger, aber bestimmter Stimme:

„Dürfen wir uns zu euch setzen? Die Taverne ist bereits gut gefüllt."

Leonidas spürte, wie ihm plötzlich heiß wurde. Eine unangenehme Scham kroch in ihm hoch – ob es am Bier lag oder an der plötzlichen Aufmerksamkeit, wusste er nicht. Doch er zwang sich zu einem Nicken und deutete mit einer einladenden Geste auf die freien Stühle.

Seine Stimme war leicht lallend, als er erwiderte:

„Gerne. Mein Name ist Leonidas. Darf ich auch eure Namen erfahren?"

Der Mann legte eine Hand auf seine Brust.

„Ich bin Sir Dain. Das sind Lady Seraphine, Sir Garric, Ritter Alistair und Lysandra. Wir sind Ritter von Valdoria."

Leonidas blinzelte überrascht.

„Valdoria? Aber ... Ritter unseres Landes tragen das Wappen eines Falken, nicht eines Löwen."

Sir Dain lächelte leicht.

„Da habt ihr gut aufgepasst in der Schule. Wir gehören zu einer Spezialeinheit – zuständig für die Wahrung der Gesetze von Valdoria." Leonidas' Kehle wurde trocken. Er versuchte, locker zu wirken, doch die Worte setzten sich in seinem Kopf fest. *Spezialeinheit?*

„Ist ... ist etwas vorgefallen? Oder weshalb seid ihr hier?" fragte er vorsichtig.

Sir Dain musterte ihn einen Moment, bevor er mit beruhigendem Ton sprach: „Wir sind nur auf der Durchreise. Ihr müsst euch keine Gedanken machen."

Dann hob er die Hand und winkte den Schankwirt heran.

„Wir benötigen ein Nachtlager. Habt ihr noch Zimmer frei?"

Baldrin schien kurz zu stocken, als würde er in Gedanken noch einmal nachzählen, wie viele Ritter vor ihm standen.

„Äh ... ich kann euch allen ein Zimmer anbieten. Allerdings..."

Er kratzte sich verlegen am Bart.

„Ich habe nur noch ein Einzelzimmer und zwei Zweibett-zimmer. Wenn euch das reicht, seid ihr herzlich willkom-men."

Sir Dain lachte leise.

„Das kriegen wir schon hin. Die hier schlafen ohnehin nicht gern allein."

Dann zog er eine Handvoll Goldmünzen hervor und ließ sie in Baldrin´s Hand klirren. „Bringt uns außerdem sechs Bier."

Baldrin nickte eifrig, drehte sich auf dem Absatz um und kam wenig später mit den Schlüsseln und sechs randvollen Krügen zurück.

„Vielen Dank, werte Herren und Damen. Es ist mir eine Ehre, euch im Reisenden Eber willkommen zu heißen."

Sir Dain nahm die Krüge entgegen und verteilte sie an seine Gefährten. Dann hielt er Leonidas den letzten Krug hin.

„Dieser ist für dich … mein geheimnisvoller Freund."

Leonidas erstarrte. Sir Dain´s Blick bohrte sich in ihn hin-ein, durchdringend, fast forschend. Es war, als hätte er et-was erkannt – als würde er eine Lüge wittern, die Leonidas selbst noch nicht ausgesprochen hatte. Das Gefühl war er-drückend. Er zwang sich, den Krug anzunehmen. „Danke."

Erst als Sir Dain den Blick abwandte und sich Lady Sera-phine zuwandte, ließ das beklemmende Gefühl langsam nach.

Leonidas saß schweigend am Tisch und lauschte den Ge-sprächen der Ritter. Es war seltsam. Sie sprachen mitei-nander, als wären sie nur fünf alte Freunde, die in einer Bar ihren Alltag austauschten. Keine ernsten Themen, keine angespannten Blicke – nur Gelächter und Geschich-ten aus ihren Reisen.

57

Doch plötzlich richtete sich die Aufmerksamkeit auf ihn.

„Und, was hältst du von der Suppe?" fragte Sir Garric unerwartet.

Leonidas blinzelte. Damit hatte er nun wirklich nicht gerechnet.

„Äh ... ich hatte heute bereits eine." Er räusperte sich.

„Sehr schmackhaft, aber Vorsicht ... sie ist höllisch heiß." Er streckte spielerisch die Zunge heraus, um zu zeigen, dass er sich daran verbrannt hatte. Die Ritter lachten auf. Selbst Lady Seraphine schmunzelte, während sie ihr Bier anhob.

„Du bist ein witziges Kerlchen."

Sir Dain musterte ihn mit einem neugierigen Blick.

„Sag, wohin führt dich deine Reise?"

Leonidas spürte, wie ihm die Röte ins Gesicht stieg. Er wusste nicht, ob es an den Blicken lag, die ihn durchbohrten, oder an der Frage selbst.

„Ich ... ich weiß es noch nicht."

Er ließ seinen Blick auf dem Schaum seines Bieres ruhen.

„Meine Gedanken werden mich leiten."

Sir Dain nickte anerkennend.

„Ein Mann, der das Abenteuer sucht. Ich hoffe, du findest es."

Leonidas hob seinen Krug zum Abschied und trank den letzten Schluck aus.

„Ich danke euch. Doch für mich ist es nun Zeit, schlafen zu gehen."

Er stand auf und verbeugte sich leicht.

„Ich wünsche euch noch einen ruhigen Abend." Als er sich umdrehte, spürte er noch immer Sir Dain´ms Blick in seinem Rücken. Leonidas tastete sich die knarzende Treppe hinauf, während das Bier warm in seinen Adern pulsierte. Der Schankraum lag nun hinter ihm, aber sein Kopf fühlte sich schwer an – so viel hatte er noch nie zuvor getrunken. Mit einem tiefen Atemzug hielt er sich an der Wand, konzentrierte sich, zwang sich zur Fokussierung.

Zimmer Nummer drei. Er öffnete die Tür, schlüpfte hinein und schloss sie leise hinter sich. Doch anstatt sich ins Bett zu legen, ließ er sich auf den Boden vor der Tür sinken. Sein Ohr lehnte an dem kalten Holz, während er lauschte. Er musste warten.

Kapitel 12

Er hatte vorhin gesehen, welche Schlüssel Baldrin den Rittern gab. *Zimmer eins, vier und sieben.* Irgendwo dort lag Sir Dain – und mit ihm die prächtig verzierte Schwertscheide. Die Frage war nur: Welches war das Einzelzimmer? Den Dain hatte es für sich beansprucht.

Jedes Mal, als schwere Schritte die Treppe erklommen, spähte Leonidas durch das Schlüsselloch. Das Holz knarrte, Rüstungen klirrten leise, und dann – endlich – zog eine Gestalt vorbei.

Die Schwertscheide.

Verziert, prunkvoll – genau wie beschrieben. Sie schwankte leicht im Takt mit den Schritten, nur einen Atemzug entfernt, auf der anderen Seite der Tür.

Leonidas wagte es kaum zu blinzeln.

Die Ritter verteilten sich. Eine Tür öffnete sich, dann Dain´s tiefe Stimme:

„Gute Nacht euch allen. Morgen früh, bei Sonnenaufgang, im Schankraum.“

Ein Chor von Stimmen antwortete:

„Gute Nacht, Sir.“

Dann folgte das dumpfe Geräusch mehrerer zuschlagender Türen.

Stille.

Leonidas hielt den Atem an.

Jetzt wusste er: Sir Dain war nicht in Zimmer Nummer eins. Blieben noch zwei Möglichkeiten.

Langsam lehnte er den Kopf zurück gegen die Tür.

Jetzt begann das eigentliche Spiel.

Leonidas saß noch einige Zeit regungslos am Boden, das Ohr weiterhin an die Tür gepresst. Die Stille des Flurs war drückend, als würde die Dunkelheit selbst den Atem anhalten.

Dann, leise, kaum hörbar, begann es.

Ein Zittern lief durch seinen Körper, erst sanft, dann heftiger. Seine Glieder zuckten, verkrampften, und er presste die Zähne aufeinander, als seine Muskeln sich wie unter unsichtbarem Druck zusammenzogen. Seine Arme und Beine begannen zu schrumpfen, seine Gelenke knackten lautlos, während seine Haut sich veränderte – dunkler wurde, dichter.

Sein Kopf wurde kleiner, die Züge verschwammen, bis sie verschwanden. Sein Rücken krümmte sich, seine Schultern sanken ein, während seine Kleidung mit ihm verschmolz. Erst zog sich seine Gestalt zusammen, dann breitete sie sich wieder aus – anders als zuvor.

Schwarz wie die Nacht.

Dünne, haarige Beine sprossen aus seinem Rumpf, vier auf jeder Seite, zuckend, tastend. Seine Sicht wurde anders – viele kleine Linsen, die die Welt in einem kaleidoskopartigen Flimmern zeigten.

Ein Zittern lief durch seine neuen Glieder, dann kroch er lautlos über den Holzboden.

Die Verwandlung war vollzogen.

Leonidas war nun eine Spinne. Eine unscheinbare, gemeine Hausspinne, die sich in die Dunkelheit der Nacht schmiegte.

Leonidas kroch vorsichtig durch den schmalen Spalt unter der Tür hindurch. Jeder seiner acht Beine bewegte sich lautlos über den kalten Boden, während sein kleiner Körper instinktiv versuchte, sich so flach wie möglich zu machen. Der Weg zum Zimmer mit der Nummer vier war für einen Menschen nur ein kurzer Schritt – für ihn als Spinne jedoch eine schier endlose Reise. Jeder Schatten konnte eine Bedrohung sein, jeder Luftzug eine Gefahr.

Endlich erreichte er die Tür mit der richtigen Nummer. Mit schnellen, präzisen Bewegungen glitt er unter dem Türspalt hindurch – und hielt augenblicklich inne.

Falsches Zimmer.

Vor ihm standen zwei Gestalten – Lady Seraphine und Lysandra. Der Kerzenschein tauchte den Raum in ein sanftes Licht, und Leonidas erkannte sofort, dass sie bereits ihre Rüstungen abgelegt hatten.

„Mist", dachte er. „Wenn sie mich sehen, bin ich erledigt!"

Zu spät.

Lady Seraphine's Augen weiteten sich, als sie ihn entdeckte. Reflexartig deutete sie auf ihn.

„Lysandra, mach diese Spinne weg!" Ihre Stimme klang angespannt, fast panisch.

Lysandra drehte sich grinsend zu ihr um.

„Du kämpfst gegen Vampire und andere Monster, aber eine kleine Spinne macht dir Angst?" Sie schüttelte belustigt den Kopf und suchte mit ihrem Blick den Boden ab.

Leonidas spürte, wie sich in ihm die Panik in den Gliedern ausbreitete. Er musste hier raus – sofort!

Er wirbelte herum und rannte so schnell er konnte Richtung Tür. Seine kleinen Beine rasten über das Holz, während seine acht Augen die Gefahr im Blick behielten. Seraphine würde nicht ruhen, bis er aus ihrem Sichtfeld verschwunden war.

Gerade noch rechtzeitig erreichte er den Türspalt und quetschte sich hinaus. Draußen auf dem Flur entdeckte er eine große, verzierte Vase. Ohne zu zögern, kroch er dahinter und verharrte regungslos.

Die Tür öffnete sich.

Lysandra trat einen Schritt nach draußen, blickte sich um und seufzte: „Sie ist weg. Mach dir keine Sorgen."

Leonidas wagte es nicht, sich zu bewegen. Durch den schmalen Spalt unter der Tür sah er, wie Seraphine hastig etwas davor legte – vermutlich ein Kleidungsstück oder eine Decke. Sie wollten sicherstellen, dass keine ungebetenen Gäste mehr hereinkamen.

Nun blieb ihm nur noch eine Möglichkeit – Zimmernummer sieben. Der Weg dorthin war noch weiter als zuvor, doch Leonidas biss die Zähne zusammen. Seine kleinen, pelzigen Beine huschten über den hölzernen Boden, während sein Körper sich instinktiv tief hielt. Jede Sekunde zählte.

Nach einer gefühlten Ewigkeit erreichte er endlich die Tür. Wieder schlüpfte er vorsichtig durch den Spalt und blieb regungslos stehen, um sich zu orientieren.

Dunkelheit.

Das Licht im Zimmer war bereits erloschen. Nur das fahle Mondlicht, das durch das Fenster fiel, erhellte den Raum spärlich. Leonidas bewegte sich leise weiter, jedes Bein setzte er bedacht auf, um keine unnötigen Geräusche zu verursachen.

Seine acht Augen musterten die Umgebung.

Ein Bett – darin schlief jemand tief und fest. Gut.

Am anderen Ende des Raumes stand eine leere Rüstung, sorgfältig aufgereiht. Der Brustpanzer und die Stiefel lagen auf dem Boden, während Armschienen und Helm ordentlich auf dem Tisch abgelegt waren.

Aber wo war das Schwert?

Leonidas suchte weiter, bis er es endlich entdeckte: Es hing an einem Haken neben der Tür – prachtvoll und makellos. Doch für ihn war nicht die Klinge wichtig, sondern die kunstvolle Schwertscheide, die das Schwert umhüllte.

Jetzt kam der riskante Teil.

Leonidas verharrte für einen Moment, dann begann er, sich lautlos zurückzuverwandeln. Sein Körper streckte sich, Gliedmaßen nahmen wieder ihre ursprüngliche Form an, und seine Kleidung schmiegte sich an ihn zurück. Schließlich stand er wieder in Halbelfengestalt da – atemlos, angespannt.

Es musste schnell gehen.

Er griff vorsichtig nach der Scheide und versuchte, das Schwert leise herauszuziehen, um nur die Hülle mitzunehmen.

Doch plötzlich spürte er eine Hand, die sich eisern um sein Handgelenk schloss.

Leonidas' Atem stockte.

Sein Blick folgte langsam dem kräftigen Arm nach oben – bis er in die eiskalten Augen von Sir Dain sah.

Der Ritter musterte ihn mit finsterer Miene und flüsterte: „Du bist ein Formwandler. Ich wusste es."

Leonidas erstarrte. Kein Laut kam über seine Lippen.

Sir Dain ließ nicht locker. „Was willst du mit meinem Schwert? Weißt du nicht, dass Diebstahl ein schweres Vergehen ist?"

Langsam lockerte der Ritter seinen Griff, nahm das Schwert samt Scheide an sich und betrachtete Leonidas mit prüfendem Blick. Seine Stimme war leise, aber durchdringend, fast väterlich.

„Sprich. Wir können darüber reden."

Leonidas rang nach Worten. Sein Herz pochte so laut, dass er glaubte, Dain könne es hören.

Schließlich stammelte er: „Ich … ich brauche die Scheide. Nicht das Schwert. Wirklich nur die Scheide."

Einen Moment lang herrschte Stille. Dann lachte Sir Dain leise.

„Was willst du denn mit einer leeren Schwertscheide? Sie ist wertlos – sieht nur schön aus."

Leonidas' Stimme war kaum mehr als ein Flüstern.

„Ich weiß es noch nicht ... aber sie wird wichtig sein."

Der Blick des Ritters war weiterhin durchdringend, als wollte er mehr erfahren als diese kurze Antwort. In Leonidas machte sich ein Gefühl von Vertrauen breit. Er hatte den Eindruck, er könne seinem Gegenüber alles erzählen, was ihn beschäftigte. Der Junge starrte mit bedrückten Augen auf den Boden vor sich, als er anfing zu sprechen. Die Worte kamen einfach über seine Lippen. Leonidas erzählte Sir Dain alles, was ihm widerfahren war. Sein Leben als kleines Kind, in den Höhlen der Kolonie, bis hin zu dem Tag, als er das erste Mal die Sonne erblickte und sie sich auf den Weg nach Edondon machte, das kleine Halbelfen Kind, dessen Form er angenommen hatte, um unterzutauchen, seine Jugend, die Zeit als er seine Eltern kaum sah und seine Freunde kennenlernte, bis hin zu dem Tag, an dem sich sein Leben drastisch ändern sollte. Seine Eltern, die ihn verraten hatten, den Packt mit dem Dämon, sein Freund, der in der Nacht seines Aufbruchs verstorben war und dessen Gestalt er seit dem trug, den heutigen Tag, als er den Auftrag des Dämons erhalten hatte, den Tag, den er in der Taverne verbrachte und jetzt vor dem alten Ritter stand. Leonidas ließ kein Detail aus, ganz egal wie unwichtig und klein es jemandem erschien. Es war das erste Mal in seinem noch jungen Leben, dass er sich jemandem so offen anvertraute, Leonidas bemerkte erst, was gerade geschah, als er fertig war mit seiner Erzählung. Sein Blick wanderte wieder nach oben und er sah die Augen des alten Mannes. Sir Dain blickte ihn lediglich an, hörte zu und sprach währenddessen kein einziges Wort.

Es war still.

Die Zeit schien sich zu dehnen, jede Sekunde zog sich endlos in die Länge. Dann – ohne Vorwarnung – hob der kräftige Ritter seine Hand und legte sie sanft um Leonidas' Schulter. Mit einer unerwarteten Wärme zog er ihn an sich heran, hielt ihn fest in seinen starken Armen.

Ein Zittern durchlief Leonidas' Körper, und plötzlich konnte er die Tränen nicht mehr zurückhalten. Seine Stirn sank gegen die muskulöse Brust des Ritters, und stumm begann er zu weinen. Kein Schluchzen, kein lautes Schluchzen – nur ein leiser, unterdrückter Strom an Emotionen, der sich seinen Weg bahnte.

Die Stille hielt an, bis Sir Dain sie mit ruhiger, fester Stimme durchbrach:

„Die Götter scheinen oft nur Elend für uns Sterbliche übrigzuhaben. Doch alles hat seinen Grund – jede Prüfung, jeder Schmerz. Deine Last mag schwer sein, doch du wirst sie tragen können. Und du wirst sie überwinden."

Er hielt kurz inne, ließ die Worte wirken, bevor er weitersprach.

„Komm mit mir. Reise an meiner Seite. Ich werde dir helfen, deinen Weg zu finden."

Leonidas hob langsam den Kopf. Seine Augen, noch feucht von den Tränen, suchten den Blick des Ritters. In Sir Dain´ Gesicht lag keine Verurteilung, keine Skepsis – nur ehrliche Entschlossenheit.

Er brachte kein Wort hervor, konnte es nicht. Also nickte er einfach, während er sich mit einem Ärmel die Tränen aus dem Gesicht wischte.

Sir Dain musterte ihn ein letztes Mal, dann ließ er ihn langsam los.

Leonidas nickte stumm, öffnete die Tür und trat in den dunklen Flur hinaus. Schritt für Schritt bewegte er sich auf sein Zimmer zu, sein Körper fühlte sich schwer an – erschöpft von den Ereignissen des Tages. Als er die Tür hinter sich schloss, umfing ihn endlich die ersehnte Stille.

Doch kaum hatte er ausgeatmet, breitete sich eine tiefe, hallende Stimme in seinen Gedanken aus.

„Ich wusste gar nicht, dass du so gesprächig bist. Aber du hast es gut gemacht. Er vertraut dir."

Ein eisiger Schauer lief ihm über den Rücken, doch er war zu müde, um zu reagieren. Sein Geist war wieder frei. Aber die Erschöpfung lag so schwer auf ihm, dass er nicht einmal mehr eigene Gedanken fassen konnte.

Er ließ sich auf das Bett sinken, zog die Decke über sich und schloss die Augen. Innerhalb weniger Atemzüge umfing ihn die Dunkelheit, und zum ersten Mal in seinem Leben fiel er in einen tiefen, erleichterten Schlaf.

Kapitel 13

Ein lautes Klopfen an der Tür riss Leonidas unsanft aus dem Schlaf.

„Aufstehen!" Sir Dain´s Stimme hallte durch das Zimmer. „Zeit für dein erstes Training."

Noch halb in seinen Träumen gefangen, blinzelte Leonidas verschlafen. Sein Blick wanderte zum Fenster – draußen lag noch die Dämmerung über der Welt. Überfordert mit der Situation, zwang er sich aus dem Bett, streckte kurz die steifen Glieder und schlurfte zur Tür.

Als er sie öffnete, standen Sir Dain und Lady Seraphine bereits in voller Montur vor ihm. Ihre Rüstungen glänzten im schwachen Morgenlicht, und beide wirkten ausgeschlafen und voller Tatendrang – im Gegensatz zu ihm.

Sir Dain hielt ein schlankes Rapier in der Hand und reichte es Leonidas mit einem herausfordernden Blick entgegen.

„Wir zeigen dir heute, wie man damit umgeht. Du wirst auf unserer Reise nicht nur Zuschauer sein – du wirst lernen, deinen Beitrag zu leisten."

Die beiden Ritter wandten sich wortlos zur Treppe und stiegen hinab, während Leonidas ihnen müde, aber folgsam hinterherlief.

Im Schankraum schürte Baldrin gerade das Feuer im Kamin an, während er zwischendurch Getränke und Brot an die frühen Gäste verteilte.

Ohne große Worte durchquerten die drei den Raum, traten durch den Hinterausgang ins Freie und gelangten in den Innenhof. Ein alter Brunnen stand in der Mitte, sein Stein von Wind und Wetter geglättet, daneben eine kleine Scheune, die wohl als Stall diente.

Die kühle Morgenluft schlug Leonidas entgegen, durchdrang seinen schläfrigen Geist und machte ihn mit einem Schlag wacher. Er sog den frischen Duft von Tau und feuchtem Holz ein.

Ja, jetzt war er bereit für seine erste Trainingseinheit.

Sir Dain wandte sich mit einem breiten Grinsen an Leonidas. „Du wirst ein Sparring mit Lady Seraphine überstehen müssen. Halte dein Rapier hoch – und versuche, sie nicht zu verletzen."

Seraphine unterdrückte ein Lachen und zog mit einer fließenden Bewegung ihr eigenes Rapier aus der Scheide. Sie richtete die schlanke Klinge auf den Halbelf und sprach mit ernster, aber freundlicher Stimme:

„Der Kampf mit dem Rapier basiert auf Präzision, Schnelligkeit und geschicktem Einsatz von Distanz. Es ist keine grobe Hiebwaffe – dein Ziel ist es nicht, deinen Gegner zu zerschmettern, sondern ihn mit gezielten Stichen außer Gefecht zu setzen."

Dann trat sie hinter Leonidas, ihre Hände umfassten fest, aber bestimmt seine Hüfte. „Stell dich seitlich hin", wies sie ihn an, während sie mit ihrem Bein seinen rechten Fuß leicht nach vorne schob.

„Die vordere Fußspitze zeigt auf deinen Gegner – ebenso wie deine Waffe." Mit einer geschmeidigen Bewegung drehte sie seinen hinteren Fuß in eine seitliche Stellung. „So minimierst du deine Angriffsfläche und bleibst beweglich genug, um Angriffen auszuweichen."

Seraphine stellte sich wieder vor Leonidas und musterte ihn mit prüfendem Blick. „Hast du so weit alles verstanden?"

Leonidas nickte entschlossen. Obwohl er sich noch überfordert fühlte, war er fest entschlossen, diese elegante Kampfkunst zu erlernen.

Lady Seraphine nahm ihre Kampfhaltung ein und sprach weiter: „Heute zeige ich dir drei sehr effektive Arten, einen Angriff zu starten. Die erste ist der Stich."

Kaum hatte sie das Wort ausgesprochen, schnellte sie nach vorne. Ihre Bewegung war so blitzschnell, dass Leonidas kaum verstand, was gerade geschah – im nächsten Moment stand die Spitze ihres Rapiers direkt vor seiner Brust.

„Schnell, direkt und präzise", erklärte sie ruhig. „Wenn du es richtig machst, wird dein Gegner kaum Zeit haben zu reagieren."

Seraphine zog sich wieder in ihre Ausgangsposition zurück und nahm die Kampfhaltung ein. „Die zweite Technik nennt sich Bindung."

Leonidas glaubte, auf ihren nächsten Angriff vorbereitet zu sein. Als sie sich bewegte, versuchte er, ihre Klinge mit seiner eigenen beiseite zudrücken. Doch er hatte die Wucht ihres Angriffs unterschätzt.

Mit beeindruckender Präzision glitt Seraphine's Klinge unter seine und lenkte sie mit einer solchen Kraft ab, dass Leonidas instinktiv losließ. Das Rapier fiel klirrend zu Boden – und erneut spürte er die Spitze ihrer Waffe an seiner Brust.

Seraphine lächelte leicht. „Das ist die Technik der Bindung. Sie verschafft dir Platz und zwingt die gegnerische Klinge weg von deinem Körper."

Seraphine stand nun wieder in ihrer Ausgangsposition, ihre Augen fixierten Leonidas, als sie die dritte Technik ansprach: „Die letzte Methode nennt sich Finte. Sie zwingt deinen Gegner dazu, sich auf eine falsche Bewegung zu konzentrieren, wodurch du eine Lücke in seiner Verteidigung entdeckst."

Leonidas spürte, wie sein Herz schneller schlug. Er war noch nicht ganz sicher, wie er mit dieser schnellen, präzisen Kämpferin umgehen sollte. Der Druck in seiner Brust war kaum auszuhalten, als er die Spitze ihres Rapiers erneut vor sich sah. Die Angst, zu versagen, mischte sich mit der Entschlossenheit, mehr zu lernen.

Seraphine begann sich zu bewegen, ihre Füße wirbelten fast mit einer Eleganz, die Leonidas fast vergessen ließ, selbst in Bewegung zu kommen. Er versuchte, ihre Schritte zu verfolgen, doch sie war zu schnell.

„Konzentriere dich, Leonidas", sagte sie mit einem Hauch von Belustigung in ihrer Stimme. „Finde den Moment, in dem ich offen bin."

Ihre Bewegungen wurden fließend, fast hypnotisch. Sie zog das Schwert zurück, als ob sie einen echten Angriff ansetzen würde. Doch dann war es, als würde sich die Zeit dehnen. Sie machte einen kleinen Schritt zur Seite und brachte das Rapier in eine völlig unerwartete Richtung.

Leonidas reagierte instinktiv und versuchte, ihre Bewegungen nachzuvollziehen, doch es war zu spät. Die Spitze ihres Rapiers war wieder vor seiner Brust, und er spürte, wie die Kälte der Klinge seine Haut berührte.

„Du hast die Finte nicht kommen sehen", sagte Seraphine ruhig. „Mit dieser Technik lässt du den Gegner glauben, er sei sicher, nur um dann einen Angriff aus einer völlig anderen Richtung zu setzen."

Leonidas trat einen Schritt zurück, atmete schwer aus und ballte die Fäuste. Der Frust brodelte in ihm. „Ich ... ich kann einfach nicht mithalten."

Seraphine sah ihn mit einem nachdenklichen Blick an. „Das ist normal. Jeder Schritt, den du machst, ist ein Schritt näher an dein Ziel. Du wirst es lernen, wenn du nicht aufgibst."

Leonidas nickte langsam. Tief in seinem Inneren wusste er, dass er noch weit entfernt war, diese Kampfkunst zu erlernen. Doch ein Funken Hoffnung wuchs in ihm – er hatte noch viel zu lernen, aber er war bereit.

Seraphine fixierte Leonidas mit einem ernsten Blick. Ihre Augen waren scharf, die Haltung aufrecht und fest, als ob sie die ganze Kraft eines Königs in sich trug. „Nun, es wird Zeit, dass du das Gehörte in die Tat umsetzt", sagte sie mit ruhiger, aber entschlossener Stimme. „Fangen wir mit dem Stich an. Setz ihn und wiederhole ihn, bis ich dir die Erlaubnis gebe, aufzuhören."

Leonidas spürte den stechenden Blick der Ritterin auf sich. Das Rapier fühlte sich schwerer an als vorher. Seine Finger zitterten leicht, nicht vor Angst, sondern vor der Herausforderung, die vor ihm lag. Doch er war entschlossen. Er wollte sich beweisen – nicht nur vor den anderen, sondern vor sich selbst.

Mit einem schnellen Schritt setzte er zum ersten Angriff an, die Klinge mit einer fließenden Bewegung auf sie zuschickend. Doch Seraphine weichte geschickt aus, parierte seinen Schlag mit einer eleganten Drehung ihres Rapiers, das wie ein lebendiges Wesen in ihren Händen tanzte. Der Treffer verfehlte sein Ziel, nur ein Hauch des Stahls klirrte gegen ihre Waffe.

„Wieder", sagte Seraphine mit einem unerschütterlichen Ton, der keine Zweifel ließ. „Komm schon, Leonidas. Setze die Klinge ein. Denk an das Ziel."

Er atmete tief ein, sammelte sich und griff erneut an, diesmal mit mehr Entschlossenheit. Doch sie war schneller, immer schneller. Seine Klinge traf erneut nur die Luft, als ihre Verteidigung ein weiteres Mal unerschütterlich blieb.

„Nicht schlecht, aber nicht genug", murmelte sie, und Leonidas spürte, wie die Entschlossenheit langsam zu Frust wurde. Seine Versuche wurden immer wieder abgewehrt, als ob er gegen eine Mauer kämpfte, die keinerlei Schwachstellen aufwies. Er setzte noch einen Angriff an – und noch einen, und noch einen. Jede seiner Bewegungen schien nicht zu reichen. Das Gefühl der Ohnmacht kroch in ihm hoch, doch er biss die Zähne zusammen und versuchte es erneut.

Die Sonne stieg langsam am Horizont auf, ihre goldenen Strahlen kämpften gegen das Grau des Morgens und tauchten den Hof in ein blasses Licht. Die Schatten der beiden Kämpfenden wuchsen lange über den Boden, doch Leonidas konnte sich nicht von der Hitze der Anstrengung befreien. Eine Stunde war vergangen. Das Schwert in seinen Händen schien schwerer zu werden, als ob es mit jedem misslungenen Versuch mehr wie Blei wog. Seine Muskeln brannten, doch Seraphine stand immer noch da, unbeeindruckt, als wäre sie aus Stein gemeißelt.

„Genug", sagte sie nach etwas mehr als einer Stunde hartem Training. Ihre Stimme war immer noch ruhig, aber er konnte die leise Zufriedenheit in ihr hören. „Das reicht für jetzt. Wir werden später weiter trainieren."

Leonidas ließ das Schwert sinken, das schwere Atmen füllte den Raum zwischen ihnen. Schweiß tropfte von seiner Stirn, seine Hände zitterten von der Anstrengung. Er wollte mehr – wollte es endlich verstehen und durchbrechen. Doch für jetzt war der Kampf vorbei.

Die anderen Ritter, die inzwischen den Hof betreten hatten, standen am Rande und beobachteten das Geschehen mit ernstem Blick. Ihre Gesichter zeigten keine Verurteilung, nur eine stille Anerkennung der Tatsache, dass er sich der Herausforderung gestellt hatte. Doch niemand sagte etwas. Sie wussten, dass die wahre Reise für Leonidas noch lange nicht begonnen hatte.

„Gut gemacht", sagte Seraphine leise und nickte ihm zu, als sie ihre Waffe mit einem geschmeidigen Handgriff in die Scheide schob. „Du hast Ausdauer gezeigt. Doch du weißt genauso gut wie ich, dass es noch ein langer Weg ist, den du gehen musst."

Leonidas nickte, auch wenn er sich innerlich enttäuscht fühlte. Er hatte es nicht geschafft – noch nicht. Aber das Training hatte ihm eines klargemacht: Der Weg des Kriegers war nicht einfach, aber er würde ihn weitergehen. Und vielleicht, nur vielleicht, würde er eines Tages verstehen, wie er gegen die Unbezwingbare bestehen konnte.

Sir Dain erhob die Stimme, ruhig und anerkennend. „Gut gemacht, mein Junge. Nun geh dich waschen. Nach dem Frühstück brechen wir auf."

Leonidas nickte respektvoll. „Verbeuge dich vor deinem Gegner. Das ist ein Zeichen des Respekts." Fügte der Ritter an.

Der Halbelf hielt kurz inne, dann verbeugte er sich leicht, erst vor Seraphin, dann vor dem alten Ritter. Anschließend drehte er sich wortlos um – er war zu erschöpft, um noch etwas zu sagen.

Kapitel 14

Mit schweren Schritten betrat er die Hintertür des Lokals, nahm die Treppe nach oben und ging direkt in den Waschraum. Vorsichtig öffnete er die Tür, trat ein und ließ die Klinke ins Schloss fallen. Kaum hatte das Geräusch des sich schließenden Schlosses die Luft durchbrochen, übermannte ihn wieder dieser dunkle Rauch in seinen Gedanken. Still und schwer legte er sich auf ihn, zog ihn in seine Tiefe.

„Dein Weg ist noch lang …" Die Stimme hallte durch seinen Verstand, weich wie Seide, aber mit dem Nachhall von Stahl. „Sie respektieren dich. Nimm den Unterricht im Schwertkampf an – du wirst ihn brauchen. Doch vergiss eines nicht: Ich bin dein Meister. Erzähl ihnen nicht mehr von mir!"

Leonidas schluckte. „Und wenn er mir die Schwertscheide nicht freiwillig gibt?" Er ahnte die Antwort bereits, doch er musste sie hören.

Die Stimme ließ sich Zeit, dann kam sie, kalt und unnachgiebig: „Dann wirst du sie ihm von seinem leblosen Körper abnehmen."

Der Rauch verzog sich aus seinem Kopf, seine Gedanken wurden wieder klar.

Leonidas trat an den Spiegel und betrachtete sein eigenes Spiegelbild. Seine Hände tauchte er in den mit Wasser gefüllten Eimer, spritzte sich das kühle Nass ins Gesicht. Dann sah er sich erneut an. Schwarze Haut, tiefbraune Augen – die Zeichen seines wahren Ichs.

Ein Formwandler. Dazu bestimmt, ein Leben lang jemand anderes zu sein.

Doch jetzt ... jetzt hatte er jemanden gefunden, der ihn – zumindest schien es so – akzeptierte, so wie er war. Sir Dain hatte ihn von der ersten Sekunde an durchschaut. Aus welchem Grund auch immer, konnte der alte Ritter hinter seine Maske sehen. Und dennoch hatte er ihn nicht verstoßen. Nein, er hatte ihm angeboten, Teil seiner Gefolgschaft zu werden.

Leonidas ließ sich in die Wanne gleiten. Das warme Wasser umhüllte ihn, nahm ihm für einen Moment das Gewicht seiner schmerzenden Muskeln. Schwerelos trieb er dahin, genoss für einen kurzen Augenblick den Frieden.

Doch schließlich war es Zeit. Er wusch sich den Schweiß von der Haut, stieg vorsichtig aus der Wanne und trocknete sich ab, bedacht darauf, keine hastigen Bewegungen zu machen.

Bevor er sich wieder ankleidete, ließ er seine wahre Gestalt zurückweichen und nahm erneut die Form von Leonidas an – seine Halbelfen-Gestalt. Diese Verwandlung fiel ihm leicht, erforderte kaum Anstrengung. Kein Wachstum von Gliedmaßen, kein Fell, keine fremdartigen Merkmale. Sie war so fein und unauffällig, dass sie unter Kleidung fast unbemerkt blieb. Nur sein Gesicht musste dabei verdeckt sein.

Leonidas betrat den Schankraum. Die anderen Ritter saßen bereits am selben Tisch wie am Vorabend. Es wirkte, als würden sie auf jemanden warten. Erst als der Halbelf sich setzte, erhob Sir Dain das Wort:

„Lasst uns speisen. Ein Dank an den Koch – und darauf, dass wir bald wieder gemeinsam an einem Tisch sitzen werden."

Die Ritter erwiderten mit einem einstimmigen „Guten Appetit", und jeder begann mit seiner Mahlzeit. Die

Gespräche verliefen ebenso einfach und belanglos wie am Vortag.

Nach einer Weile wandte sich Leonidas mit leichter Aufregung in der Stimme an Lady Seraphine:

„Vielen Dank noch einmal für den Unterricht. Aber … wo hast du dich eigentlich nach dem Training gewaschen?"

Seraphine sah ihn mit ernster Miene an. „Das war nicht nötig."

Einen Moment lang herrschte Stille – dann brach am Tisch lautes Gelächter aus. Leonidas' Gesicht lief knallrot an. Diese Blamage hatte er nicht kommen sehen. Doch schließlich musste er selbst lachen.

Sir Dain wartete, bis die ausgelassene Stimmung abebbte, dann erhob er erneut die Stimme – dieses Mal mit ernsterem Ton:

„Garric, Alister, Lysandra – heute trennen sich unsere Wege vorerst. Ihr werdet zum Hof zurückkehren und Bericht erstatten über alles, was wir in Erfahrung gebracht haben. Seraphine, Leonidas und ich werden uns noch weiter umhören. In drei Monaten werden wir zurück sein."

Garric nickte. „Dürfen wir wissen, wohin es euch zieht?"

„Nein." Sir Dain's Stimme war fest. „Ich habe hier noch eine Aufgabe zu erledigen – und dafür benötige ich ausschließlich Lady Seraphine."

Alle am Tisch richteten ihre Blicke an Leonidas vorbei. Er konnte nicht deuten, was sie bedeuteten, doch er hielt ihnen stand.

Schließlich erhoben sich die drei Ritter. Sie verabschiedeten sich höflich, auch Leonidas bekam ein knappes „Auf Wiedersehen", bevor sie die Taverne verließen.

Sir Dain wartete, bis die Tür hinter ihnen ins Schloss fiel, dann sprach er in gedämpftem Ton weiter:

„Wir werden noch eine Weile durch das Land ziehen. Du, Leonidas, wirst weiter hart trainieren – und so viel von Seraphine lernen, wie du kannst."

Seraphine sah den alten Ritter prüfend an. „Und was wirst du währenddessen unternehmen?"

Sir Dain´s Blick wurde hart. „Ich werde unserer Mission folgen. Informationen über diesen Mann beschaffen. Und wenn möglich ... ihn zur Rechenschaft ziehen."

Leonidas runzelte die Stirn. „Über welchen Mann?"

Sir Dain erwiderte seinen Blick mit ruhiger Bestimmtheit. „Das soll vorerst nicht deine Sorge sein. Kümmere dich um dein Training."

Leonidas senkte den Kopf und kaute gedankenverloren auf seinem Brot herum.

Nach einer Weile erhob sich Sir Dain. „Nun gut, es ist Zeit, dass wir aufbrechen." Er drehte sich in Richtung der Küche und rief: „Baldrin?"

Der Wirt, trat sofort hervor. „Ja? Braucht Ihr noch etwas?"

„Hast du ein Pferd im Stall, das du entbehren kannst? Ich bezahle es."

Baldrin kratzte sich am Bart, dann nickte er. „Aber natürlich. Ihr könnt meine alte Stute Bella haben."

Sir Dain zog ein paar Münzen aus seinem Beutel und drückte sie dem Zwerg in die Hand. „Ich hoffe, das reicht."

Dann wandte er sich an Leonidas, sah ihm tief in die Augen. „Hol deine Sachen. Wir treffen uns gleich vor der Taverne."

„J-J-ja." murmelte Leonidas und eilte nach oben in sein Zimmer.

Er sammelte seine wenigen Habseligkeiten zusammen, schloss die Tür hinter sich und stieg die knarrende Treppe wieder hinab. Als er den Schankraum erreichte, trat er zu Baldrin und reichte ihm seinen Schlüssel.

„Vielen Dank für die Gastfreundschaft. Ich hoffe, wir sehen uns wieder."

Baldrin nahm den Schlüssel mit einem gutmütigen Nicken entgegen. „Das hoffe ich auch. Vielen Dank für Euren Besuch."

Leonidas trat durch die Eingangstür der Taverne. Draußen empfing ihn strahlendes Wetter – kaum eine Wolke am Himmel, die Sonne stand hoch über ihm und schien warm auf sein Gesicht herab, als wolle sie ihn willkommen heißen.

Ein Schwarm Vögel zog in einer perfekten V-Formation über ihn hinweg, während eine sanfte Brise durch sein Haar strich. Auf der Straße gingen einige Wanderer, in Gespräche vertieft.

Etwas abseits entdeckte er Sir Dain und Lady Seraphine, die gerade dabei waren, die Pferde zu satteln und ihre Habseligkeiten sicher an den Sattelgurten zu befestigen.

Sir Dain´s Pferd war ein prächtiger weißer Schimmel – kräftig, muskulös und mit einer königlichen Ausstrahlung.

Lady Seraphine´s Stute war das Gegenteil: tiefschwarz, elegant, mit einer fast unnahbaren Aura. Beide Tiere wirkten selbstbewusst, stark – Kriegerpferde.

Und dann war da Bella.

Leonidas' Pferd wirkte im Vergleich winzig. Eine zierliche, betagte Stute, die mit gesenktem Kopf neben den beiden anderen stand, als wüsste sie, dass sie nicht mithalten konnte.

Er seufzte leise und zog seine Gesichtsmaske über die Nase. Die Gewohnheit, sein Gesicht zu verbergen, hatte er nie wirklich abgelegt – es gab ihm ein Gefühl der Sicherheit. Dann setzte er sich in Bewegung, direkt auf seine neuen Gefährten zu.

„Ich habe alles, wir können los", verkündete er.

Sir Dain drehte sich zu ihm um und klopfte mit der flachen Hand auf Bellas Flanke. „Sehr gut. Das hier ist Bella", sagte er mit einem Schmunzeln. „Sei gut zu ihr – sie wird Dir von nun an treue Dienste leisten."

Leonidas trat näher an die Stute heran. Sie mochte kleiner sein als die anderen, doch ihr Kopf überragte ihn immer noch. Er kramte ein paar Brotreste aus seiner Tasche und streckte ihr die flache Hand hin:

„Hallo, Bella. Ich bin Leonidas. Ich hoffe, wir werden uns gut verstehen."

Die Stute betrachtete ihn einen Moment lang misstrauisch, als würde sie ihn einschätzen. Doch dann senkte sie langsam den Kopf, schnupperte an seiner Hand und begann vorsichtig, das Brot zu fressen – ihre dunklen Augen stets auf ihn gerichtet. Als sie fertig war, stupste sie ihm sanft an die Wange.

Leonidas lachte verlegen und wandte sich an seine Begleiter. „Und … was jetzt? Ich bin noch nie geritten."

Lady Seraphine schmunzelte. „Setz dich einfach darauf und halt dich gut fest. Ich werde Bella am Zaumzeug von Yara befestigen, dann folgt sie ihr automatisch."

Leonidas kratzte sich am Kopf und grinste unsicher. „Das klingt nach der besten Idee."

Er strich Bella sanft über das Fell und beobachtete Sir Dain, wie er mit einer geübten Bewegung sein Pferd bestieg.

„Linken Fuß in den Steigbügel, mit den Zehen nach vorn … dann mit einem Schwung hoch, rechtes Bein darüber und in den anderen Steigbügel … müsste eigentlich klappen", murmelte er sich selbst zu.

Doch als er vor Bella stand, stellte er fest, dass er schlicht zu klein war, um sein Bein in den Bügel zu bekommen. Er runzelte die Stirn.

„Ähm ... Bella? Könntest du dich vielleicht ein wenig runterbeugen?"

Die Stute blickte ihn kurz an – und kniete sich dann langsam auf ihre Vorderbeine.

Leonidas blinzelte überrascht. Es fühlte sich an, als hätte sie ihn verstanden. Vorsichtig schwang er sich auf ihren Rücken. Kaum saß er im Sattel, erhob sich Bella wieder, wodurch er heftig durchgeschüttelt wurde. Mit Mühe hielt er sich an den Zügeln fest.

Lady Seraphine lachte. „Ganz eindeutig das Pferd eines Zwerges. Sie ist es gewohnt, kleine Reiter zu tragen!"

Die tiefe Stimme des alten Ritters durchschnitt die Luft, während er seinem Pferd sanft die Fersen in die Flanken drückte.

„Auf geht's, Levente."

Der große Schimmel setzte sich gemächlich in Bewegung, seine Hufe hallten dumpf auf dem festgetretenen Boden. Auch Lady Seraphine gab Yara das Kommando, und Bella folgte der schwarzen Stute daraufhin treu auf Schritt und Tritt.

Die kleine Reisegruppe ritt gen Süden – zurück in die Richtung, aus der Leonidas am Vortag gekommen war. Erst führte der Weg einen sanften Hügel hinauf, dann folgten sie der staubigen Straße, die sich zwischen Feldern und Wäldern hindurchschlängelte.

Heute herrschte reger Verkehr. Händler mit schwer beladenen Karren, Bauern mit ihren Viehherden und vereinzelte Reisende kreuzten ihren Weg. Doch die Menschen machten instinktiv Platz, wichen respektvoll aus und warfen verstohlene Blicke auf die Reiter. Ob es an den eindrucksvollen Pferden lag oder an den strahlenden, respekteinflößenden Rüstungen, die Sir Dain und Lady Seraphine trugen, konnte Leonidas nicht sagen.

Während des Ritts sprachen die beiden leise miteinander. Sie ritten nebeneinander, schienen ihn völlig zu vergessen. Ihre Gesichter waren ernst, ihre Gesten verrieten, dass sie über etwas Dringliches sprachen – und dass Lady Seraphine ganz und gar nicht zufrieden war.

Leonidas versuchte erst gar nicht, ihren Worten zu lauschen. Stattdessen widmete er sich Bella.

Er redete mit ihr, erzählte ihr von seinen Gedanken, von seinen Unsicherheiten. Es war ein seltsames Gespräch, denn im Grunde sprach er mit sich selbst. Doch er hatte das Gefühl, dass Bella ihm tatsächlich zuhörte. Immer wieder schüttelte sie leicht den Kopf in seine Richtung, als wollte sie ihm zustimmen.

Die Stunden verstrichen, die Sonne wanderte über den Himmel.

Plötzlich zügelten die beiden Ritter ihre Pferde.

Ohne ein Wort hielten sie an.

Die Dämmerung senkte sich langsam über das Land, als die kleine Reisegruppe am Ufer eines plätschernden Flusses ihr Nachtlager aufschlug. Das Wasser glitzerte im letzten Licht der Sonne, eine sanfte Brise trug den Duft feuchter Erde heran. Vereinzelt ragten Bäume aus der offenen Weide, ihre Schatten tanzten auf dem Gras. Frösche stimmten bereits ihre Abendgesänge an, während die ersten Glühwürmchen aufzuleuchten begannen.

Leonidas zog die Zügel von Bella an, die treu hinter Yara gefolgt war. Als sie zum Stehen kamen, klopfte er ihr sanft den Hals und blickte zu seinen Begleitern:

„Wohin geht unsere Reise eigentlich als Nächstes?" fragte er, während er aus dem Sattel glitt.

Sir Dain, der gerade mit geübten Handgriffen das Zaumzeug seines Pferdes löste, hob den Blick. „Varinth. Eine

Stadt, nicht mehr weit von hier. Doch für heute reicht es. Wir schlagen hier unser Lager auf."

Leonidas nickte und begann, seine wenigen Habseligkeiten neben einem großen Stein auszubreiten. Lady Seraphine und Sir Dain machten sich daran, mit schnellen Bewegungen eine Plane zwischen zwei Stäben zu spannen. Innerhalb weniger Minuten standen zwei kleine Zelte neben seinem Schlaflager.

Seraphine wandte sich ihm mit einem spitzbübischen Lächeln zu. „Bereit für deine nächste Trainingseinheit?"

Leonidas spürte noch immer die Strapazen des Morgens in seinen Muskeln. Dennoch straffte er die Schultern und zwang sich zu einem selbstbewussten Grinsen. „Jetzt?" Er atmete tief durch. „Na klar!"

Mit gezücktem Rapier trat Seraphine auf eine offene Grasfläche abseits des Lagers. „Jetzt lernst du die Kunst der Abwehr.“

Leonidas folgte ihr und zog sein eigenes Schwert. „Also, was muss ich tun?"

Seraphine erklärte geduldig: „Das Ziel ist es, die Klinge deines Gegners zu führen, nicht gegen sie anzukämpfen. Du leitest sie zur Seite und bringst dich gleichzeitig in eine gute Position für deinen Gegenangriff. Halte deine Augen immer auf die Bewegungen deines Gegners gerichtet.“ Dann stieß sie mit präziser Geschwindigkeit nach vorne.

Leonidas reagierte instinktiv und versuchte, ihre Klinge zur Seite zu lenken. Er führte sein Schwert von unten nach links, doch ehe er den Konter setzen konnte, hatte Seraphine seinen Angriff bereits vorhergesehen. Mit einer geschmeidigen Bewegung fing sie seine Klinge ab und versetzte ihm einen leichten Klaps auf die Schulter.

„Zu langsam", stellte sie fest und zog die Waffe zurück. „Noch einmal.“

Immer wieder übten sie, bis Leonidas kaum noch darüber nachdenken musste. Seine Bewegungen wurden flüssiger, seine Reflexe schneller. Doch er schwitzte erneut, während Seraphine kaum aus der Puste schien. Sie bewegte sich mit einer solchen Eleganz und Präzision, dass er sich plötzlich winzig vorkam.

Nach einer Weile erklang Sir Dain's tiefe Stimme aus der Nähe des Feuers. „Genug für heute. Wascht euch, das Essen ist bald fertig."

Seraphine steckte ihr Rapier weg und schenkte Leonidas ein anerkennendes Nicken. „Du machst dich gut. Noch ein paar Tage, und du hast die Grundlagen verinnerlicht."

Leonidas fühlte sich, als wäre er gerade zehn Zentimeter gewachsen. „Bei einer Lehrmeisterin wie dir kann ja nichts schiefgehen", erwiderte er mit einem grinsenden Zwinkern.

Seraphine schmunzelte und drehte sich um, um zum Feuer zurückzukehren. Leonidas hingegen ging langsam zum Fluss hinüber.

Dort angekommen, zog er Stiefel, Hose und Hemd aus, während die kühle Nachtluft seine Haut streichelte. Dann griff er nach seinem Halstuch. Einen Moment lang zögerte er. Er trug es seit Jahren, legte es nie ab, schon gar nicht in der Gegenwart anderer. Doch er war sich sicher: Er konnte diesen beiden Rittern vertrauen. Dennoch schien das bloße Ablegen des Stoffes eine unsichtbare Barriere in ihm zu durchbrechen.

Er legte das Tuch behutsam auf einen Stein und glitt ins Wasser. Die Frische umfing ihn sofort, spülte die Anstrengung des Tages von ihm ab. Ein leiser Seufzer entkam ihm. Er tauchte den Kopf unter, ließ sich für einen Moment treiben, bis sich seine Muskeln entspannten. Das Wasser linderte den Schmerz in seinen Gliedern, den er nach dem Training verspürte.

Nach ein paar Minuten stieg er wieder aus dem Fluss, trocknete sich mit seinem Mantel ab und zog sich an. Dann kehrte er zum Lagerfeuer zurück, wo bereits dampfende Schalen auf ihn warteten. Der Geruch von Eintopf füllte die Luft, und sein Magen knurrte zustimmend.

„Das riecht fantastisch", sagte er und nahm dankbar die Schale entgegen.

Sir Dain rührte in seinem eigenen Eintopf und sah Leonidas mit scharfem Blick an. „Morgen erreichen wir Varinth. Dort erwartet uns eine ernste Aufgabe."

Leonidas schluckte einen Löffel heiße Suppe herunter. „Was genau erwartet uns dort?"

Sir Dain hielt kurz inne, bevor er antwortete: „Etwas, das deine ganze Aufmerksamkeit erfordern wird."

Leonidas spürte, wie sich seine Nackenhaare aufstellten. Irgendetwas lag in der Luft, etwas Dunkles. Er konnte es nicht greifen, doch er wusste, dass diese Reise mehr sein würde als nur ein Training für ihn.

Leonidas straffte die Schultern und sah die beiden Ritter mit ernstem Blick an. Seine Stimme war respektvoll, aber bestimmt: „Worum genau geht es? Was ist eure Mission?"

Sir Dain und Lady Seraphine tauschten einen kurzen, fast zögerlichen Blick, bevor der alte Ritter das Schweigen brach. Seine Stimme war ruhig, doch in seinem Tonfall lag eine unterschwellige Schwere: „Aus den hohen Kerkern ist jemand geflohen." Er hielt einen Moment inne, als wäge er seine Worte ab, dann fuhr er fort: „Ein Paladin. Einst ein Krieger des Lichts, doch er hat seinen Glauben verraten. Jetzt sieht er seine Mission darin, das Verborgene auszulöschen."

Leonidas runzelte die Stirn. „Das Verborgene? Was bedeutet das?"

Sir Dain erwiderte seinen Blick mit ernster Miene. „Wesen wie du, mein Junge."

Leonidas erstarrte. „Wie ich?"

Der Ritter nickte bedächtig. „Jeder, der die Fähigkeit besitzt, seine Gestalt zu wandeln, sich als jemand anderes auszugeben. Für ihn sind Formwandler eine Bedrohung. Und er jagt sie, rücksichtslos und ohne Gnade."

Leonidas spürte, wie sein Herz schneller schlug. Er war sich der Skepsis gegenüber seinem Volk bewusst, doch das hier war etwas anderes. Das klang nach einem gezielten, kaltblütigen Vernichtungsfeldzug. „Und wie kann ich dabei helfen? Ich bin nicht mehr als ein Jüngling."

Lady Seraphine lehnte sich vor, ihre blauen Augen musterten ihn nachdenklich. „Du hast die Fähigkeit, dich anzupassen. Du weißt, wie sich Formwandler verhalten. Vielleicht können wir dieses Wissen nutzen, um ihn ausfindig zu machen. Um seine nächsten Schritte zu erahnen. Vielleicht könnten wir ihn sogar stellen."

Leonidas schwieg. In seinem Inneren formte sich ein dunkler Nebel, kalt und fordernd. Dann war sie da, die Stimme. Dröhnend und hämisch, hallend wie ein fernes Gewitter: „TREVOR. Dieser Bastard. Jetzt weiß ich endlich, wo er sich die ganze Zeit versteckt hat. Das trifft sich ausgezeichnet. Reise mit den Rittern und töte dieses elendige Weichei!"

Leonidas' Blick trübte sich, sein Herz hämmerte gegen seine Brust. Er wollte etwas erwidern, doch der dunkle Rauch in seinem Kopf schnürte ihm die Kehle zu. Dann brachte er mühsam hervor: „Wer ist Trevor? Was hat er mit dir zu tun? Er ist ein Paladin!"

Der Dämon fauchte. „Das geht dich nichts an! Er ist dein Auftrag, Junge! Tu, was ich dir sage!"

Und dann, genauso plötzlich wie er gekommen war, zog sich der Nebel zurück.

Leonidas blinzelte, kehrte in die Realität zurück. Zwei verwirrte Blicke ruhten auf ihm. Sir Dain musterte ihn besorgt. „Sind das die Stimmen, von denen du uns erzählt hast?"

Leonidas nickte langsam, rieb sich die Schläfen. „Ja. Sie kommen und gehen, aber… jetzt weiß ich, dass ich diesen Trevor ebenfalls suche. Könnt ihr mir mehr über ihn erzählen?"

Lady Seraphine schüttelte den Kopf. „Morgen. Es ist spät, und wir haben einen langen Tag vor uns." Sie erhob sich, nahm das Geschirr und ging zum Fluss, um es zu spülen.

Sir Dain klopfte den Staub von der Hose und streckte sich. „Sie hat recht. Morgen früh wirst du trainieren, danach reiten wir weiter nach Varinth. Nun aber, gute Nacht, mein Junge. Du übernimmst die erste Wache."

Leonidas nickte und blieb allein am Feuer zurück. Eine Weile betrachtete er sein Rapier, wie das Licht der Flammen darauf tanzte. Dann kehrte Lady Seraphine zurück und warf ihm einen knappen Blick zu. „Weck mich, sobald du zu müde wirst."

Die Nacht war ruhig. Der Fluss plätscherte, Frösche stimmten weiter ihr Lied an, und Grillen zirpten in der Ferne. Glühwürmchen zogen träge durch die Dunkelheit. Es war beinahe friedlich.

Nach einiger Zeit legte Leonidas frisches Holz ins Feuer und trat dann vorsichtig an Seraphine´s Zelt. „Seraphine, deine Wache."

Ihre Augen öffneten sich langsam, das Feuer spiegelte sich in ihren blauen Iriden. Sie setzte sich auf, strich sich das Haar aus dem Gesicht und nickte. „Alles klar. Leg dich schlafen."

Leonidas zog seinen Mantel enger um sich, wickelte sich darin ein und zog seine Maske über die Nase. Der Schlaf holte ihn fast augenblicklich ein.

So begann seine Reise – Wochen, in denen sie vergeblich Hinweisen auf Trevors Aufenthaltsort nachgingen, immer wieder den Umgang mit dem Rapier trainierten und einander dabei näherkamen. Aus Misstrauen wurde Vertrautheit, aus Vertrautheit Zuneigung.
Bis sie ihn schließlich fanden.
Das Ziel war Varrinth – eine Stadt, die in den letzten Tagen von einer grausamen Mordserie an Formwandlern erschüttert worden war.

Kapitel 15

Es fühlte sich an wie ein einziger Wimpernschlag, als ihn eine Hand an der Schulter rüttelte. Seine Augen öffneten sich schlagartig, sein Körper spannte sich an.

Sir Dain stand über ihm. Sein Blick war fast väterlich.

„Aufwachen, mein Junge. Es ist Zeit."

Die ersten Sonnenstrahlen tasteten sich vorsichtig über den Horizont, als Leonidas sich langsam aus seinem provisorischen Lager erhob. Seine Muskeln waren steif vom gestrigen Training, und er streckte sich mit einem leisen Seufzen, um die Verspannung zu lösen. Seraphine stand bereits mit gezogenem Rapier vor ihm, ein herausforderndes Lächeln auf den Lippen. „Na los, keine Müdigkeit vorschützen. Lass uns beginnen!"

Das Training fiel ihm heute schwerer als am Vorabend. Vielleicht war es die Erschöpfung, vielleicht die morgendliche Kälte, die seine Bewegungen zäher machte. Dennoch gab er sein Bestes, die Techniken des Vortags anzuwenden. Seraphine trieb ihn gnadenlos an, ließ ihm kaum Zeit zum Durchatmen. Schließlich senkte sie ihr Rapier und nickte anerkennend. „Das reicht für jetzt. Heute Abend geht es weiter. Komm, wir frühstücken."

Die Mahlzeit bestand aus karger Wegzehrung — getrocknetes Fleisch, etwas Obst und hartes Brot. Während sie aßen, besprachen sie den Plan für den Tag. Sie würden nach Varinth reisen, in der Burg ein Quartier suchen und dort für einige Tage verweilen. Das würde Leonidas' Training erleichtern und ihnen Zeit geben, mehr über Trevor herauszufinden.

Sir Dain beschrieb den Mann, den sie jagten. „Er ist groß und kräftig gebaut. Eine Seite seines Kopfes ist kahl geschoren, die andere trägt langes Haar bis zu den Schultern. Sein Bart ist nicht mehr als Stoppeln, und er trägt meist eine schwere Eisenrüstung. Sein Markenzeichen ist eine Tätowierung auf der rechten Hand – ein Skorpion." Er lehnte sich zurück und musterte Leonidas mit scharfem Blick. „Er wird versuchen, unauffällig zu bleiben. Aber wir werden ihn finden."

Nach dem Frühstück machte sich Leonidas daran, das Geschirr zu spülen. Er kniete am Ufer eines See´s, das kalte Wasser prickelte auf seiner Haut, als er die Teller und Löffel abwusch. Plötzlich überkam ihn ein seltsames Gefühl – als würde er beobachtet. Ein flüchtiger Blick über die Schulter verriet ihm nichts. Dain und Seraphine waren noch mit dem Packen beschäftigt. Doch als er ins Wasser sah, bemerkte er etwas Glänzendes zwischen den Steinen. Neugierig griff er danach und zog eine Kette aus dem Fluss. Sie war aus Gold, die Zeit und das Wasser hatten bereits ihre Spuren hinterlassen, doch sie strahlte noch immer eine unerklärliche Schönheit aus. Ein Rubin, tiefrot wie flüssiges Feuer, thronte im Herzstück des Anhängers. Leonidas konnte den Blick nicht abwenden – etwas an diesem Schmuckstück faszinierte ihn zutiefst. Ohne lange nachzudenken, legte er sich die Kette um den Hals und verbarg sie unter seinem Hemd.

Als er sich den anderen wieder anschloss, saß Sir Dain bereits auf Levente und musterte ihn aufmerksam. „Irgendetwas ist anders an dir."

Leonidas blinzelte überrascht. „Wie meinst du das?"

Dain runzelte die Stirn. „Ich weiß es nicht genau … aber du wirkst irgendwie … anders. Freundlicher vielleicht."

Leonidas erwiderte nichts und schwang sich auf Bella, die sich bereits für ihn gesenkt hatte. Seraphine hatte sie in der Zwischenzeit gesattelt. Ohne weitere Verzögerung ritten sie los.

Die Straße führte sie entlang weiterer Felder bis zu einer alten Brücke, die den Fluss überquerte. Auf der anderen Seite erstreckte sich ein dichter Wald. „Sobald wir den Wald hinter uns haben, ist es nicht mehr weit nach Varinth", erklärte Dain.

Während sie ritten, sprachen Dain und Seraphine über ihre Vorgehensweise, doch Leonidas bekam kaum etwas davon mit. Seine Gedanken kreisten um die Kette, die unter seinem Hemd verborgen lag. Er spielte unbewusst mit dem Anhänger, spürte das kalte Metall auf seiner Haut. Woher kam dieses Schmuckstück? Wem hatte es einst gehört? Warum fühlte er sich so stark damit verbunden?

Er wusste nur eines: Diesen Anhänger würde er nie wieder hergeben.

Das Pferdegespann betrat den Wald, ein düsteres, fast unheimliches Dickicht, in dem kaum ein Sonnenstrahl den Boden erreichte. Die Schatten der alten Bäume tanzten gespenstisch auf dem feuchten Waldboden, während ein kühler Wind durch die Äste fuhr. Leonidas konnte ein mulmiges Gefühl nicht unterdrücken.

Sir Dain bemerkte seine Anspannung und schmunzelte. „Keine Sorge, dieser Wald sieht unheimlicher aus, als er wirklich ist. Wenn du möchtest, erzähle ich dir eine Geschichte darüber."

Leonidas zwang sich zu einem Lächeln. „Eine Geschichte wird sicher nicht schaden."

Sir Dain begann mit ruhiger Stimme: „Man erzählt sich, dass hier einst die Baumgeister lebten – ein Volk von einzigartiger Schönheit. Nicht die Art Schönheit, wie wir sie kennen, sondern eine, die von innen heraus strahlte. Ihr Haar war wild wie der Wald selbst, durchzogen von

Blättern, Moos und Ästen, doch ihre Gesichter wirkten zugleich sanft und weise. Sie kämpften nicht, denn sie lebten in Harmonie mit der Natur. Ihr größter Schatz war ihr Lachen – hell und sorglos. Niemand hatte je einen von ihnen weinen sehen."

Während er sprach, ritten sie immer tiefer in den Wald hinein. Plötzlich bemerkte Leonidas eine Bewegung in den Baumwipfeln. Sein Blick verharrte an einer Gestalt, die sich hoch oben zwischen den Ästen verbarg. Er flüsterte: „Dort oben, ich sehe jemanden."

Seraphine antwortete ruhig, ohne den Kopf zu drehen: „Du hast gute Augen. Wir werden bereits seit einiger Zeit beobachtet – es sind drei."

Sir Dain knurrte leise: „Narren. Sie planen wohl einen Überfall. Bleib ruhig, Leonidas."

Leonidas beobachtete, wie der alte Ritter beiläufig seinen Mantel beiseiteschob, sodass der Griff seines Schwertes sichtbar wurde.

Gerade als der Pfad eine scharfe Biegung machte, sprach Seraphine leise: „Leonidas, bleib zurück. Halte dich aus dem Kampfgeschehen heraus, aber sei wachsam."

Sein Herz pochte schneller, doch er nickte. Furcht kroch in ihm auf, doch er war entschlossen, den beiden Rittern beizustehen.

Kaum hatten sie die Kurve passiert, lag dort eine Gestalt mitten auf dem Weg. Der Mann sah aus, als wäre er verletzt, seine Kleidung war zerrissen, sein Gesicht schmerzverzerrt.

„Ein Glück!", rief er mit schwacher Stimme. „Bitte, helft mir! Hier im Wald treiben sich Räuber herum …"

Sir Dain musterte ihn mit harter Miene. „Lass es. Steh auf und geh deines Weges."

Leonidas blinzelte überrascht. Der Ritter zeigte keinerlei Mitgefühl, machte keine Anstalten, dem Mann zu helfen. Gerade wollte er von seinem Pferd abspringen, als Seraphine ihm mit einem kaum wahrnehmbaren Fingerzeig bedeutete, sitzenzubleiben.

Der vermeintliche Verletzte richtete sich auf, klopfte den Staub von seiner Robe und lachte leise. „Da sind wir wohl aufgeflogen. Nun gut, dann machen wir es kurz. Gebt uns euer Gold und eure Waffen, und wir verschwinden ohne Blutvergießen."

Sir Dain zog langsam sein Schwert, seine Stimme eiskalt: „Wir werden euch nichts geben. Geht zur Seite, lasst uns passieren, und niemand wird verletzt."

Hinter den Bäumen bewegten sich weitere Schatten. Der Mann vor ihnen verzog das Gesicht zu einem hämischen Grinsen und zog ein Kurzschwert unter seinem Mantel hervor. „Zwei Ritter und ein Junge gegen fünf von uns? Ihr habt keine Chance."

Sir Dain hob die Hand – nicht als Drohung, sondern als stilles Zeichen an Leonidas. Plötzlich überkam den Halbelf ein unerwartetes Gefühl von Sicherheit. Eine innere Ruhe legte sich über ihn, eine Gewissheit, dass ihm nichts geschehen würde. Woher diese Entschlossenheit kam, wusste er nicht. Doch sie war da.

Aus dem Dickicht traten drei weitere Bewaffnete hervor. Lautlos hatten sie sich um die Ritter und Leonidas postiert – einer hinter ihm, zwei seitlich, während ihr Anführer weiterhin den Weg versperrte. Lady Seraphine zog ihr Rapier, Leonidas tat es ihr gleich, blieb jedoch auf Bella sitzen, die nervös mit den Hufen scharrte.

Sein Blick lag auf Sir Dain, der sich bereits im Kampf befand. Zwei der Banditen stürmten auf ihn zu, ihre Klingen blitzten im dämmrigen Licht des Waldes. Der Ritter wich geschickt aus, parierte die Angriffe mit wuchtigen Hieben und zwang seine Gegner, Abstand zu halten. Seraphine wurde ebenfalls attackiert. Mit einer fließenden Drehung wich sie einem Angriff aus, rammte ihre Klinge präzise in die Seite ihres Angreifers. Der Mann keuchte überrascht auf, taumelte und sank leblos zu Boden.

„Einer weniger!", rief sie triumphierend, bevor sie sich ihrem nächsten Gegner zuwandte.

Leonidas spürte plötzlich ein Stechen an seiner Hüfte. Gleichzeitig zuckte Sir Dain kaum merklich zusammen. Ein Pfeil! Der junge Halbelf sah nach unten – eine blutige Wunde klaffte an seiner Seite, doch der Schmerz war nicht so schlimm, wie er erwartet hatte. Sein Blick huschte suchend durch die Baumwipfel. Dort! Hoch über ihnen, gut verborgen zwischen den Blättern, spannte ein Schütze bereits die nächste Sehne.

„Über uns! Ein Bogenschütze!", rief Leonidas hektisch.

Sir Dain reagierte blitzschnell. Mit einem kraftvollen Hieb schlug er auf das Schwert seines Gegners ein. Die Wucht ließ die Waffe klirrend zu Boden fallen. In der nächsten Sekunde durchtrennte die Klinge des Ritters Fleisch und Knochen. Der Mann sank mit einer klaffenden Wunde von der Schulter bis zur Brust tot zu Boden.

Leonidas sah, wie der Bogenschütze erneut anlegte – diesmal hatte er Seraphine im Visier! Sie kämpfte noch immer mit ihrem Gegner und schien den lauernden Pfeil nicht zu bemerken. Panik erfasste ihn. Wie sollte er ihr helfen?

Da hallte eine Stimme in seinem Kopf – diesmal anders als zuvor. Ruhiger. Klarer.

„Richte das Amulett auf ihn und sprich das Wort: Stirb."

Leonidas zögerte nicht. Er hob das Amulett, das er am Fluss gefunden hatte, richtete es auf den Schützen und murmelte: „Stirb."

Ein grellgrüner Strahl schoss aus dem Rubin hervor, pfeilschnell wie ein Speer aus purem Licht. Der Bogenschütze riss entsetzt die Augen auf, versuchte sich an einem Ast festzukrallen – doch es war zu spät. Er stürzte. Mit einem dumpfen Knall schlug er auf dem Waldboden auf, reglos. Die beiden verbleibenden Banditen hielten in ihren Angriffen inne. Ihre Gesichter verzerrten sich vor Angst. Ohne ein weiteres Wort warfen sie ihre Waffen hin und flohen panisch in den Wald.

Stille senkte sich über den Schauplatz. Nur Leonidas' Herzschlag dröhnte in seinen Ohren.

Sir Dain wischte seine Schneide an einem Tuch ab, während er sein Schwert mit einem leichten Seufzen zurück in die Scheide steckte. Ohne ein Wort kniete er sich neben die Leichen, strich mit der Hand über ihre Gesichter und murmelte ein leises Gebet. Seraphine sammelte währenddessen die Waffen der Gefallenen ein und befestigte sie an ihrer Stute.

Leonidas tätschelte den Hals von Bella und sprach ihr beruhigend zu: „Das hast du gut gemacht, meine Liebe." Seine Hände zitterten leicht, doch er versuchte, die Unruhe zu verbergen.

Sir Dain trat nun neben ihn, legte eine kräftige Hand auf die blutende Wunde an Leonidas' Hüfte und sprach mit fester Stimme: „Heile." Wärme durchflutete die Verletzung, und vor Leonidas' Augen zog sich die Haut langsam wieder zusammen, bis nur noch eine leichte Rötung blieb. Ohne weitere Worte schwangen sich die zwei in die Sättel und ritten weiter. Die Stille zwischen ihnen war schwer und nachdenklich. Erst nach einigen Minuten durchbrach Seraphine das Schweigen: „Ich wusste nicht, dass du Magie beherrschst."

Leonidas öffnete den Mund, doch bevor er antworten konnte, fiel ihm Sir Dain ins Wort: „Sein Schutzherr hat ihm diese Macht verliehen."

Leonidas zögerte, sein Blick fiel auf das Amulett unter seiner Kleidung. „Die Stimme in meinem Kopf … sie gab mir die Kraft, diesen Zauber zu wirken."

Sir Dain nickte bedächtig. „Ein Dämon. Er ist dein Schutzherr. Das macht dich zu einem Hexenmeister."

Leonidas runzelte die Stirn. „Aber wieso sollte er das tun? Was hat er davon?"

Sir Dain sah ihn aus den Augenwinkeln an. „Er will dich in seiner Schuld. Du wirst einer seiner Soldaten. Nutze diese Kräfte mit Bedacht."

Leonidas wollte etwas erwidern, doch in diesem Moment kehrte die Stimme in seinen Kopf zurück – und diesmal war sie stärker. Mächtiger. Schwer wie Eisen lag sie auf seinen Gedanken, erdrückend, ein dunkles Flüstern, das in seinem Schädel widerhallte:

„Du wirst sie so nutzen, wie ich es von dir verlange. Du hast einen Vorgeschmack deiner möglichen Macht erhalten – und dies ist erst der Anfang."

Es dauerte nicht mehr lange, bis sie die letzten Bäume des Waldes passierten. Vor ihnen erstreckte sich eine kleine Stadt, umgeben von hohen Mauern, die gerade hoch genug waren, um die dicht gedrängten Häuser dahinter zu verbergen. Nur die spitzen Dächer lugten darüber hinweg und verrieten die Struktur der Stadt.

Oberhalb des Ortes, auf einer sanften Anhöhe, thronte eine kleine Burg, die in der Nachmittagssonne erstrahlte. Sie war bei weitem nicht so gewaltig wie das Schloss in Leonidas' Heimatstadt, doch sie hatte ihre eigene, schlichte Eleganz. Zwei hohe Türme flankierten das Hauptgebäude und ragten noch ein gutes Stück über die Burg selbst hinaus.

Sir Dain drehte sich mit einem Lächeln zu Leonidas um und deutete nach vorne. „Da vorne ist es – Varinth."

Leonidas nahm sich einen Moment, um die Szenerie auf sich wirken zu lassen. Um die Stadt herum erstreckten sich weitläufige Felder in verschiedensten Grüntönen, durchzogen von goldgelben Streifen reifen Getreides. Bauernhäuser standen vereinzelt zwischen den Äckern, deren Bewohner emsig ihrer Arbeit nachgingen.

Sie folgten der staubigen Straße bis zu den Mauern der Stadt, als Sir Dain plötzlich, ohne Vorwarnung, seine Geschichte fortführte:

„Doch die Zeit der Waldgeister war irgendwann abgelaufen. Sie selbst lebten zwar stets in Harmonie, doch die Gier der Menschen kannte keine Grenzen. Die Reiche, die sich über das Land ausbreiteten, streckten ihre Hände nach dem Wald aus – bis schließlich eines von ihnen kam, um ihn sich mit Gewalt zu nehmen.

Die Baumgeister kannten keine Waffen, sie leisteten keinen Widerstand. Und so wurden sie von den Eindringlingen ohne Erbarmen niedergemetzelt."

Er seufzte schwer, sein Blick wirkte für einen Moment abwesend.

„Doch niemand konnte diesen Boden für sich beanspruchen. Jeder, der versuchte, dort ein Haus zu bauen oder einen Baum zu fällen, fand ein grausames Ende. Und so erzählt man sich, dass die Baumgeister noch immer dort sind – doch nun sind sie mehr Geister als Baum. Ihr Lächeln ist verschwunden, und wer es wagt, ihnen zu schaden, wird ohne Gnade den Tod finden."

Ein kalter Windhauch strich über die Straße, während sie auf das Stadttor zuritten.

Kapitel 16

Vor den Toren standen zwei Elfen in schwerer Rüstung, ihre Lanzen fest in den Händen, Breitschwerter ruhten in schlichten Scheiden an ihren Hüften. Als die Gruppe sich näherte, kreuzten die Wächter ihre Lanzen und versperrten den Durchgang. Doch als ihre Blicke auf die Wappen von Sir Dain und Lady Seraphine fielen, entspannten sie sich und öffneten den Eingangsbereich.

Einer der Elfen sprach mit kühler Stimme: „Ihr zwei dürft passieren." Sein Blick blieb auf die Ritter gerichtet. „Doch der Halbelf muss kontrolliert werden – Befehl des Königs."

Sir Dain erwiderte mit fester Stimme: „Der Halbelf ist Leonidas. Er steht unter meiner Ausbildung und wird bald der Reichsgarde beitreten."

Die Elfen musterten Leonidas eindringlich. Ein kurzer Blickaustausch, dann nickten sie knapp und deuteten mit einem Fingerzeig an, dass sie eintreten durften.

Hinter dem Tor erstreckte sich eine lange, gewundene Straße, die sich in vielen Kurven den Hang hinauf schlängelte, bis sie schließlich zur Burg führte. Leonidas runzelte die Stirn. „Warum ist der Weg so verschlungen?"

Lady Seraphine wandte sich leicht zu ihm um. „Das ist Absicht. So fällt es den Wächtern dieser Stadt im Kriegsfall leichter, sich zu verteidigen. Sie können den Feind auf Abstand halten und aus sicherer Position angreifen."

Sir Dain ergänzte: „Dies ist eine Elfenstadt. Sie sind Meister im Fernkampf. Je länger der Aufstieg, desto mehr Zeit haben sie, ihre Feinde mit Pfeilen zu durchbohren."

Leonidas nickte nachdenklich. „Das ergibt Sinn. Durch die erhöhte Position der Burg haben sie zusätzlich einen Vorteil beim Zielen."

Lady Seraphine musterte ihn für einen Moment, dann huschte ein Hauch von Anerkennung über ihr Gesicht. „Gut kombiniert."

Die drei Reisenden ritten die Straße hinauf, direkt in Richtung der Burg. Leonidas ließ seinen Blick über die Bauwerke der Stadt schweifen, bis Sir Dain plötzlich Levente zum Halt brachte. Der plötzliche Befehl überraschte den Halbelfen, doch dann bemerkte er den Tumult neben ihnen in einer der schmalen Gassen.

Eine Gruppe von Elfen hatte sich dort versammelt, durcheinanderredend, aufgeregt gestikulierend. Etwas war geschehen. Sir Dain zögerte nicht lange – er schwang sich aus dem Sattel und trat mit festem Schritt näher. Seine tiefe Stimme durchschnitt das Stimmengewirr mit autoritärer Schärfe:

„Was ist hier geschehen?"

Einige Elfen drehten sich um, warfen ihm misstrauische Blicke zu, doch die meisten redeten weiter aufgeregt durcheinander. Leonidas konnte einzelne Wortfetzen aufschnappen – es war von einem Toten die Rede, einem Formwandler.

Der Ritter ließ keine weitere Diskussion zu. „Geht zur Seite!" befahl er schneidend und bahnte sich rücksichtslos seinen Weg durch die Menge. Als er vor dem Körper stand, kniete er sich kurz nieder, betrachtete die Leiche mit ernster Miene und erhob sich dann wieder. Ohne zu zögern, zeigte er auf einen der Umstehenden.

„Lauf und hol sofort die Stadtwache."

Dann ließ er den Blick über die restlichen Schaulustigen wandern und fügte mit unmissverständlicher Strenge hinzu:

„Alle, die etwas gesehen haben, sammeln sich bei den Pferden dort drüben." Er deutete auf Lady Seraphine und Leonidas. „Der Rest verzieht sich. Sofort."

Einige beeilten sich, seinen Befehl zu befolgen. Doch ein paar standen noch immer wie erstarrt da, als könnten sie nicht glauben, was sie sahen. Sir Dain´s Blick verfinsterte sich, und seine Stimme wurde schneidend:

„LOS. JETZT."

Sofort setzte sich die Menge in Bewegung, bis nur noch eine Handvoll Zeugen und die drei Gefährten übrigblieben.

Nun konnten auch Leonidas und Lady Seraphine einen Blick auf die Leiche werfen. Es bestand kein Zweifel – der Tote war ein Formwandler. Seine Haut war tiefschwarz, sein Gesicht markant, zumindest das, was noch davon übrig war. Er lag inmitten einer dunklen, blutgetränkten Lache. Der rechte Arm war vollständig abgetrennt, seine Beine grotesk verdreht, die Knochen deutlich gebrochen. Ein grausamer Anblick.

Lady Seraphine war inzwischen abgestiegen und trat näher heran. Ihr Blick fiel auf den verbliebenen Arm der Leiche, auf dem eine Tätowierung aufleuchtete.

„Leonidas, sieh dir das mal an."

Zögernd rutschte Leonidas von Bella herab und trat vorsichtig an die Seite der Ritterin. Er folgte ihrem Fingerzeig und erstarrte.

„Ein Hammer?" murmelte er ungläubig. Dann weitete sich sein Blick, als die Erkenntnis ihn traf. „Dieser Mann stammt aus einer Bergkolonie, einige Tage von Edondon entfernt."

Er kannte den Toten nicht persönlich – aber das Symbol? Das war ihm nur allzu vertraut. Die meisten Formwandler aus seiner Geburtskolonie trugen es auf ihrer Haut.

Es dauerte nicht lange, bis zwei Ritter der Stadtwache eintrafen. Als sie den Leichnam erblickten, zuckten sie unmerklich zusammen.

„Schon wieder einer …" murmelte der eine mit gedämpfter Stimme.

Der andere, sichtlich aufgewühlt, fuhr fort: „Wir müssen sofort die Zeugen ausfindig machen."

Sir Dain trat einen Schritt nach vorne und sprach mit ruhiger, aber bestimmter Stimme:

„Guten Tag, die Herren. Mein Name ist Sir Dain, Ritter von Valdoria. Euer König ist über unseren Besuch bereits informiert. Die Zeugen haben sich dort bei den Pferden versammelt."

Die beiden Stadtwachen tauschten einen kurzen, fragenden Blick, bevor einer von ihnen – vermutlich der Ranghöhere – mit einem höflichen Nicken antwortete:

„Es tut mir leid, dass solch hoher Besuch eine derartige Situation miterleben muss. Vielen Dank, dass Ihr bereits alles in die Wege geleitet habt. Mein Name ist Elenar, Schichtführer der Stadtwache."

Sir Dain verneigte sich knapp.

„Es ist mir eine Ehre, Elenar. Genau aus diesem Grund sind wir hier. Ich werde die Vernehmungen begleiten. Bringt die Zeugen bitte schon einmal in die Burg, aber beginnt nicht ohne mich. Ich werde zu Euch stoßen, sobald ich beim König vorgesprochen habe."

Die Wachen nickten. Inzwischen waren weitere Gardisten am Tatort eingetroffen. Elenar begann sofort, Befehle zu erteilen: Zwei Wachen sollten die Zeugen zur Burg geleiten, während der Rest sich um die Leiche und die „Sauerei", wie er es nannte, kümmern sollte.

Bevor die Wachen jedoch an die Leiche traten, kniete sich Sir Dain noch einmal nieder. Behutsam fuhr er mit einer

Hand über das Gesicht des Toten, schloss dessen Augen und murmelte ein leises Gebet.

Leonidas beobachtete ihn genau. Irgendetwas an dieser Geste ließ ihn nicht los. Schließlich fragte er leise:

„Wieso machst Du das? Du kanntest ihn doch gar nicht."

Der alte Ritter erhob sich und antwortete mit sanfter, beinahe friedvoller Stimme:

„Jedes Leben ist es wert, in Würde zu sterben."

Leonidas ließ diese Worte auf sich wirken. Während er sich zurück in den Sattel schwang, hallte der Satz in seinen Gedanken wieder.

Jedes Leben ist es wert, in Würde zu sterben.

Es lag eine seltsame Ruhe in diesen Worten – eine Ruhe, die sich auch auf ihn übertrug.

Sie setzten ihren Weg fort, weiter den Berg hinauf, bis sich vor ihnen die Burg erhob – eine imposante Silhouette aus Stein und Holz, eingerahmt von wehenden Bannern in den Farben des Königshauses. Vor dem großen Tor, kunstvoll gezimmert und mit silbernen Beschlägen versehen, wartete bereits ein hochgewachsener Elf auf sie. Seine hellblaue Robe schimmerte im Sonnenlicht, durchzogen von feinen silbernen Mustern, die seine Stellung verrieten. Er trug sich mit der kühlen Würde jahrhundertealter Weisheit, sein Gesicht ebenmäßig und von ernster Ruhe gezeichnet, die Augen hell und durchdringend. In seiner Hand ruhte ein langer Stab, schlicht, doch makellos gearbeitet, gekrönt von einer smaragdgrünen Kugel, in der ein stilles Feuer zu brennen schien. Er war die Hand des Königs – und das war ihm in jeder Bewegung anzusehen.

„Guten Tag, die Herren", sagte der Elf mit ruhiger, klarer Stimme. „Ihr müsst Sir Dain sein. Eure Eintreffen wurde uns angekündigt. Der König erwartet euch bereits im Thronsaal."

Sir Dain neigte respektvoll den Kopf. „Und Ihr seid wohl Elfand, wenn ich mich nicht irre?"

Ein feines Lächeln umspielte die Lippen des Elfen. „Sehr richtig, edler Herr. Elfand, rechte Hand des Königs – zu euren Diensten. Wenn Ihr mir nun bitte folgen würdet. Eure Pferde könnt Ihr den Wachen übergeben."

Mit einer anmutigen Bewegung hob Elfand die Hand – und im selben Moment öffnete sich das massive Tor wie von Zauberhand. Kein Knarren, kein ächzendes Holz. Nur ein leiser Hauch wie ein Atemzug, als würde die Burg selbst ihre Gäste willkommen heißen.

Hinter dem Tor erstreckte sich ein gepflegter Garten, dessen Kiesweg in sanften Bögen direkt auf das Hauptgebäude zuführte. Blumenbeete säumten den Weg, kunstvoll in Spiralen angelegt, und der Duft von Lavendel und frischem Gras lag in der Luft.

Die Gruppe ritt hindurch, bis eine Wache in schlichtem Lederharnisch an sie herantrat. Ohne ein Wort zu verlieren, nahm er die Zügel der Pferde entgegen. Seine Bewegungen waren geübt und ruhig – als hätte er dies schon tausende Male getan. Im angrenzenden Stall konnte man die Boxen hinter kleinen Fenstern erkennen, sauber, trocken und vorbereitet. Draußen standen eiserne Futtergitter, in denen bereits frisches Heu und klare Wassereimer bereitstanden.

„Ein aufmerksamer Empfang", murmelte Seraphine, als sie neben Leonidas abstieg.

„Ich hoffe, der König ist ebenso gastfreundlich", erwiderte dieser, während sein Blick prüfend über das Gelände schweifte.

Elfand, der bereits einige Schritte vorausgegangen war, drehte sich mit einem höflichen Lächeln um. „Ihr werdet feststellen, dass unser König Euch sowohl mit offenen

Armen als auch mit klarem Blick empfängt. Die Zeiten erfordern beides."

Sir Dain nickte. „Dann wollen wir seine Majestät nicht warten lassen."

Die Gruppe folgte dem Elfen zur großen Tür auf der gegenüberliegenden Seite des Hofes. Dort wiederholte er seine Geste, damit öffnete sich auch diese wie von selbst. Dahinter offenbarte sich ein prachtvoller Thronsaal. Der Boden war mit kunstvoll verzierten Fliesen ausgelegt, die im Licht des Kronleuchters schimmerten. Ein schmaler, aber langer roter Teppich zog sich schnurgerade von der Tür bis zum Thron, auf dem ein Mann mit tiefen Falten im Gesicht und einer kunstvoll verzierten Krone bereits auf sie wartete.

Er unterhielt sich gerade leise mit einem Diener, doch als sich die Tür öffnete, schickte er diesen mit einer beiläufigen Handbewegung zur Seite. Der König erhob sich und trat mit ruhigen, bedachten Schritten vor.

„Sir Dain, es ist mir eine Freude, Euch erneut in meinen Hallen willkommen zu heißen." Seine Stimme war warm und bestimmt. Dann glitt sein Blick zu Lady Seraphine, und mit einem charmanten Lächeln nahm er ihre Hand, um sie auf den Handrücken zu küssen. „Und wie ich sehe, ist auch Lady Seraphine wieder an Eurer Seite."

Leonidas beobachtete das Ganze mit leicht hochgezogenen Brauen, deutlich überrascht von der Vertrautheit zwischen Ritter und König, doch er versuchte, seine Verwunderung zu verbergen.

Dann breitete der König die Arme aus, und Sir Dain erwiderte die Geste, bevor sich die beiden Männer herzlich umarmten. Ihr Lachen hallte durch den Saal – ein ehrliches, freudiges Wiedersehen alter Freunde.

Schließlich fiel der königliche Blick auf Leonidas. Tief und durchdringend musterten ihn die Augen des Herrschers, als könnten sie seine Gedanken lesen.

„Und wen hast du noch mitgebracht?"

Leonidas räusperte sich und trat einen halben Schritt nach vorn.

„Mein Name ist Leonidas ..." Er zögerte kurz, suchte nach der richtigen Bezeichnung. Dann entschied er sich: „Schwarzhaar. Ein Schüler von Lady Seraphine."

Der König hob eine Augenbraue, schmunzelnd.

„Schwarzhaar?" Er musterte Leonidas' blondes Haar und verkniff sich ein Kichern. „Da wollten sich die Götter wohl einen Scherz erlauben."

Sir Dain trat zur Seite und fügte ruhig hinzu: „Gunner, dies ist Leonidas. Wir haben ihn auf unserem Weg getroffen, und er hat sich uns angeschlossen. „Ich bitte dich, ihm in deinen Hallen jene Gastfreundschaft zu gewähren, die auch mir zuteilwurde."

Der König betrachtete Leonidas einen Moment lang, als würde er in ihm nach etwas suchen, das nur er erkennen konnte. Dann nickte er.

„Aber natürlich, Elister. Deine Freunde sind auch die meinen." Er wandte sich direkt an Leonidas und sprach mit freundlichem Nachdruck: „Leonidas, herzlich willkommen in Varinth."

Gunner wandte sich an einen seiner Diener und sprach mit ruhiger Autorität: „Veranlasse, dass Zimmer für unsere Gäste vorbereitet werden. Und am Abend soll ein Bankett stattfinden."

Sir Dain nickte knapp und fügte hinzu: „Ich muss mich zunächst um die Vorfälle hier in der Stadt kümmern. Ich werde mich den Wachen anschließen."

Der König lächelte anerkennend. „Vielen Dank, mein Freund. Du weißt, wo du sie findest."

Ohne weitere Worte drehte sich der alte Ritter um und verließ den Thronsaal durch eine Seitentür.

Lady Seraphine trat einen Schritt vor und sprach höflich: „Eure Hoheit, wäre es meinem Schüler und mir gestattet, das Trainingsgelände zu nutzen?"

Gunner nickte großzügig. „Selbstverständlich. Geht einfach um die Burg herum, dort findet ihr alles, was ihr benötigt. Bis ihr fertig seid, sollten auch eure Zimmer bereitstehen."

Seraphine verbeugte sich dankend. Leonidas zögerte kurz, tat es ihr dann aber gleich.

Gemeinsam verließen sie die Halle und gingen an den Pferden vorbei in Richtung der Trainingsplätze.

Kaum angekommen, zog Lady Seraphine ihr Rapier. An der glänzenden Klinge hafteten noch einige getrocknete Blutspritzer – eine stumme Erinnerung an ihre letzte Auseinandersetzung. Sie musterte Leonidas mit prüfendem Blick und hob die Waffe in Kampfhaltung.

„Gut, lass uns vertiefen, was du bereits gelernt hast."

Leonidas spürte, wie der Ehrgeiz in ihm aufstieg. Er wollte ihr beweisen, wie sehr er sich verbessert hatte. Mit einem entschlossenen Griff zog er sein Schwert aus dem Gürtel.

„Gerne. Du wirst staunen."

Ohne zu zögern, setzte er mit schnellen Stichen auf seine Lehrmeisterin ein. Seine Klinge zuckte vor, zwang sie in die Defensive. Seraphine wich zurück, ihr Rapier klirrte bei jeder Parade gegen seine Klinge. Leonidas erkannte seine Chance und erhöhte das Tempo seiner Angriffe.

Doch dann geschah es.

Mit einer fließenden Bewegung lenkte die erfahrene Kämpferin seine Klinge ab, ließ ihn nach vorne stolpern –

und versetzte ihm einen plötzlichen Schlag gegen die Stirn.

Ein stechender Schmerz durchzog seinen Kopf, und bevor er sich versah, lag er auf dem Boden. Leonidas blinzelte überrascht nach oben, während sich Seraphine über ihn aufbaute.

„Das war unfair! Wieso hast du das gemacht?" fragte er mit schmerzverzerrtem Gesicht.

Seraphine reichte ihm die Hand, half ihm jedoch nicht hoch, sondern erwiderte gelassen: „Du wirst in einem echten Kampf keine Fairness erleben. Es geht immer ums Überleben. Nutze deine Möglichkeiten."

Leonidas rieb sich die Stirn und rappelte sich auf. Seine Augen funkelten herausfordernd.

„Nun gut, wenn du das Spiel so spielen willst …"

Er trat erneut in den Angriff über. Diesmal ließ er sich nicht von seinem Übermut leiten. Er zwang Seraphine mit geschickten Angriffen in die Defensive, doch er merkte schnell, dass sie ihn nur beobachtete – abwartete, bis er eine Lücke bot.

Und dann kam ihm eine Idee.

Er begann, sich stetig nach rechts zu bewegen, zwang Seraphine, mit ihm im Kreis zu gehen. Sie folgte ihm, konzentriert, unnachgiebig – bis sie sich plötzlich gegen das Licht der untergehenden Sonne wiederfand.

Für einen winzigen Moment blinzelte sie.

Genau diesen Moment nutzte Leonidas.

Er stieß blitzschnell vor – und seine Klinge ruhte kurz darauf sanft vor ihrer Brust.

Seraphine blinzelte erneut, dann lächelte sie anerkennend.

„Du hast deine Umgebung gut genutzt. Herzlichen Glückwunsch."

Leonidas atmete tief durch. Trotz des Sieges spürte er, wie der Schweiß über seine Stirn lief.

Sie trainierten weiter, bis die Sonne hinter den Mauern der Burg zu verschwinden begann. Schließlich steckte Seraphine ihr Rapier weg und nickte ihm zu.

„Das reicht für heute. Lass uns zurückgehen."

Gemeinsam machten sie sich auf den Rückweg in die Burg. Die Müdigkeit begann, sich in Leonidas' Gliedern breitzumachen – doch er fühlte sich stärker als je zuvor.

Gerade als sie das Gebäude betreten hatten, gesellte sich Sir Dain wieder zu ihnen. Sein Gesichtsausdruck war ernst.

„Die Befragungen haben nicht viel gebracht. Jeder hat etwas anderes gesehen."

Lady Seraphine verschränkte die Arme und runzelte die Stirn. „Was genau wollen sie denn gesehen haben?"

Der Ritter seufzte. „Nur, wie ein großer Mann mit einem Schwert auf das Opfer einschlug." Er machte eine kurze Pause, bevor er weitersprach. „Dann soll es ein blendend weißes Licht gegeben haben … oder war es doch ein Nebel? Manche sagen, es war eine Blase aus Dunkelheit. Aber niemand hat gesehen, wie der Mörder entkommen ist."

Seraphine schüttelte den Kopf, ihre Enttäuschung war deutlich zu erkennen. „Dass Trevor hier ist, wissen wir bereits. Wir sollten uns in den Tavernen der Stadt umhören."

Sir Dain nickte zustimmend. „Das war auch mein Gedanke. Am besten teilen wir uns auf – so können wir ein größeres Gebiet absuchen."

Er griff in eine kleine Ledertasche an seinem Gürtel und zog drei filigrane Ohrringe hervor. Einen überreichte er Seraphine, die ihn sofort anlegte. Den zweiten hielt er Leonidas hin, der ihn skeptisch betrachtete.

„Was ist das?" fragte Leonidas, während er den kleinen Ring in der Hand drehte.

„Mit diesen Ohrringen können wir uns im Umkreis von einem Kilometer verständigen", erklärte Dain. „Berühre ihn mit zwei Fingern, und du stellst eine Sprachverbindung zu uns her. Probiere es aus."

Leonidas betrachtete den Ohrring mit einer Mischung aus Neugier und Belustigung. „Ich habe kein Ohrloch."

Sir Dain musterte ihn kurz, dann zuckte er mit den Schultern. „Das ändern wir sofort. Ich besorge eine Nadel und einen Apfel. Komm mit."

Die drei machten sich auf den Weg in die Küche. Während sie durch die Burg gingen, bemerkte Leonidas die angespannte Atmosphäre. Wachen patrouillierten in regelmäßigen Abständen durch die Korridore, ihre Hände ruhten ständig auf den Griffen ihrer Schwerter. Die gesamte Burg war in Alarmbereitschaft. Ob wegen der Vorfälle in der Stadt oder aus einem anderen Grund, konnte er nicht sagen.

In der Küche bat Sir Dain einen der Köche um einen frischen Apfel und eine Nadel. Dann setzten sie ihren Weg fort, bis sie die Gästezimmer erreichten.

Sir Dain öffnete eine Tür und trat ein. „Komm rein."

Leonidas folgte ihm, während Lady Seraphine sich mit einer knappen Verabschiedung in ihr eigenes Zimmer zurückzog.

Der Ritter schloss die Tür hinter sich leise und blickte Leonidas ernst an. „Verwandle dich in deine wahre Gestalt und leg dich aufs Bett."

Leonidas zögerte kurz, tat dann aber, wie ihm geheißen. Währenddessen entzündete Sir Dain mit einer kurzen Fingerbewegung das Feuer im Kamin. Funken sprühten aus seiner Hand, und binnen Sekunden loderte eine kleine Flamme.

Er hielt die Nadel in die Hitze. „Mach dein Ohr frei, schließ die Augen. Du wirst einen kurzen Schmerz verspüren."

Leonidas befolgte den Befehl, sein Herz schlug schneller. Plötzlich spürte er eine feuchte Kühle auf der Unterseite seines Ohrs. Der Duft vom Apfel stieg ihm in die Nase.

Dann ertönte Dain´s Stimme, ruhig und väterlich: „Bei drei kommt der Schmerz. Eins …"

Ein stechender Schmerz durchzuckte sein Ohr, und er hörte das leise Knacken der Nadel, als sie in den Apfel eindrang.

Leonidas zuckte zusammen. „Das war noch nicht drei."

Sir Dain grinste schief. „Das wäre schlimmer gewesen, wenn du dich darauf vorbereitet hättest."

Der Ritter nahm den Ohrring entgegen und hantierte ihn geschickt an Leonidas' Ohr.

„Fertig", sagte er schließlich mit hörbarem Stolz. „So einfach geht's."

Leonidas rieb sich das schmerzende Ohr und seufzte. „Ich hoffe, das war es wert."

„Das wirst du noch früh genug herausfinden", erwiderte Dain mit einem geheimnisvollen Lächeln.

„Lass uns zum Bankett gehen. Wir stärken uns, bevor wir aufbrechen", sagte Sir Dain und klopfte Leonidas auf die Schulter.

Leonidas nickte und erhob sich aus dem Bett. Gemeinsam traten sie zur Tür und machten sich auf den Weg Richtung Speisesaal.

Dort angekommen, erwarteten sie bereits der König und Elfand mit Lady Seraphine. Sie saßen an einem langen Tisch, der mit einer unglaublichen Vielfalt an Speisen gedeckt war. Der König nahm an der Stirnseite links Platz, während Elfand die rechte Seite einnahm. Lady Seraphine saß genau gegenüber von Leonidas. Die Stühle von Sir Dain und Leonidas waren nebeneinander an der langen Seite des Tisches positioniert.

Der König erhob die Stimme, als alle Platz genommen hatten. „Geheiligt sei unsere Mahlzeit. Wir danken für die Gaben. Nun lasst es euch schmecken."

Kaum hatte er ausgesprochen, traten mehrere Diener mit silbernen Karaffen heran und füllten die Krüge mit tiefrotem Wein.

Leonidas betrachtete überwältigt die Fülle der Speisen. Saftige Hähnchenkeulen, zartes Schweinefleisch und würziges Rind wurden neben duftendem Brot, verschiedenen Soßen und einer Vielzahl von Beilagen aufgetragen. Gebratenes Gemüse, handgerollte Nudeln und gelbliche, fingergroße Stangen, die er nicht kannte, rundeten das Festmahl ab.

Unschlüssig, was er nehmen sollte, warf er einen unauffälligen Blick zu Lady Seraphine und entschied sich, die gleichen Speisen auf seinen Teller zu legen. So landeten eine kleine Hühnerkeule, einige der gelben Stangen und grüne Bohnen mit Speck auf seinem Teller. Dazu gab er sich etwas braune Bratensoße und nahm sich ein warmes Brot.

Der erste Bissen war eine Offenbarung. Noch nie hatte er eine Mahlzeit von solcher Qualität gekostet. Die Aromen tanzten auf seiner Zunge, und er konnte nicht anders, als das Essen hastig in sich hineinzuschlingen.

Erst nach einem Moment bemerkte er, dass niemand anderes in diesem Tempo aß. Langsam legte er das Brot beiseite und sah verlegen auf seinen Teller.

Der König musterte ihn mit einem amüsierten Lächeln. „Elister gibt dir wohl nicht oft solch köstliche Kost?"

Leonidas spürte, wie ihm die Röte ins Gesicht schoss.

Doch der König lachte herzlich. „Keine falsche Scheu! Lass es dir schmecken."

Erleichtert lächelte Leonidas und aß nun bewusster weiter, während sich die Gespräche am Tisch in eine ernstere Richtung bewegten.

Die Gruppe besprach das weitere Vorgehen und tauschte sich über die letzten Informationen aus, die der König bereitstellen konnte.

„Im ‚Kleinen Eber', einer Taverne nahe den Burgmauern, sollen sich immer wieder seltsame Gestalten herumtreiben", erklärte der König. „Sir Dain wird sich um diesen Ort kümmern."

„Lady Seraphine und ich nehmen uns jeweils andere Tavernen vor", fügte Leonidas hinzu und nickte entschlossen.

Die Pläne waren geschmiedet. Das Bankett neigte sich dem Ende zu, und die Nacht der Ermittlungen stand bevor. Die Reisegruppe kehrte in ihre Gemächer zurück. Und machte sich frisch für den Abend. Anschließend trafen sich die drei vor dem Tor des Thronsaals. Sir Dain wiederholte noch einmal den Plan: „Ich werde mich in den kleinen Eber begeben und mich dort umhören. Ihr beide sucht euch jeweils ein Lokal. Fallt nicht auf, bestellt euch etwas zu trinken und hört zu, verwickelt die anderen in Gespräche, wenn nötig." Lady Seraphine ergänzte: „Wenn jemand etwas hört oder in Gefahr gerät, meldet er dies umgehend." Dabei sah sie Leonidas mit ernstem Blick an.

Der sich darauf, mit zwei Fingern, an den Ohrring fasste und sprach: „Verstanden." Die Worte hallten direkt in den Köpfen der beiden anderen wieder. Sir Dain lobte: „Sehr gut, dann können wir nun los."

Kapitel 17

Es dauerte nicht lange, bis Sir Dain in eine der Seitenstraßen einbog und sich knapp verabschiedete. Lady Seraphine und Leonidas setzten ihren Weg fort, bis sie die erste Taverne erreichten.

Die Ritterin blieb vor dem Eingang stehen und musterte das schiefe Holzschild über der Tür. „Ich werde mich hier umhören. Such du dir ein anderes Lokal."

Leonidas nickte kurz und ging weiter. Plötzlich ertönte ihre Stimme in seinem Kopf – sanft, aber bestimmt: „Pass auf dich auf."

Er schlenderte durch die nächtlichen Straßen der Stadt. Die Laternen warfen flackerndes Licht auf das Kopfsteinpflaster, und in manchen dunklen Ecken saßen Elfen zusammen, in leise Gespräche vertieft. Während er nach einer geeigneten Taverne Ausschau hielt, blieb er vor einer großen Eichentür stehen.

Ein hölzernes Schild hing darüber: „Weißes Fohlen".

Die Fenster waren schmutzig, der Blick ins Innere kaum möglich. Schemenhaft erkannte er ein paar Gestalten, und Musik drang gedämpft nach draußen. Als er die Klinke berührte, überkam ihn plötzlich ein erdrückendes Gefühl.

Dichter, dunkler Rauch legte sich auf seine Gedanken. Die vertraute, tiefe Stimme hallte durch seinen Kopf: „Nicht hier. Das ist das falsche Lokal."

Leonidas runzelte die Stirn, aber seine Antwort kam ohne Zögern, fast spielerisch: „Und wo soll ich dann hingehen?"

Der Dämon schien überrascht. „Du wirst mutiger. Sehr schön. Geh weiter die Straße entlang. Suche nach einem Geschäft mit roter Schrift an der Tür. Dort wirst du Informationen erhalten."

Leonidas antwortete nicht. Er schob die Hände in die Taschen und ging weiter.

Der Druck in seinem Kopf ließ langsam nach, doch der Rauch blieb – als würde er ihn weiterhin beobachten.

Nach einigen hundert Metern entdeckte er schließlich das gesuchte Gebäude. Die rote Schrift über der Tür war verblasst und abgeblättert, doch er konnte den Namen noch entziffern:

„Zur wilden Nixe"

Leonidas sprach den Namen leise aus, mit einem Hauch von Skepsis.

Die Taverne wirkte heruntergekommen, doch irgendetwas daran zog ihn an. Er zögerte kurz, trat dann zur Tür und öffnete sie vorsichtig.

Ein feiner, weißer Rauch strömte ihm entgegen. Instinktiv hielt er die Luft an – doch kein Brandgeruch drang in seine Nase. Stattdessen verteilte sich ein süßlicher, betörender Duft in der Luft.

Sein Blick schweifte durch den Raum, doch der dichte Nebel erschwerte die Sicht. Ein leises Flackern von roten und grünen Lichtern schimmerte hinter einem schweren Vorhang.

Davor stand eine imposante Gestalt – ein Elf, ungewöhnlich breit gebaut, mit einer Präsenz, die ihn aus der Masse hervorhob.

Leonidas spürte, wie sich seine Muskeln unbewusst anspannten.

Der Türsteher musterte Leonidas mit kaltem Blick. „Was willst du hier?" fragte er mürrisch.

Leonidas zögerte kurz, zwang sich dann jedoch zu einem selbstbewussten Ton. „Ich suche einen Ort, um ein Bier zu trinken."

Der Elf verzog keine Miene. „Dafür bist du zu jung, kleiner. Mach, dass du verschwindest." Er deutete mit dem Kinn in Richtung der Tür.

Leonidas spürte die angespannte Stimmung, doch anstatt Nervosität überkam ihn ein ungewohnter Hauch von Entschlossenheit. Ohne zu zögern, zog er seinen Beutel hervor, ließ ihn in der Hand wiegen und senkte die Stimme. „Schade. Ich treffe mich hier mit jemandem. Es geht um viel Geld ..." Er hielt kurz inne, ließ die Worte bewusst wirken, bevor er mit einem spöttischen Lächeln hinzufügte: „Wäre doch ärgerlich für dich, wenn du mir den Weg versperrst."

Er griff in seinen Beutel, zog zwei glänzende Goldmünzen hervor und ließ sie verführerisch zwischen seinen Fingern tanzen. Sein Blick blieb dabei auf dem Türsteher haften, jede seiner Bewegungen genau beobachtend. Dann sah er es – dieses kaum merkliche Zucken der Augenbraue, den kurzen Moment des Zögerns. Der Mann wog seine Optionen ab.

Leonidas wusste, dass er gewonnen hatte, als die kräftige Hand des Türstehers nach den Münzen griff. Ohne ein weiteres Wort schob er mit einer beiläufigen Geste den schweren Vorhang beiseite und gab ihm den Weg frei.

Er trat ein und atmete tief durch, während er sich umsah. Der Raum war erfüllt von dichtem, süßlichem Rauch, der an seinen Sinnen zerrte. In der Mitte eine schmale Bar darum verteilt einige spärlich besetzte Tische. Die wenigen Gäste sprachen gedämpft, als würden sie vermeiden wollen, dass jemand mithörte.

Leonidas ließ sich an einem Tisch in der Nähe einer dreiköpfigen Gruppe nieder. Ihre Narben und das abgewetzte Leder ihrer Kleidung verrieten, dass sie keine einfachen Händler waren. Er bestellte beiläufig ein Getränk –

Wasser, um einen klaren Kopf zu bewahren – und lehnte sich scheinbar entspannt zurück, während er aufmerksam lauschte.

„Es soll ein Riese gewesen sein, doppelt so groß wie du, Fred." Die raue Stimme des Mannes drang durch das Stimmengewirr der Taverne.

„Ein einziger Streich – und der Kerl war tot." Ein anderer, mit gedämpftem Tonfall.

Der Dritte nahm einen tiefen Zug seiner Zigarette, seine Finger zitterten leicht. „Ich will dem lieber nicht begegnen."

Leonidas rutschte ungeduldig auf seiner Bank hin und her. Dann kam die Information, auf die er gewartet hatte:

„Habt ihr das auch schon gehört? Der Tote soll ein Formwandler gewesen sein."

Ein leises Klirren – einer der Männer ließ sein Messer auf den Tisch fallen. „Formwandler? In unserer Stadt?" Seine Stimme war angeekelt.

Der andere lachte trocken. „Tja, dann hat's wenigstens keinen Falschen erwischt."

Etwas in Leonidas brach. Die Wut schoss heiß durch seine Adern, seine Hand ballte sich zur Faust. Er war gerade dabei, aufzustehen, als sich eine Frau lautlos zu ihm an den Tisch setzte. Er hatte nicht einmal bemerkt, woher sie gekommen war.

„Hallo, Hübscher." Ihre Stimme war weich, fast schmeichelnd. „Du siehst angespannt aus. Was ist los?"

Leonidas zögerte. Er wollte sie abwimmeln, wollte sich auf das Gespräch konzentrieren. „Viel los heute."

Sie ließ ihn nicht aus den Augen, ihr Blick war bohrend. „Dann habe ich genau das Richtige für dich."

Langsam, mit einer geschmeidigen Bewegung, schob sie ihre Hand über den Tisch. Leonidas folgte ihr mit den

Augen. Als sie die Finger öffnete, lag eine selbstgedrehte Zigarette in ihrer Handfläche.

„Probiere das." Ihre Stimme war ein Hauch, verführerisch und süß. „Es wird dich entspannen, deine Sinne benebeln."

Leonidas runzelte die Stirn. „Was bedeutet das … meine Sinne werden benebelt?"

Sie lachte leise. „Ganz einfach: Du fühlst dich gut, leicht wie eine Feder. Kein Ärger, keine Sorgen. Nur das Hier und Jetzt."

Mit einer geschickten Bewegung führte sie sich die Zigarette an die Lippen, ließ ein Streichholz aufleuchten und sog genüsslich daran. Eine weiche, kräuterartige Wolke entwich ihren Lippen, tanzte in der Luft und umhüllte Leonidas' Sinne. Der Duft war sanft, beinahe betörend.

Dann drehte sie den Stängel geschickt zwischen den Fingern und hielt ihn ihm erneut hin. Ihr Blick verfinsterte sich.

„Rauche."

Ihre Stimme war anders. Tiefer. Befehlsartig.

Etwas in Leonidas' Innerem sträubte sich, doch seine Hand gehorchte bereits. Er nahm die Zigarette und zog tief.

Ein Fehler.

Hitze brannte in seinen Lungen, die Welt verschwamm für einen Moment, und ein heftiger Hustenanfall überkam ihn. Er rang nach Luft, keuchte, versuchte, wieder zu Atem zu kommen. Als sich seine Lunge endlich beruhigte, spürte er, wie eine merkwürdige Leichtigkeit sich in ihm ausbreitete. Seine Gedanken begannen zu treiben, seine Sorgen lösten sich auf wie Nebel in der Morgensonne. Selbst der Schatten in seinem Kopf – der Dämon, der ihn immerzu beobachtete – wich zurück.

Ein Lachen entwich ihm, leicht und unkontrolliert. Die Frau musterte ihn zufrieden.

„Na, siehst du? Jetzt kannst du deinen Abend genießen." Sie beugte sich vor, ihre Finger strichen kurz über seine Hand. „Falls du noch etwas brauchst – ich warte dort hinten."

Sie deutete mit einem Finger auf eine Tür neben der Bar, dann erhob sie sich und verschwand in der Dunkelheit.

Leonidas blieb zurück. Sein Mund fühlte sich plötzlich trocken an. Er griff nach seinem Wasser, leerte es in einem Zug – doch das Gefühl blieb.

Er hatte alles vergessen. Die Männer hinter ihm. Den Auftrag. Sogar sich selbst.

Er saß einfach da. Lächelnd.

Ein tiefes Grollen in seinen Ohren riss Leonidas aus der Trance. Sir Dain´s Stimme, eindringlich und fordernd: „Habt ihr etwas gefunden?"

Lady Seraphine antwortete sofort: „Nein. Ich war bereits in zwei Lokalen, niemand weiß mehr."

Leonidas blinzelte verwirrt. Wie viel Zeit war vergangen? Sein Kopf fühlte sich noch immer seltsam leicht an. „Nein, bei mir auch nichts." Seine Augen schweiften durch den Raum. Die drei Männer waren verschwunden, wohl schon aufgebrochen. Kaum noch Gäste: Zwei Frauen an der Bar, rauchend auf ihren Hockern. Und ein Mann, die Kapuze tief ins Gesicht gezogen, mit einem massiven Schwert an der Hüfte.

Er fasste sich an seinen Ohrring. „Ich werde weitersuchen. Hier gibt es nichts."

Beim Aufstehen schwankte er leicht. Das betäubende Gefühl ließ langsam nach, doch es hinterließ einen dumpfen Schleier in seinen Gedanken. Er taumelte in Richtung Ausgang, passierte den breitschultrigen Türsteher, der ihn mit einem misstrauischen Blick musterte, und trat auf die Straße hinaus.

Die kalte Nachtluft schlug ihm entgegen wie eine Ohrfeige. Der reine Sauerstoff brannte in seinen Lungen. Ein Schwindel erfasste ihn, raubte ihm für einen Moment das Gleichgewicht. Doch nach ein paar Schritten wurde es besser.

Die Burg war nicht zu verfehlen, hoch ragte sie über der Stadt. Der Weg zurück war einfach, er kannte ihn. Leonidas bog in eine schmale Seitengasse ein.

Dann spürte er es.

Eine Hand – groß wie ein Schraubstock – packte ihn von hinten. Eine Pranke legte sich über seinen Mund, eine Zweite umklammerte sein Schwert. Er versuchte nicht einmal, sich zu wehren.

Eine raue, bekannte Stimme raunte ihm ins Ohr: „Du kommst mit mir. Dann wird dir erst mal nichts geschehen."

Leonidas' Herz raste. Der Griff war eisenhart, seine Füße gehorchten nicht. Der Mann schleifte ihn durch die dunklen Gassen, zwei Straßen weiter. Vor ihnen erhob sich eine heruntergekommene Taverne. Zerbrochene Fenster, das Schild darüber hing schief: „Alter Haudegen", in abgeblätterten Buchstaben.

Dann, im Licht der Laterne, sah Leonidas das Spiegelbild seines Peinigers.

Sein Magen zog sich zusammen.

Es war nicht Sir Dain.

Er sah ihm ähnlich – dieselbe Statur, dasselbe grobschlächtige Gesicht. Doch die Augen … fremd. Und dann, direkt über seinen eigenen Lippen, ein dunkles Mal.

Ein Skorpion.

Die Tür der Taverne flog auf. Zwei betrunkene Elfen torkelten lachend heraus – direkt in sie hinein.

Leonidas reagierte instinktiv. Der Griff um ihn lockerte sich nur einen Hauch – doch es reichte. Mit einem Ruck wand sich der Halbelf frei, stolperte zurück und rannte.

„Ich habe ihn gesehen!" rief er, während er in seinen Ohrring keuchte.

Seraphine's Stimme antwortete sofort: „Wo bist du?"

Leonidas warf einen Blick über die Schulter. Nichts. War sein Angreifer noch hinter ihm? Oder hatte er sich in der Dunkelheit verloren? Sein Herz hämmerte.

„Beim 'Alten Haudegen'! Er hat mich festgehalten, als wüsste er, was ich bin."

Sir Dain's Stimme ließ ihn zusammenzucken. „Wo bist du jetzt?"

Leonidas stürmte in die nächste belebte Taverne, stolperte durch die Tür und tauchte in die Menschenmenge ein.

„Irgendeine andere Taverne ... die 'Silberne Stute' oder so. Ich hatte Glück und konnte entkommen."

Leonidas spähte durch das staubige Fenster der Taverne hinaus auf die Straße. Sein Herz pochte, während seine Augen jede Bewegung in der Dunkelheit verfolgten. Minuten verstrichen, dann sah er ihn – groß, schwerfällig, mit entschlossenen Schritten.

Kapitel 18

Der Mann kam aus dem Schatten getreten, sein Blick schweifte kurz über die leere Straße, dann drehte er sich zielstrebig in Richtung der Taverne.

Leonidas duckte sich hastig, noch bevor ihn der Fremde erspähen konnte. Er schlängelte sich durch die Menge, bis er die hintere Ecke des Lokals erreichte, verborgen im Halbdunkel. Doch seine Augen hielten die Tür fest im Blick. Sie öffnete sich langsam.

Leonidas' Muskeln spannten sich an – doch es war nicht sein Verfolger.

Sir Dain trat ein.

Seine schwere, glänzende Rüstung reflektierte das warme Licht der Kerzen, sein Gesicht zeigte Besorgnis. Er suchte jemanden.

Leonidas atmete aus. Erleichterung durchströmte ihn.

Auch die anderen Gäste warfen einen kurzen Blick auf den hochgewachsenen Ritter, bevor sie sich wieder ihren Gesprächen und Bierkrügen zuwandten.

Leonidas stand auf und bewegte sich auf ihn zu. Doch der Gedanke ließ ihn nicht los – die Ähnlichkeit zu seinem Angreifer. Es war unheimlich. Er musste ihn fragen.

Als er ein kurzes Winken andeutete, trafen sich ihre Blicke. Sir Dain´s besorgte Miene wich einem Ausdruck der Erleichterung. Er lächelte, fast erleichtert.

„Es tut mir leid, Leonidas. Das hätte nicht passieren dürfen. Ich war zu leichtsinnig."

Bevor Leonidas reagieren konnte, schloss ihn der Ritter fest in die Arme.

Leonidas schluckte und murmelte leise: „Er sah aus wie du. Aber anders."

Sir Dain erstarrte für einen Moment. In seiner Stimme lag Enttäuschung, als er antwortete: „Du hast ihn also erkannt. Bitte gib mir etwas Zeit … Ich werde dir alles in der Burg erklären. Das bin ich dir schuldig."

Bevor Leonidas weiterfragen konnte, wurde die Tür ein weiteres Mal aufgestoßen.

Lady Seraphine eilte auf sie zu, ihre Augen funkelten entschlossen. „Wir müssen sofort zum 'Alten Haudegen'! Vielleicht ist er noch dort."

Sir Dain nickte knapp. „Du hast recht. Wir sprechen später über alles."

Leonidas zögerte, wollte protestieren, doch schließlich gab er sich widerwillig geschlagen. Mit einem letzten Blick in Sir Dain´s Gesicht suchte er nach dem kleinsten Unterschied zu dem Mann, der ihn überfallen hatte.

Dann öffnete er die Tür und ließ die beiden vorangehen.

Die kühle Nachtluft empfing sie, als sie hinaus auf die dunklen Straßen traten.

Sie bewegten sich zügig durch die dunklen Straßen, zurück zu dem Ort, an dem Leonidas seinen Angreifer zuletzt gesehen hatte. Die Nacht war still, nur das entfernte Lachen aus den Tavernen und das gelegentliche Klirren von Glas durchbrachen die Stille.

Schon nach wenigen Minuten standen sie wieder vor dem "Alten Haudegen".

Sir Dain ließ seinen Blick über die Umgebung schweifen. Er wirkte angespannt, prüfte jede dunkle Ecke, jedes Fenster, als würde er eine unsichtbare Bedrohung wittern. Erst als er sich sicher war, dass sie nicht beobachtet wurden, trat er vor und drückte die Klinke.

Die Tür knarrte leise, als sie eintraten.

Ein modriger Geruch schlug ihnen entgegen, abgestandener Alkohol und altes Holz, durchzogen von einem Hauch Tabak. Leonidas rümpfte unwillkürlich die Nase.

Im Halbdunkel des Schankraums saßen einige Elfen, tief in gedämpfte Gespräche versunken. Krüge klirrten, leises Gemurmel füllte den Raum. Doch keiner der Anwesenden schien sie zu beachten.

Die drei spähten umher, suchten nach Anzeichen für den Mann, doch sie konnten ihn nicht ausmachen.

Sir Dain runzelte die Stirn. „Er ist nicht hier. Vielleicht hat er sich ein Zimmer genommen."

Ohne zu zögern, bewegte er sich zur Bar.

Hinter dem Tresen stand eine korpulente Elfenfrau – eine Seltenheit unter ihresgleichen. Mit schwerem Atem stapfte sie auf sie zu, ein breites, aufgesetztes Lächeln im Gesicht.

„Na, was darf's denn sein für euch?" fragte sie mit rauer Stimme.

Sir Dain richtete das Wort an sie: „Werte Dame, mein Bruder hat hier ein Zimmer gemietet. Können Sie mir sagen, in welchem er wohnt?"

Leonidas' Magen zog sich zusammen. Sein Bruder? War das wahr? Oder eine Lüge?

Die Elfenfrau zögerte und musterte den alten Ritter eingehend, als suchte sie nach Ähnlichkeiten. Schließlich hob sie die Brauen.

„Ah, euer Bruder. Der Riese. Ja, der war hier. Ist gerade abgereist – hatte es wohl ziemlich eilig."

Sir Dain nickte, als hätte er genau das erwartet. „Ja, deshalb sind wir hier. Er hat etwas in seinem Zimmer vergessen. Wir würden es nur kurz holen."

Die Wirtin verschränkte die Arme. Ihr Blick wurde schärfer. „Das tut mir leid. Er muss schon selbst kommen. Ich kann ja nicht jedem dahergelaufenen Zutritt gewähren."

Sir Dain hielt ihrem misstrauischen Blick stand. Ohne zu zögern, griff er in seine Jackentasche und zog ein Schriftstück mit einem königlichen Siegel hervor.

„Mein Name ist Sir Dain. Ich handle im Auftrag des Königs und ermittle gegen diesen Mann. Bringen Sie mich sofort auf sein Zimmer."

Ein Ausdruck des Schocks huschte über das Gesicht der Wirtin, während ihre Augen über das Pergament glitten. Sie schluckte schwer.

„Na gut ... Zimmer zwei."

Mit zitternden Fingern nahm sie einen Schlüssel von einem Brett hinter der Bar und reichte ihn Sir Dain. „Hochgehen könnt ihr ja alleine."

Sir Dain schritt mit fester Entschlossenheit voraus, dicht gefolgt von Seraphine und Leonidas. Der Gang lag in gespenstischer Stille, nur das fahle Licht der Straßenlaternen fiel durch ein zerbrochenes Fenster am hinteren Ende des Flurs. Ein kalter Luftzug wehte hindurch und ließ die Schatten an den Wänden flackern.

Sie erreichten die Tür des Zimmers.

Sie war nicht verschlossen, nur angelehnt – ein ungutes Zeichen.

Sir Dain hob die Hand und stieß sie vorsichtig auf. Das Scharnier knarrte leise. Sein Blick blieb wachsam, seine Haltung angespannt. Wer auch immer hier gewohnt hatte, könnte noch in der Nähe sein.

Leonidas spürte plötzlich eine Bewegung am Rande seines Blickfeldes. Ein Schatten huschte durch den Flur und hielt vor einem anderen Zimmer – Nummer acht.

Ein merkwürdiges Gefühl überkam ihn. Eine innere Stimme, ein Instinkt, der ihn drängte, der Erscheinung zu folgen.

Er ließ die anderen zurück und trat lautlos an die Tür von Zimmer acht.

Seine Finger zitterten leicht, als er die Klinke berührte und sie vorsichtig hinunterdrückte. Die Tür öffnete sich einen Spaltbreit. Ein Kribbeln lief über seinen Rücken.

Plötzlich schoss aus der Dunkelheit eine Fratze hervor, halb im Schatten verborgen.

„Wassss willssst du in meinem Zimmer?", zischte eine raue Stimme. Das Gesicht, schuppenartig und von schmalen Augen durchzogen, wirkte bedrohlich und fremdartig. Leonidas schnappte nach Luft, stolperte erschrocken zurück und fiel beinahe hin. Reflexartig griff er nach seinem Amulett, bereit, es einzusetzen – doch die Gestalt verschwand. Mit einem dumpfen Knall fiel die Tür ins Schloss. Sein Herz raste.

Er rang einen Moment nach Fassung, bevor er sich wieder aufrichtete und hastig zu den anderen zurückkehrte, sich immer wieder umblickend, als könnte die Gestalt ihn noch verfolgen.

Drinnen bot sich ihnen ein Chaos.

Das Bettzeug lag zerwühlt auf dem Boden, ein Stuhl war umgestürzt, der Schrank stand offen und mitten im Raum, als wäre er hastig durchsucht worden. Überall waren Kleidungsstücke verstreut.

„Was ist denn hier passiert?" fragte Leonidas ungläubig. Seraphine warf ihm einen kurzen Blick zu. „Wo warst du?" murmelte sie, bevor sie den Raum abschätzte. „Jedenfalls scheint er es eilig gehabt zu haben."

Sir Dain nickte nachdenklich. „Er wusste, dass du mit mir reist. Ich denke, er wollte mir aus dem Weg gehen. Aber er hat nichts wirklich Brauchbares hinterlassen …"

Leonidas ließ seinen Blick schweifen, doch plötzlich überkam ihn ein anderes Gefühl.

Ein kalter Schauer lief über seine Wirbelsäule.

„Schau unter das Bett."

Die Stimme des Dämons. Kühl und eindringlich. Und genauso schnell, wie sie in seinem Kopf aufgetaucht war, war sie wieder verschwunden.

Sein Verstand sagte ihm, dass es Wahnsinn war, ihr zu folgen.

Doch sein Körper reagierte instinktiv.

Langsam kniete er sich hin, hob die Bettdecke an – und entdeckte ein kleines, gefaltetes Papierstück, fast unsichtbar zwischen dem Staub und den alten Holzdielen.

Er zog es hervor, öffnete es mit zittrigen Fingern – und sein Atem stockte.

„Dieser Zettel … ist eine Liste." Seine Stimme klang erstarrt.

Seraphine und Sir Dain stellten sich neben ihn, während er die Namen überflog. Jeder Name hatte eine Ortsangabe – und fast alle waren durchgestrichen.

Bis auf die letzten.

Leonidas' Blick blieb an einer Zeile hängen. Sein Körper wurde kalt.

Seine Finger zitterten, als er auf die Stelle deutete.

„M-m-meine Eltern…!"

Torgen und Rabea Nezdock – Edondon.

Kapitel 19

Eine gewaltige Angst schnürte Leonidas die Kehle zu. Sein Herz hämmerte in seiner Brust, während sich der düstere Verdacht in seinem Kopf festsetzte. Was, wenn seine Eltern die nächsten Opfer dieses Mörders waren? Er durfte keine Zeit verlieren!

Sein Blick schnellte zu Seraphine, die das Entsetzen in seinen Augen erkannte. „Wir müssen nach Edondon!" rief er, die Panik in seiner Stimme unüberhörbar.

Sir Dain seufzte schwer, seine Miene wirkte ernst, fast traurig. „Wir brechen sofort auf. Doch zuerst müssen wir zum Schloss zurückkehren, Bericht erstatten und dann reiten wir los."

Seraphine jedoch hob mahnend die Hand. „Ihr seid zu hitzköpfig! Wir können nicht einfach kopflos durch die Nacht jagen. Was, wenn er uns im Wald bereits auflauert?"

Sir Dain legte beruhigend eine Hand auf Leonidas' Schulter. „Sie hat recht. Wir müssen besonnen handeln. Kehren wir erst zurück und schmieden einen Plan."

Leonidas riss sich unter Dain´s Griff los. „Und wenn wir zu spät kommen?" Seine Stimme bebte vor unterdrückter Angst.

Seraphine erwiderte mit ruhiger, bestimmter Stimme: „Er muss selbst erst nach Edondon reisen und wird unterwegs rasten müssen. Wir haben noch Zeit."

Sir Dain nickte und fügte hinzu: „Ich werde eine Brieftaube nach Edondon senden und den dortigen König über seine baldige Ankunft informieren."

Auf dem Rückweg sprach die Gruppe kaum ein Wort. Sir Dain schritt entschlossen voran, während Lady Seraphine und Leonidas schweigend und in Gedanken versunken hinter ihm hergingen. Zurück am Schloss setzte sich Sir Dain sofort an einen Brief an den König von Edondon. Mit ernster Miene versiegelte er ihn und rief einen Diener herbei.

„Bringt das sofort nach Edondon. Es hat höchste Dringlichkeit."

Der Bote verneigte sich und eilte davon.

Dain lehnte sich in seinem Stuhl zurück, musterte Leonidas einen Moment lang und atmete schwer aus.

„Ich muss ehrlich mit dir sein." Seine Stimme war nun kühler, ernster. „Trevor ist mein Bruder."

Leonidas blinzelte überrascht.

Sir Dain zögerte. Doch dann rang er sich durch und sprach weiter.

„Er war einst ein ehrenhafter Paladin. Doch er hat sich von seiner Gottheit abgewandt, von allem, was ihn einst ausmachte. Jetzt verfolgt er nur noch seine eigenen Ziele — und hinterlässt eine Spur aus Blut und Leid, wo auch immer er hingeht."

Leonidas senkte den Blick, suchte nach den richtigen Worten.

„Wie konnte es dazu kommen?"

Dain ließ einen Moment verstreichen, als wäge er seine Worte genau ab.

„Wir ... verloren unsere Mutter. Es ist fast zehn Jahre her. Sie wurde hinterrücks ermordet — von einem Formwandler, der sich eine neue Existenz aufbauen wollte. Diese Kreatur wollte ihren Platz einnehmen."

Stille.

Eine schwere, bedrückende Stille lag im Raum.

Sir Dain´s Stimme war leiser, getränkt von Trauer und Wut zugleich:

„Trevor und ich waren auf der Durchreise. Wir wollten unsere Mutter besuchen, doch was wir vorfanden … war ein Fremder. Ein Doppelgänger, der gerade dabei war, seine Gestalt zu ändern."

Leonidas spürte, wie sich sein Magen zusammenzog.

„Was geschah dann?" fragte er leise.

„Mich überkam die Wut. Mein Blick war getrübt. Ich zog mein Schwert – doch Trevor attackierte ihn, bevor ich etwas tun konnte. Er war tot, noch bevor er den ersten Schmerz spürte."

Sir Dain starrte auf den Tisch vor sich, als würde er die Szene erneut durchleben.

„Trevor schwor an diesem Tag, dass er alle Doppelgänger vernichten würde. Wir reisten noch einige Zeit zusammen, doch irgendwann konnte ich seine Besessenheit nicht mehr mit meiner Gottheit vereinbaren. Ich konnte nicht mit ansehen, was aus ihm wurde."

Dain´s Faust ballte sich.

„Ich hätte ihn wegsperren sollen. Doch er war mein Bruder. Ich ließ ihn ziehen… in der Hoffnung, dass er seinen eigenen Weg finden würde. Das war ein Fehler."

Leonidas schwieg.

Er versuchte, das Gehörte zu verarbeiten – aber es fühlte sich an, als wäre es zu viel auf einmal.

Dain´s Stimme wurde wieder hart. Befehlsgewohnt.

„Nun gut. Zieh dich zurück und versuche zu schlafen. Wir brechen auf, bevor die ersten Sonnenstrahlen das Land berühren."

Leonidas nickte. Doch seine Gedanken waren noch immer schwer, seine Stirn lag in Falten.

Gerade als er sich zur Tür wandte, erklang eine sanfte, aber bestimmte Stimme hinter ihm:

„Leonidas?"

Er hielt inne und drehte sich um.

Lady Seraphine sah ihn mit ruhigen, durchdringenden Augen an.

„Wir werden das hinkriegen. Wir sind auf seiner Spur."

Leonidas erwiderte nichts. Er nickte nur knapp – und verließ den Raum.

Leonidas stand regungslos in der Dunkelheit seines Zimmers. Die Stille war erdrückend, nur das entfernte Rufen der Wachen und das leise Knarren der alten Balken durchbrachen sie. Sein Kopf dröhnte von den Gedanken, die wie ein reißender Fluss durch sein Bewusstsein stürzten.

Er wollte schlafen, doch sein Körper weigerte sich. Zu viele Bilder, zu viele Fragen, zu viele ungelöste Rätsel. Sein Vater, seine Mutter, Edondon, die blutige Spur, die Trevor hinterlassen hatte. Die Enthüllungen von Sir Dain hallten noch in ihm nach. Doch dann war da auch noch die Stimme, die dunkle Präsenz, die ihm nicht von der Seite wich.

Plötzlich zog sich eine kalte Schwere durch seinen Brustkorb, wie unsichtbare Ketten, die sich um sein Herz legten. Dann kam sie wieder. Diese Stimme.

„Interessant …" erklang sie spöttisch, ein dunkles, kehliges Flüstern, das ihn bis ins Mark erschütterte. „Dieser Paladin … Trevor … dass ausgerechnet er hinter deinen Eltern her ist. Was für eine Ironie des Schicksals."

Leonidas' Magen zog sich zusammen. Seine Finger krallten sich in seine Faust.

„Was willst du?" fragte er scharf, seine Stimme leiser als ein Hauch. „Hast du nichts Besseres zu tun, als mich zu quälen?"

Ein leises, amüsiertes Lachen hallte in seinem Kopf wieder. Dann kam der Schmerz.

Plötzlich wurde sein Körper von einer unsichtbaren Faust gepackt. Ein brennender, stechender Schmerz raste durch seine Glieder, als würden Hunderte Nadeln tief in sein Fleisch getrieben. Seine Knie gaben nach, und er fiel keuchend auf den kalten Steinboden.

„So wirst du nicht mit mir sprechen, kleiner Narr!" Die Stimme bebte vor Wut, dunkler und schneidender als zuvor.

Leonidas' Atem war flach, sein Herz raste. Er presste die Zähne zusammen, wollte sich nicht unterwerfen, wollte nicht, dass er seine Angst spürte. Doch der Schmerz ... der Schmerz war so grausam.

Er presste die Hände auf die Ohren, als könnte er die Stimme damit vertreiben, doch sie war in ihm. Sie war ein Teil von ihm. Und sie wusste es.

Dann, so plötzlich wie der Schmerz gekommen war, verschwand er wieder. Leonidas blieb keuchend am Boden liegen. Schweiß perlte auf seiner Stirn. Seine Finger bebten.

„Denk nicht, dass du das Schicksal umschreiben kannst", raunte die Stimme, diesmal kälter, beinahe belustigt.

Leonidas hob den Kopf, seine Atmung noch immer unruhig.

„Was meinst du damit?" Flüsterte er, doch da war bereits nichts mehr. Die Dunkelheit war leer. Kein Echo, keine Antwort. Nur das leise Hämmern seines eigenen Herzens. Er war wieder allein.

Kapitel 20

Leonidas fiel in einen tiefen Schlaf, doch seine Träume waren unruhig, wild und zerrissen. Stimmen schwirrten um ihn, ein undeutliches Gemurmel, das ihm den Verstand zu rauben drohte. Immer wieder tauchte die Fratze der Schlange auf – im Spiegelbild, in dunklen Gassen, lauernd in den Schatten. Er fühlte sich verfolgt, gejagt, doch noch bevor die Angst ihn völlig verschlingen konnte, wurde er aus dem Schlaf gerissen.

Ein lautes Klopfen dröhnte durch das Zimmer. Leonidas blinzelte verschlafen und warf einen Blick aus dem Fenster. Noch lag die Stadt in Dunkelheit, kein einziger Sonnenstrahl durchbrach den Horizont.

„Ja, wer ist da?" Seine Stimme klang rau.

„Mach dich fertig, wir brechen bald auf." Die gedämpfte Stimme von Lady Seraphine drang durch die Tür.

Leonidas atmete tief durch. „In Ordnung."

Er rieb sich über das Gesicht und stand langsam auf. Als er in den Spiegel blickte, beobachtete er, wie seine dunkle Haut und die markanten Gesichtszüge einem weißen, freundlichen Halbelfen-Gesicht wichen. Diese Gestalt war es, in der er sich am wohlsten fühlte.

Seine Gedanken wanderten zu Nic. Was würde sein Freund in dieser Situation tun? Kämpfen, ohne Zweifel. Nic war nicht der Typ, der aufgab, solange auch nur ein Funken Hoffnung bestand. Nurry hingegen hätte ihn dazu ermahnt, überlegt an die Sache heranzugehen, Risiken abzuwägen und die beste Strategie zu wählen. Vielleicht lag die Lösung irgendwo dazwischen – Entschlossenheit und Bedacht in perfektem Gleichgewicht.

Ein Entschluss formte sich in seinem Inneren. Er würde alles daransetzen, seine Eltern vor diesem Schuft zu bewahren. Besonnen und mit klarem Kopf. Er durfte sich nicht von Panik beherrschen lassen.

Zum Glück hatte er zwei starke Verbündete an seiner Seite. Sir Dain, der seinen Bruder aufhalten und das Blutvergießen beenden wollte. Und Lady Seraphine … seine Meisterin. Sein Vorbild.

Leonidas schulterte seine Tasche und machte sich auf den Weg zum Stall. Die kühle Nachtluft lag noch schwer über dem Land, und der Horizont zeigte kein Anzeichen der Morgendämmerung. Als er ankam, standen Sir Dain und Lady Seraphine bereits neben ihren gesattelten Pferden, schweigend, mit ernsten Gesichtern. Ohne ein Wort zu verlieren, schwang sich Leonidas in den Sattel. Die Stille des Morgens wurde nur vom leichten Schnauben der Tiere und dem Knarren der Sattelgurte unterbrochen.

Ohne weiteren Verzug ritten sie los, den gewundenen Pfad hinab in Richtung der Stadttore. Die Dunkelheit schien undurchdringlich, die wenigen Fackeln, die den Weg säumten, warfen nur flackernde Lichtkegel auf das Pflaster. Bald lag die Stadt hinter ihnen, und sie tauchten ein in die dichten Schatten des Waldes.

Hier, fernab der belebten Straßen, wirkte alles noch bedrohlicher. Die Äste der alten Bäume bewegten sich im sanften Wind, doch es war nicht nur das Rascheln der Blätter, das Leonidas Unbehagen bereitete. Eine unheimliche Stille lag über dem Wald, eine, die von Zeit zu Zeit von einem leisen Wispern durchbrochen wurde – ein Flüstern, traurig und schwer, als würden die Bäume miteinander sprechen.

Leonidas zog den Umhang enger um sich und spähte durch das Halbdunkel. War das nur der Wind, der durch die Äste strich? Oder war da mehr? Ein ungutes Gefühl kroch ihm über den Rücken. Hilfesuchend blickte er zu den beiden Rittern vor ihm, doch sie ritten unbeirrt weiter, als wäre nichts gewesen.

Schließlich konnte er es nicht mehr ignorieren. Mit brüchiger Stimme fragte er: „Hört ihr das auch?"

Lady Seraphine drehte leicht den Kopf zu ihm. Ihr Blick war ernst, aber nicht überrascht. „Das Flüstern?" Fragte sie ruhig. „Man sagt, es ist das Wehklagen der Baumgeister. Sie trauern um ihr verlorenes Leben, um das, was ihnen widerfahren ist."

Leonidas schluckte und nickte stumm. Sein Blick schweifte wieder zu den knorrigen Stämmen, zu den Schatten, die zwischen den Bäumen tanzten. Er konzentrierte sich, versuchte die Worte in dem Flüstern zu erkennen – doch es blieb ein unverständliches Murmeln, ein Echo uralter Schmerzen.

Dann führte sie der Pfad an den Ort des Kampfes. Sofort zog sich Leonidas' Magen zusammen. Hier, nur wenige Stunden zuvor, hatte er stattgefunden. Die Leichen waren verschwunden – entweder von ihren Verbündeten geborgen oder von den Stadtwachen fortgebracht. Doch die Spuren des Blutvergießens waren noch deutlich zu sehen. Der Boden war aufgewühlt, als hätte die Erde selbst sich gegen die Geschehnisse aufgebäumt. Dunkle, eingetrocknete Blutflecke zeichneten sich auf der staubigen Straße ab, stumme Zeugen des Gemetzels.

Leonidas' Hände umklammerten die Zügel fester.

Das eingetrocknete Blut auf der staubigen Straße war das letzte Zeichen, dass diese Männer und Frauen je existiert hatten. Ein stummer, vergessener Nachhall ihres Lebens.

Ohne innezuhalten, ritt die Gruppe weiter, ihre Silhouetten zwischen den Schatten der Bäume verschmelzend.

Der Wald lag noch in Dunkelheit, doch am Horizont kündigte sich der neue Tag an. Als sie schließlich das Ende des Waldes erreichten, durchbrach die aufgehende Sonne langsam den dichten Morgennebel und tauchte die Welt in warmes, goldenes Licht. Die Berge zeichneten sich allmählich hinter dem dünnen Schleier aus Dunst ab, während über den Wiesen erste Sonnenstrahlen glitzerten. Das Land erwachte – Äste knackten unter dem Gewicht unsichtbarer Tiere, und aus den Bäumen erklangen die ersten Vogelstimmen, die den Tagesanbruch mit ihren Liedern begrüßten.

Ohne Zeit zu verlieren, trieb die Gruppe ihre Pferde an. Sie ritten zügig, nicht im harten Trab, aber mit einem ausdauernden Tempo, das die größte mögliche Strecke erlaubte. Sir Dain ritt an der Spitze, stets wachsam. Seine Blicke huschten unaufhörlich über die Umgebung, auf der Suche nach Bewegungen zwischen den Bäumen, nach verdächtigen Geräuschen. Ein Hinterhalt war in diesen Zeiten jederzeit möglich.

Sie pausierten nicht. Jede gewonnene Minute verkürzte den Vorsprung, den Trevor gegenüber ihnen hatte. Die Mahlzeiten nahmen sie im Sattel ein – karges Brot, getrocknetes Fleisch, ein Schluck Wasser. Genug, um sie aufrechtzuerhalten, aber nicht, um ihren Hunger zu stillen. Doch Hunger war Nebensache. Ihre Gedanken kreisten nur um ihr Ziel: Edondon.

Die Sonne hatte bereits den höchsten Punkt am Himmel überschritten, als Leonidas schließlich in der Ferne die Umrisse seiner Heimatstadt erkannte. Groß, majestätisch, unverändert. Sie sah aus, als hätte sie sich in den wenigen Tagen seiner Abwesenheit nicht verändert, doch für ihn war nichts mehr, wie es war.

Je näher sie kamen, desto deutlicher konnte er die hohen Mauern erkennen, die sich schützend um die Stadt legten. Vor dem massiven Tor standen Wachen, ihre Lanzen in den Boden gestemmt, ihre Blicke aufmerksam und misstrauisch.

Plötzlich drehte sich Sir Dain zu ihm um. Sein Gesicht war ernst. „Du musst deine Gestalt ändern. In deiner jetzigen Form wirst du in der Stadt für Aufsehen sorgen."

Leonidas blinzelte verwundert. Daran hatte er nicht gedacht. Natürlich – das Gesicht von Nic könnte für ein unschönes Aufsehen sorgen. Ohne Widerrede ließ er seine Gesichtszüge verschwimmen, seine Haut aufhellen. Er nahm die Form eines Mannes an, dessen Gesicht er irgendwann einmal gestreift hatte – ein Durchschnittsmensch, unauffällig, niemand, der in einer Menge herausstechen würde.

In diesem Moment flüsterte eine Stimme in seinem Kopf. Kein Hall, kein Echo, sondern eine klare, feste Präsenz.

„Bleib wachsam. Die Mühen, die ich für dich aufgebracht habe, sollen nicht umsonst gewesen sein."

Leonidas' Herzschlag stockte. Die Stimme war nicht erdrückend, aber spürbar, als würde sie sich direkt in seine Gedanken schleichen.

„Und denk daran, du gehst nicht in das Haus deiner Eltern."

Sein Magen zog sich zusammen. Er atmete tief ein, erwiderte in Gedanken: „Ich werde vorsichtig sein. Aber was, wenn ich ihnen begegne?"

Die Stimme antwortete mit unmissverständlichem Nachdruck: „Geh ihnen aus dem Weg!"

Dann wurde es still. Doch Leonidas wusste, dass sie nicht verschwunden war. Sie lauerte, beobachtete, wartete darauf, was als Nächstes geschah.

Schließlich erreichten sie das Tor. Sir Dain lenkte sein Pferd an die Spitze und sprach die Wachen mit fester Stimme an. „Guten Tag. Mein Name ist Sir Dain. Der König sollte über unser Kommen informiert sein."

Die Wachen tauschten einen kurzen Blick, dann nickte der Ältere von beiden. „Seid gegrüßt, Sir Dain. Ja, wir haben die Anweisung erhalten. Ihr sollt euch direkt zum Schloss begeben."

Die Tore öffneten sich langsam, mit einem knarzenden Geräusch.

Sir Dain nickte knapp. „Vielen Dank." Ohne weiteres Zögern lenkte er sein Pferd durch das gewaltige Tor, gefolgt von Lady Seraphine und Leonidas.

Die Stadt war so geschäftig wie an dem Tag, als er sie verlassen hatte. Menschen eilten in alle Richtungen, einige mit entschlossenem Schritt, andere in hektischer Hast. Händler riefen lautstark ihre Waren aus, während Karren mit Säcken voller Getreide, Fässern und Tuchballen mühsam über das Kopfsteinpflaster rumpelten. Am Straßenrand saßen vereinzelt Bettler, die ihre knochigen Hände nach Almosen ausstreckten.

Leonidas griff instinktiv in seine Tasche und ließ hin und wieder ein paar Kupfermünzen in die offenen Handflächen gleiten. Dankbare Blicke folgten ihm, aber er vermied es, Augenkontakt zu halten. Sein Magen lag ihm bereits schwer genug im Leib.

Sie ritten direkt durch das Handwerksviertel, wo Hammerschläge auf Ambosse hallten und der Geruch von geschmolzenem Metall und frischem Holz in der Luft lag. Dann folgte das wohlhabendere Reichenviertel, wo breite Straßen von sorgfältig gepflegten Gärten gesäumt wurden und Diener eilig zwischen den herrschaftlichen Anwesen umher huschten. Am Stadtpark vorbei näherten sie sich schließlich dem Schloss.

Leonidas spürte sofort, dass sich etwas verändert hatte. Die Wachen waren zahlreicher als gewöhnlich, ihre Blicke scharf, ihre Haltungen angespannt. Vor dem Haupteingang standen sie in dichten Reihen, während kleine Trupps von drei bis vier Mann auf dem Platz davor patrouillierten. Die Atmosphäre war aufgeladen.

Ein Knoten bildete sich in Leonidas' Magen. Seine Heimatstadt mochte unverändert erscheinen, doch die Unruhe in ihm wuchs. Der Verbleib seiner Eltern nagte an seinem Verstand, ließ ihn nicht los.

Er fasste sich ein Herz und wandte sich an Sir Dain. „Können Seraphine und ich zu meinen Eltern? Nur um nachzusehen, ob es ihnen gut geht?"

Sir Dain musterte ihn mit undeutbarem Blick, bevor er langsam nickte. „Das sollte machbar sein. Ich werde derweil den König über die aktuellen Geschehnisse unterrichten. Wir treffen uns in einer Stunde wieder hier."

Lady Seraphine stieg elegant von ihrem Pferd, löste die Zügel von Yara und übergab sie dem alten Ritter. Bella, die treue Stute von Leonidas, blieb dicht an der Seite ihrer Gefährtin, während ihr Reiter sich bereit machte.

Kapitel 21

Leonidas sprang mit einem Satz von Bella ab. Er atmete tief durch, dann zeigte er Seraphine die Richtung an.

„Hier entlang." Seine Stimme war fester, als er sich fühlte. Mit schnellen Schritten setzten sie sich in Bewegung.

Seraphine sah sich aufmerksam um und wandte sich dann an Leonidas. „Kennst du hier auch einen Alchemie-Laden?"

Leonidas überlegte kurz. Diese Art von Geschäften hatte ihn nie wirklich interessiert. Doch dann erinnerte er sich an etwas, das ein Passant einmal beiläufig erwähnt hatte. „Ja, dort vorne gibt es einen Laden mit einer seltsamen alten Dame und ihrem Vogel. Das könnte einer sein."

Die Ritterin folgte seinem ausgestreckten Finger und nickte. „Dann können wir später dort vorbeischauen. Es schadet nicht, wenn wir uns mit ein paar Heiltränken eindecken."

Leonidas nickte nur kurz. Die Anspannung in ihm wuchs mit jedem Schritt, als er seinem Elternhaus näherkam. Unruhe nagte an seinen Gedanken, ließ ihn schneller atmen. Die Sorgen fraßen sich tiefer in seinen Verstand.

Seraphine bemerkte den ernsten Ausdruck in seinem Gesicht und sprach mit sanfter Stimme: „Versuch positiv zu denken. So viel Zeit ist bisher nicht vergangen."

Doch ihre Worte vermochten nicht, den dichten, schwarzen Rauch zu vertreiben, der sich in seinem Inneren zusammenbraute. Die bebende, drohende Stimme in seinem Kopf erhob sich wieder.

„Du gehst nicht zu deinen Eltern!"

Leonidas' Kehle war trocken. Mit gepresster Stimme antwortete er lediglich: „Ja."

Er versuchte, den Rauch zu ignorieren, ihn wegzudrängen – doch er blieb. Dicht, schwer, erdrückend.

Als sie schließlich vor dem Gebäude standen, das er so gut kannte, spürte Leonidas, wie seine Knie schwach wurden. Seine Stimme zitterte, als er sagte: „Das da vorne ist es. Zweites Obergeschoss, dritte Tür links… kannst du bitte alleine nachsehen?"

Seraphine musterte ihn aufmerksam. „Wieso kommst du nicht mit? Willst du deine Eltern nicht sehen?"

Er schluckte. Seine Hände ballten sich zu Fäusten. In seinen Augen sammelten sich Tränen.

„Das geht nicht", flüsterte er. „Ich kann dort nicht mehr hin."

Für einen Moment hielt Seraphine inne, dann nickte sie verstehend. „Schon gut. Ich erledige das für dich. Warte hier."

Ohne ein weiteres Wort wandte sie sich um und schritt zur Haustür.

Leonidas ließ sich auf eine steinerne Stufe vor einem der benachbarten Häuser sinken, seine Augen blieben auf Seraphine gerichtet. Doch kaum hatte sie die Tür geöffnet und war in dem Gebäude verschwunden, verschwamm die Welt um ihn herum.

Alles, was blieb, war diese eine braune Holztür.

Er hatte sie tausendmal gesehen, doch nie wirklich wahrgenommen.

Die senkrechten Bretter, aus denen sie bestand. Die silberne Klinke, von der die Farbe abblätterte. Jetzt kam es ihm vor, als würde sie ihn auslachen – diese dumme Tür, das Einzige, was ihn noch von seinen Eltern trennte. Und doch wirkte sie auf ihn wie ein unüberwindbarer Berg.Leonidas konnte nicht sagen, wie viel Zeit vergangen war. Minuten, vielleicht Stunden? Die Welt um ihn herum war dumpf geworden, als wäre er tief unter Wasser.

Doch dann öffnete sich die Tür.

Seraphine trat hinaus, das Sonnenlicht brach sich auf ihrer Rüstung und ließ sie für einen Moment beinahe übermenschlich erscheinen. Ihre Ausstrahlung hatte etwas Erhabenes, etwas Beruhigendes. Und doch … ihr Blick war es, der ihn wieder ins Hier und Jetzt zurückholte.

Er war ernst. Angespannt.

Leonidas sprang auf und eilte ihr entgegen. „Wie geht es ihnen? Waren sie zu Hause?"

Seraphine nickte knapp. „Ja. Deine Mutter war da. Dein Vater ist bei der Arbeit."

Leonidas' Herz schlug schneller. „Was hast du ihr gesagt? Was hat sie gesagt?"

Seraphine´s Gesicht wirkte bedrückt. Sie atmete kurz durch, bevor sie antwortete: „Deine Mutter machte einen sehr traurigen Eindruck. Sie sah aus, als hätte sie viel geweint."

Leonidas' Magen zog sich zusammen. Er senkte den Blick. „Das liegt wohl an mir … weil ich fort bin."

Seraphine musterte ihn kurz, dann fuhr sie fort: „Ich habe ihr gesagt, dass ich geschickt wurde, um die Bevölkerung zu warnen, dass alle vorsichtig sein sollen." Sie zögerte. „Aber … sie hat es nicht allzu ernst genommen."

Leonidas warf der Ritterin einen besorgten Blick zu. „Ich hoffe, sie nimmt es sich zu Herzen. Können wir den König darum bitten, dass in dieser Straße häufiger patrouilliert wird?"

Seraphine schüttelte den Kopf.

„Ich glaube nicht, dass der König sich so leicht in seine Angelegenheiten hineinreden lässt. Aber wir können die Bitte zumindest vortragen."

„Dann bleibe ich hier und halte Wache. Ich warte auf euch", sagte Leonidas leise.

Seraphine sah ihn mit ernster Miene an.

„Was willst du tun, wenn er tatsächlich auftaucht? Trevor ist zu mächtig für dich, Leonidas."

Er biss sich auf die Lippe. Ihre Worte waren wahr – und doch nicht genug. Es musste einen Weg geben, den König zu überzeugen. Einen Weg, seine Eltern zu schützen. Aber jetzt blieb ihnen nichts anderes übrig, als weiterzugehen.

„Komm", sagte Seraphine schließlich sanfter. „Lass uns erst einmal zum Alchemieladen gehen. Uns wird schon etwas einfallen."

Leonidas nickte stumm. Während sie sich auf den Weg zurück zum Stadtplatz machten, arbeitete sein Verstand fieberhaft daran, einen Plan zu schmieden.

Er musste Trevor ausfindig machen und ihn mit Hilfe der beiden Ritter zur Strecke bringen, bevor dieser seinen Eltern etwas antun konnte. Wahrscheinlich würden sie sich heute Nacht wieder in den Tavernen umhören – die einzige Möglichkeit, eine Spur zu finden.

Während sie weitergingen, kreisten Leonidas' Gedanken um ihre nächsten Schritte, bis sie schließlich vor dem Laden standen.

Im Vergleich zu den anderen Geschäften am Stadtplatz wirkte er alt und heruntergekommen. Die Tür zierte eine verblasste Aufschrift: *Allerlei der Zauberei*", unterstrichen von der Illustration eines kleinen Vogels, der mit seinem Schnabel eine Linie zog.

Als sie die Tür öffneten, erklang das helle Bimmeln eines Glöckchens, das den Eintritt von Kunden verkündete.

Drinnen war es genauso, wie Leonidas es von außen erwartet hatte. Staub lag in dicken Schichten auf den

Regalen, in denen sich allerlei wundersame Dinge stapelten: Reagenzgläser mit seltsam leuchtenden Flüssigkeiten, getrocknete Kräuterbündel, Ketten, Ringe – einige schlicht, andere mit schimmernden Edelsteinen verziert.

Hinter einem abgenutzten Holztresen stand eine alte Frau mit gebeugtem Rücken. Neben ihr hing ein kleiner Vogelkäfig, dessen Tür offen stand. Darin saß ein winziger, gelber Vogel, der mit seinen schwarzen Knopfaugen neugierig zu ihnen hinüberschaute.

Kaum hatten sie den Laden betreten, flatterte der Vogel los. Er umkreiste die beiden, setzte sich erst auf Seraphine´s Schulter, dann auf Leonidas'.

Der Formwandler beobachtete die Bewegungen des Tieres misstrauisch. Als der Vogel anfing, mit seinem Schnabel sanft an seiner Halskette zu ziehen, zuckte Leonidas zusammen und verscheuchte ihn mit einer vorsichtigen Handbewegung.

Das Federwesen ließ sich davon nicht beirren. Es flog zurück zur alten Frau und landete auf dem Tresen vor ihr.

Für einen kurzen Moment hatte Leonidas das unheimliche Gefühl, dass sich die beiden ohne Worte verstanden. Dann ergriff die Frau das Wort.

„Guten Tag, die Herrschaften. Tipsi haben sie ja bereits kennengelernt." Ihre Stimme klang alt und krächzend, aber keineswegs schwach. „Mein Name ist Edna. Wie kann ich Euch behilflich sein?"

Seraphine musterte die Frau mit einer Mischung aus Neugier und Skepsis. „Guten Tag. Wir benötigen Heiltränke. Habt Ihr welche auf Lager?"

Edna runzelte die Stirn, als müsse sie erst nachdenken. Dann nickte sie. „Ah, Ihr braucht Heiltränke. Leider habe ich derzeit nur zwei kleine hier. Sie kosten 40 Gold das Stück."

Seraphine überlegte kurz, dann entschied sie: „Das sollte ausreichen. Ich nehme beide."

Die alte Frau beugte sich unter ihren Tresen, kramte in ihren Vorräten und stellte dann zwei kleine Phiolen mit rötlich schimmernder Flüssigkeit vor ihnen ab.

„Sehr gerne. Zwei Stück … das macht dann achtzig Gold."

Während Seraphine in ihrem Goldbeutel nach den passenden Münzen suchte, fiel Edna´s Blick auf Leonidas.

Ihr Gesichtsausdruck veränderte sich.

Ihre Augen wurden scharf, als würden sie direkt in ihn hineinsehen.

„Diese Kette …" Ihre Stimme war nun weicher, beinahe schmeichelnd. „Darf ich sie mir genauer anschauen?"

Leonidas griff instinktiv nach seinem Amulett, seine Finger umschlossen es schützend.

„Wieso?" Seine Stimme war angespannt.

Edna lächelte sanft. „Ich interessiere mich für magische Gegenstände. Und dieses hier …" Sie neigte leicht den Kopf. „Scheint sehr speziell zu sein."

Sie machte eine Pause.

„Weißt Du denn, was es kann?"

Leonidas schüttelte den Kopf. Vielleicht könnte ihm die alte Frau tatsächlich mehr über das Amulett verraten. Dass es magisch war, wusste er längst – doch dass es weitere Effekte besaß, war ihm neu.

Nach kurzem Überlegen nickte er. *Warum nicht?*

„Ihr könnt es euch gerne ansehen", sagte er schließlich, „aber nur, wenn ihr mir auch alles verratet, was ihr darüber herausfindet."

Edna schmunzelte leicht, als hätte sie genau diese Antwort erwartet. „Das hört sich doch nach einem fairen Deal an. Leg es bitte hier auf meinen Tresen."

Seraphine warf den beiden einen misstrauischen Blick zu, schien sich aber nicht weiter einmischen zu wollen und zählte stattdessen weiter ihre Münzen.

Leonidas zog widerwillig die Kette über seinen Kopf. Kaum hatte er sie auf dem Tresen abgelegt, flatterte der kleine Vogel erneut auf sie zu. Er hüpfte um das Amulett herum, beäugte es mit dem gleichen prüfenden Blick wie Edna. Es wirkte fast so, als würden die beiden sich wortlos darüber austauschen – ein stummer Dialog zwischen Tier und Mensch.

Seraphine legte währenddessen die Münzen auf den Tresen und steckte die Tränke ein, doch weder Edna noch ihr gefiederter Gefährte beachteten sie.

Die Minuten verstrichen.

Edna berührte das Amulett vorsichtig mit ihren knorrigen Fingern, während Tipsi immer wieder den Kopf schief legte und leise zwitscherte.

Endlich, nach einer gefühlten Ewigkeit, richtete sich die alte Frau mit einem zufriedenen Gesichtsausdruck auf.

Tipsi nickte ihr zu, hüpfte zum Münzstapel und begann, eine nach der anderen in seinen Käfig zu fliegen – jede einzelne mit einem leisen *Kling* auf den Boden plumpsend.

Edna ließ sich von dem Geräusch nicht stören.

„Das ist ja ein tolles Amulett", bemerkte sie schließlich.

Leonidas lehnte sich ungeduldig nach vorne. „Und was kann es?"

Die Frau schmunzelte. „Diese Kette ist nutzlos. Doch das Amulett …" Sie machte eine bedeutungsvolle Pause.

Leonidas verspürte den Drang, sie anzutreiben, doch er biss sich auf die Zunge.

„Das Amulett ist sehr mächtig – in den richtigen Händen."

Sein Herz schlug schneller.

„Macht es nicht so spannend!", platzte es aus ihm heraus.

Edna lächelte amüsiert. „Nun gut. Es dient als Zauberfokus, aber das wusstest du bestimmt bereits."

Leonidas nickte. „Ja, das ist mir mittlerweile klar."

„Doch es hat noch eine weitere Eigenschaft", fügte sie hinzu. „Es macht seinen Träger charismatischer."

Leonidas runzelte die Stirn. „Was soll das heißen?"

Edna lehnte sich leicht vor.

„Es bedeutet, dass die Leute dir leichter vertrauen werden. Oder sich – wenn es sein muss – auch belügen lassen."

Er blinzelte verwirrt.

Die alte Frau kicherte leise. „Lass mich dir ein Beispiel geben: Ein Griesgram würde mit diesem Anhänger gar nicht mehr so schlecht gelaunt wirken. Aber jemand, der von Natur aus charmant und wortgewandt ist …" Sie machte eine ausladende Handbewegung. „Der könnte mit diesem Amulett ein Genie der Verhandlung – oder des Betrugs – werden."

Leonidas entfuhr ein belustigtes Lachen. „Ihr meint …?"

Edna unterbrach ihn mit einem schelmischen Zwinkern. „Ja, genau das meine ich. Es wird dir helfen, dein wahres Ich zu verbergen … und dein Lügenkonstrukt aufrechtzuerhalten."

Leonidas' Miene gefror.

Gerade als er eine Antwort formulieren wollte, spürte er eine Hand auf seiner Schulter.

Er drehte den Kopf und blickte in Seraphine´s ernste Augen.

„Leonidas", sagte sie leise, aber bestimmt. „Lass uns gehen."

Der Junge nickte langsam, griff nach seiner Kette und verließ mit der Ritterin den Laden.

Das Glöckchen an der Tür bimmelte erneut.

Hinter ihnen rief Edna mit amüsierter Stimme: „Wenn du wieder in der Stadt bist, komm vorbei! Ich zeige dir gerne noch mehr Geheimnisse."

Die beiden traten auf den Stadtplatz hinaus. Der Himmel lag schwer und dunkel über der Stadt, als würde er die wachsende Anspannung widerspiegeln. Ein feiner Nieselregen setzte ein, kalte Tropfen perlten an Leonidas' Haut ab.

Er sah Seraphine fragend an. „Was war das? Meinst du, sie weiß, was ich bin?"

Seraphine hielt seinem Blick stand. Ihre blauen Augen musterten ihn aufmerksam, als versuchte sie, seine Sorgen zu greifen.

„Es gibt nur wenige Menschen, die die Fähigkeit haben, durch deine Augen zu sehen."

Leonidas runzelte die Stirn. „Was meinst du damit?"

Seraphine verschränkte die Arme. „Die Augen sind die Tür zu deiner Seele. Manche besitzen die Gabe, hindurchzusehen – direkt auf dein wahres Wesen. Sir Dain gehört zu diesen Menschen. Ich leider nicht." Sie hielt kurz inne, dann fügte sie hinzu: „Du solltest ihn danach fragen."

Leonidas schwieg. Die Vorstellung, dass jemand direkt in ihn hineinsehen konnte, machte ihn unruhig.

Ein Windstoß ließ den Regen dichter werden.

Seraphine hob die Hände über den Kopf. „Komm schnell zum Schloss!" Rief sie, während sie losrannte.

Leonidas zögerte nur einen Moment, dann folgte er ihr durch die nassen, glänzenden Straßen.

Bei jedem Schritt klapperte Seraphine´s Rüstung lautstark, als würde sie ihr eigenes Erscheinen ankündigen. Der Lärm hallte über das Pflaster, übertönt nur vom Prasseln des Regens.

Leonidas erreichte als Erster den Torbogen des Schlosses, wo es trocken war, und drehte sich um. Seraphine folgte ihm nur wenige Schritte dahinter. Ihr Haar hing ihr nass ins Gesicht, Tropfen liefen über ihre Stirn.

„Was denkst du? Wie gehen wir weiter vor?" fragte er, während er versuchte, seine Atmung zu beruhigen.

Seraphine strich sich das nasse Haar aus dem Gesicht. „Am klügsten wäre es, in der Nähe deiner Eltern zu bleiben. Dort will er augenscheinlich als Nächstes zuschlagen." Sie sprach knapp, aber bestimmt. „Lass uns erst zu Sir Dain gehen. Vielleicht gibt es schon einen Plan."

Die beiden traten vor die Wachen des Haupteingangs.

„Wir sind Lady Seraphine und Leonidas, Gefolgsleute von Sir Dain", erklärte Seraphine.

Die Wachen wechselten einen kurzen Blick, sprachen jedoch kein Wort. Stumm hoben sie ihre Speere zur Seite und gaben den Durchgang frei.

Leonidas trat ein – und zum ersten Mal in seinem Leben betrat er das Innere des Schlosses.

Die Wände bestanden aus reinem, weißem Marmor, der das Licht auf eine unnatürliche Weise einfing und reflektierte, als würde das Schloss selbst leuchten. An den Wänden standen Relikte aus vergangenen Zeiten: kunstvoll verzierte Rüstungen, prunkvolle Schwerter, alte Schilde mit königlichen Wappen. Glashauben schützten funkelnde Diamanten, die mit ihrem kalten Glanz den Reichtum des Königshauses zur Schau stellten.

Leonidas spürte, wie Wut in ihm aufstieg.

Wie konnte die Krone sich mit solchem Reichtum umgeben, während draußen Menschen hungerten? Während Familien am Existenzminimum lebten, trugen die Mauern dieses Schlosses Platinwerte in sich, die ausreichen würden, um die gesamte Stadt zu versorgen.

Seine Hände ballten sich unbewusst zu Fäusten.

Ein hochgewachsener Hochelf trat auf sie zu, seine Bewegungen von königlicher Eleganz. Sein Gewand war makellos, sein Blick gemessen.

„Guten Tag, die Herrschaften. Ihr wollt zu Sir Dain, nehme ich an?"

Seraphine verbeugte sich und deutete Leonidas an, es ihr gleichzutun. Mit gezwungener Höflichkeit erwiderte sie: „Ja, werter Herr. Würdet Ihr uns bitte zu ihm führen?"

Der Elf neigte leicht den Kopf. „Sehr gerne."

Ohne ein weiteres Wort führte er sie durch die prunkvollen Hallen, an all den Schätzen vorbei, die Leonidas nun mit anderen Augen sah.

Nach einer Biegung blieben sie vor einer massiven Tür stehen. Der Hochelf klopfte kurz an, bevor er eintrat.

„Sir Dain, Lord Magnus, ich bringe Euch, Lady Seraphine und Leonidas."

Eine tiefe Stimme antwortete aus dem Raum: „Sie sollen eintreten."

Leonidas erkannte die Stimme nicht. Doch als sie durch die Tür traten, sah er, wer dort auf sie wartete.

Sir Dain saß an einem großen Holztisch. Neben ihm: König Magnus höchstpersönlich – und seine rechte Hand, Arbell.

Vor ihnen lag eine ausgebreitete Karte der Stadt.

Sie schmiedeten einen Plan.

Einen Plan, um Trevor zur Strecke zu bringen.

Kapitel 22

Sir Dain sah Leonidas erwartungsvoll an. „Wie ist es gelaufen? Wie geht es deinen Eltern?"

Leonidas zögerte. Sein Blick wanderte über die beiden Elfen, die ihn genau musterten.

Sir Dain bemerkte seine Zurückhaltung und fügte ruhig hinzu: „Sie wissen, dass du ein Formwandler bist. Du musst dich nicht schämen. Sie werden uns helfen."

Leonidas schluckte. Er fühlte sich ertappt, aber auch erleichtert. Schließlich nickte er langsam. „In Ordnung. Meiner Mutter geht es gut. Mein Vater war bei der Arbeit, als Seraphine dort war. Somit sollte alles passen. Erst einmal."

Ein Funken Mut überkam ihn, und er wandte sich direkt an den König. „Wir sollten hier verstärkt patrouillieren!" Er zeigte auf die Straße, in der seine Eltern lebten. „Am besten direkt dieses Haus. Es wird sein nächstes Ziel sein."

Der König verzog leicht das Gesicht – nicht gerade erfreut, sich von einem, Niemand Befehle erteilen zu lassen. „Die Entscheidungsgewalt liegt hier immer noch bei mir", erwiderte er schroff.

Leonidas hielt seinem Blick stand, während seine Finger sein Amulett umschlossen. Er atmete tief durch, besann sich und sprach mit gesenktem Kopf: „Entschuldigt, werter Herr. Ich war zu voreilig. Ich bitte Euch lediglich darum, die Sicherheit zu erhöhen. Doch mit Eurer Erfahrung werdet Ihr die nächsten Schritte sicherlich besser überblicken als ich."

Der König hob überrascht eine Augenbraue. Seine Miene wurde etwas weicher. „Nun gut. Es sei Dir verziehen. Setzt Euch und hört zu."

Sir Dain deutete mit einer einladenden Geste auf die Stühle, und sowohl Leonidas als auch Seraphine nahmen Platz.

Der König faltete die Hände vor sich und sprach mit fester Stimme: „Ihr drei werdet heute Nacht in den Straßen unterwegs sein. Lady Seraphine wird sich direkt im Haus von Familie Luvren …" Er räusperte sich. „Familie Netzdock positionieren und Wache halten."

Seraphine nickte knapp.

„Leonidas." Der König hielt inne und sah ihn eindringlich an. „Du wirst Dich heute Nacht in Edondon herumtreiben. Besuche Tavernen, halte Dich an belebten Orten auf – und warte, bis er Dich wieder bemerkt."

Leonidas' Augen weiteten sich. Eine Mischung aus Wut und Panik durchfuhr ihn. „Ich soll als Köder fungieren?!"

Sir Dain legte eine beruhigende Hand auf seine Schulter. „Ich werde Dir auf Schritt und Tritt folgen. Keine Angst, Du bist nicht allein." Seine Stimme war fest, aber warm.

Der König ließ seinen Blick über die Anwesenden gleiten, bis er bei seiner rechten Hand, Arbell, verweilte. „Verstärke die Patrouillen in dieser Straße – sofort. Und wenn dieser Mörder auftaucht … kein Erbarmen!"

Dann wandte er sich wieder Leonidas zu und schenkte ihm ein knappes, aber aufrichtiges Lächeln.

Der alte Ritter erhob und verbeugte sich leicht. „Werter Magnus, vielen Dank. Wir ziehen uns nun zurück. Die Reise hierher war anstrengend."

Der König nickte nur knapp und wandte sich an den Hochelfen. „Zeig ihnen ihre Zimmer."

„Sehr wohl, mein Herr", erwiderte Arbell knapp und machte sich sofort auf den Weg.

Sie schritten durch die prunkvollen Gänge des Schlosses, vorbei an goldenen Wandverzierungen und schweren

Samtvorhängen. Die langen Flure waren mit kunstvollen Teppichen ausgelegt, die ihre Schritte dämpften, und hier und da glänzten Kerzenhalter aus reinem Silber. Schließlich blieben sie vor zwei Zimmertüren stehen.

Der Mann drehte sich zu ihnen um. „Dieses Zimmer ist für die Lady, und dieses hier ist für euch beide."

Leonidas blinzelte überrascht. „Wir teilen uns ein Zimmer?" Der Gedanke, die Nacht mit Sir Dain zu verbringen, fühlte sich seltsam an. Doch er verstand die Logik dahinter – der Ritter sollte ihn nicht aus den Augen lassen.

Ein Schmunzeln huschte über Leonidas' Lippen, und er sah zu dem alten Mann auf. „Na, da hat sich ja einiges getan."

Sir Dain zog verwirrt eine Augenbraue hoch. „Wie meinst du das?"

Leonidas kicherte. „Jetzt bist du mein Leibwächter."

„Werde jetzt nicht frech, kleiner", brummte der Ritter und versetzte ihm einen sanften Schlag auf die Schulter.

Dann packte Sir Dain ihn mit beiden Händen an den Schultern und sah ihm tief in die Augen. Seine Stimme war fest, aber gütig. „Du wirst dich jetzt hinlegen und ausruhen. Ich bleibe hier vor der Tür."

Leonidas schluckte. Für einen Moment starrte er in die ehrlichen Augen des alten Ritters, als würde er versuchen, in dessen Seele zu blicken. Doch alles, was er spürte, war Wärme und Stolz.

Er nickte nur kurz und trat ohne ein weiteres Wort in das Zimmer.

Die Erschöpfung hing schwer auf ihm. Die Ereignisse des Tages hatten ihm zugesetzt, und die Reise hatte ihre Spuren hinterlassen. Er legte sich aufs Bett, zog sich nicht einmal mehr aus. Sein Blick wanderte zur Decke, während er auf den vertrauten Besucher wartete – die Stimme, die ihm nie von der Seite wich.

Ihre Präsenz hatte ihn den ganzen Tag begleitet, lauernd im Hintergrund. Doch jetzt, in dieser Stille, schwieg sie.

Nach einigen Minuten richtete sich Leonidas langsam auf. Er seufzte und ging auf den Balkon hinaus. Vielleicht konnte er den Schatten in seinem Kopf für einen Moment aussperren.

Mit einer beiläufigen Bewegung griff er in seine Hosentasche und zog die Zigarette hervor, die er am Vorabend in der Taverne erhalten hatte. Mit seiner Feuerbuchse entfachte er die Spitze und nahm einen tiefen Zug.

Der bittere Geschmack der Kräuter breitete sich in seinem Körper aus, löste die Spannung in seinen Muskeln und ließ seinen Geist für einen Moment leichter werden.

Der schwarze Rauch, der ihn verfolgte, wich in den Hintergrund.

Als er den weißen Dunst in die kalte Nachtluft ausatmete, entfuhr ihm ein leises, ironisches Lachen.

„Witzig, wie der weiße Qualm den schwarzen Rauch vertreibt", murmelte er zu sich selbst.

Dann ließ er sich auf einen der schweren Stühle sinken und richtete seinen Blick auf den Stadtpark unter ihm.

Zwischen den alten Bäumen, deren Blätter sich im leichten Wind wiegten, huschten kleine Gestalten umher – Eichhörnchen, die auf der Suche nach Nahrung von Ast zu Ast sprangen.

Leonidas beobachtete sie, bis ihm die Lider schwer wurden.

Ohne es zu merken, glitt er in den Schlaf.

Er wusste nicht, wie lange er geschlafen hatte. Doch als er erwachte, lag ein sanfter, violettfarbener Schimmer über der Stadt – die Dämmerung brach an.

Kapitel 23

Schwerfällig richtete sich Leonidas auf, doch sein Kopf fühlte sich noch immer leicht benommen an. Die Wirkung des Beruhigungskrauts hallte noch in ihm nach. Also blieb er sitzen, lehnte sich zurück und ließ seinen Blick über die Wipfel der Bäume wandern.

Sie tanzten im Rhythmus des Windes, als würde dieser ihnen ein sanftes Lied spielen.

Er atmete tief durch.

Doch dann –

Etwas ließ ihn innehalten.

Zwischen den dunklen Silhouetten der Baumkronen stand eine Gestalt.

Sie trug ein dunkles Gewand, das sich kaum von der Dämmerung abhob. Doch die Haltung, der unerschütterliche Blick, der sich direkt auf ihn richtete …

Leonidas spürte, wie sein Körper sich anspannte.

Trevor.

Er hatte ihn gefunden.

„Sir Dain!", rief Leonidas mit zittriger Stimme.

Die Tür flog auf, und der Ritter trat mit ernster Miene ein. Leonidas drehte sich hastig zu ihm um. „Da unten – das muss Trevor sein!"

Sir Dain folgte seinem ausgestreckten Finger. Seine Augen verengten sich, suchten den Park ab.

Doch da war niemand.

Nur ein paar Enten, die gemächlich durch das Gras watschelten, auf der Suche nach Nahrung.

Leonidas' Atem ging stoßweise. „Ich schwöre, er war dort …"

Sir Dain legte ihm beruhigend eine Hand auf die Schulter und sah ihm fest in die Augen. „Es ist gut möglich, dass er uns bereits entdeckt hat. Aber hier im Schloss kann dir nichts geschehen."

Leonidas schluckte schwer. „Wir müssen ihn finden, bevor er meinen Eltern etwas antut."

Der alte Ritter nickte langsam. „Wir werden alles daransetzen, ihn zu fassen."

Sein Blick wanderte über Leonidas' Schulter zurück zum Park. Ein Moment der Stille, dann sprach er weiter: „Komm. Lass uns hineingehen."

Dunkler Rauch.

Drückend, erstickend, alles verschlingend.

Er kroch aus den tiefsten Schatten seines Verstandes hervor und forderte zurück, was ihm gehörte.

Die Stimme bebte in seinem Kopf:

„Du kannst versuchen, mich zu ignorieren. Aber du wirst mich nicht los."

Leonidas wollte antworten, doch seine Gedanken waren wie in Fesseln gelegt.

„Du wirst hier etwas stehlen. Noch bevor du das Schloss verlässt."

Ein eiskalter Schauer lief ihm den Rücken hinunter.

Dann – Stille.

Die dunkle Präsenz zog sich zurück, als hätte sie nur eine Saat in seinem Verstand gepflanzt.

Leonidas atmete schwer aus und rieb sich die Schläfen. Sein Blick fiel auf den Raum um ihn herum – ihm wurde bewusst, dass er sich noch gar nicht richtig umgesehen hatte.

Die Einrichtung war prunkvoll. Zu prunkvoll.

Zwei großzügige Betten standen nebeneinander, flankiert von edlen Kommoden. Ein mit Diamanten besetzter

Kronleuchter hing von der Decke und warf ein sanftes Licht auf die kunstvollen Wandverzierungen. Am anderen Ende des Raumes befanden sich zwei Waschbecken, eingefasst in dunklem Marmor.

Und unter seinen Füßen – ein Teppich, dessen Muster so aufwendig war, dass es beinahe hypnotisch wirkte.

Reichtum.

Macht.

All das, während draußen Menschen hungerten.

Leonidas ballte die Fäuste. Dann trat er zum Waschbecken und griff nach einem Stück Seife, das in einer pompösen Schale am Rand lag.

Der Duft war betörend. Er konnte die einzelnen Aromen nicht bestimmen – eine Mischung aus exotischen Ölen, süßlichen Blüten und etwas Frischem, Klarem.

Er hob die Seife an, drehte sie langsam zwischen den Fingern.

Ein winziges, völlig unbedeutendes Stück Luxus.

„Du kannst mir Befehle geben", murmelte er leise. „Doch was ich daraus mache, bleibt mir überlassen."

Dann ließ er die Seife in seine Manteltasche gleiten.

Sir Dain saß auf seinem Bett und polierte mit ruhigen, geübten Bewegungen sein Schwert. Als Leonidas etwas murmelte, hob der Ritter kurz den Blick.

„Hast du gerade etwas gesagt?"

Leonidas fuhr erschrocken herum. „Nein, alles gut. Können wir los?"

Der alte Ritter betrachtete ihn einen Moment, dann steckte er sein Schwert zurück in die verzierte Scheide.

Diese Schwertscheide … der eigentliche Grund, warum Leonidas sich überhaupt auf den Weg gemacht hatte. Der Beginn seines Abenteuers.

Hatte der Dämon gewusst, dass er sich diesen Rittern anschließen würde? Wusste er, dass jemand seine Eltern ermorden wollte? War das alles sein Plan? Oder nur ein Zufall – eine grausame Wendung des Schicksals?

Sir Dain´s Stimme riss ihn aus seinen Gedanken. „Dann los jetzt."

Leonidas schüttelte sich kurz, hob das Kinn und ging an dem alten Ritter vorbei. „Ich bin bereit."

Sie durchquerten erneut die verschwenderisch ausgestatteten Flure des Schlosses. Überall glänzten Schätze, als müssten sie der Welt beweisen, wie viel Gold hier lag. Es stieß Leonidas bitter auf.

„Ist Seraphine bereits auf ihrer Position?" Fragte er, bemüht, seine Gedanken abzulenken.

„Ja. Sie hat nach der Sitzung nur schnell ihr Gepäck abgelegt und sich dann auf den Weg gemacht."

Sie erreichten das Tor, das hinaus auf den Stadtplatz führte.

Draußen herrschte das geschäftige Treiben der frühen Abendstunden. Menschen eilten über die Straßen, einige ließen sich ihr Abendessen in den Restaurants schmecken, während andere sich in den Tavernen das erste Feierabendbier gönnten.

Leonidas' Blick wanderte durch die Menge – und blieb hängen.

Weiter hinten, an einem bekannten Lokal, saßen zwei Frauen bei einem Glas Wein.

„Da sind sie."

Es waren dieselben beiden Frauen, die er vor wenigen Tagen noch bestohlen hatte. Sie trugen heute neue Kleider – eine in elegantem Smaragdgrün, die andere in einem auffallend grellen, fast schmerzhaft hässlichen Gelb.

Leonidas schmunzelte.

„Leonidas?"

Der bedrückte Ton in Sir Dain´s Stimme ließ Leonidas zusammenzucken. Er drehte sich zu dem alten Ritter um.

„Ja? Was ist los?"

Sir Dain senkte den Kopf, als würde er mit seinen Worten ringen. „Bevor wir losgehen, muss ich dich etwas fragen."

Leonidas runzelte die Stirn. „Klar. Was denn?"

Der Ritter zögerte. „Dein Freund, Nic … war er vielleicht auch ein Gestaltwandler?"

Leonidas' Herz setzte für einen Moment aus.

„Was?" Seine Stimme klang brüchiger, als er es gewollt hatte. „Nicht, dass ich wüsste. Er war ein Halbelf. Zumindest … hat er nie etwas anderes gesagt."

Sir Dain musterte ihn nachdenklich.

Leonidas schluckte. „Warum fragst du das jetzt?"

Der Ritter seufzte leise. „Nic ist doch an dem Tag gestorben, an dem du die Stadt verlassen musstest. Ich habe recherchiert … und es gab nur einen einzigen Todesfall an diesem Tag."

Leonidas spürte, wie sich sein Magen noch weiter verkrampfte.

„Und?"

Sir Dain hob den Blick. „Es war ein Formwandler."

Leonidas riss die Augen auf.

„Er lag in einer Gasse … nicht weit von dem Haus, das du vorhin als das deiner Eltern angegeben hast."

Einen Moment lang schien die Welt stillzustehen.

Dann brach es aus Leonidas heraus: „Du meinst, mein bester Freund war ein Formwandler – und keiner von uns wusste es? Und dass …, dass es möglich ist, dass dein Bruder ihn ermordet hat?"

Schweigen.

Sir Dain brach es schließlich mit einer düsteren Gewissheit in seiner Stimme: „Es würde erklären, warum Trevor bereits Informationen über die Gestaltwandler in Edondon hat. Er war schon einmal hier."

Leonidas' Hände ballten sich zu Fäusten. Die Wut brannte heiß in ihm. Tränen stiegen ihm in die Augen, aber er weigerte sich, sie herauszulassen.

„Wir müssen los. Diesen Bastard zur Rechenschaft ziehen."

Ohne ein weiteres Wort trat er in die Menschenmenge. Der alte Ritter folgte ihm – sein Versprechen im Herzen, den Jungen zu schützen.

Während Sir Dain versuchte, mit Lady Seraphine Kontakt aufzunehmen, ließ Leonidas seinen Blick durch die belebten Straßen schweifen. Die Stadt war ein Mosaik aus Stimmen, Gerüchen und Bewegungen – Kaufleute priesen ihre Waren an, Tavernen spuckten lärmende Gäste aus, und irgendwo in der Ferne spielte eine Laute eine fröhliche Melodie.

Kapitel 24

„Seraphine, alles in Ordnung bei dir?" Fragte Sir Dain in die magischen Ohrringe.

Es dauerte einen Moment, bis ihre Stimme erklang. „Bisher ruhig. Ich habe keine verdächtigen Bewegungen bemerkt."

Leonidas nickte Dain zu, während dieser antwortete: „Gut, bleib wachsam. Melde dich sofort, wenn sich etwas ändert."

Sie setzten ihren Weg fort, als Leonidas plötzlich eine vertraute Bewegung in der Menge auffiel. Ein schlanker Schatten glitt geschickt durch die Menge, lautlos und flink.

Die Gestalt näherte sich einem wohlhabend gekleideten Mann, dessen Gürtel unter dem Gewicht einer schweren Geldbörse fast durchhing.

Leonidas' Herz schlug schneller. Diese Bewegung kannte er. Diese Hände kannte er.

Dann drehte sich das Mädchen um – nur für einen kurzen Moment – und ihr Gesicht wurde vom Licht einer Laterne erfasst.

Sein Atem stockte.

Nurry.

Sie war es.

Jahrelang hatte er ihr Gesicht jeden Tag gesehen, jedes Lächeln, jedes Stirnrunzeln studiert. Jetzt war sie direkt vor ihm, ohne zu wissen, dass er in der Nähe war.

Doch bevor er reagieren konnte, passierte es.

Der reiche Mann drehte sich ruckartig um, als hätte er es gespürt – und schlug zu.

Nurry keuchte auf, als seine Faust sie traf, und taumelte nach hinten, fiel fast zu Boden. Doch der Mann griff sie grob am Arm und riss sie hoch, während sein Gesicht vor Zorn verzerrt war.

„Diebesgesindel!", donnerte er. „Stadtwache! Ich werde dich dafür bestrafen lassen!"

Leonidas' Körper handelte schneller als sein Verstand. Er marschierte entschlossen auf die beiden zu, sein Gesicht ruhig, aber in seinen Augen brannte es.

„Magda!", rief er mit gespielter genervtheit und griff nach Nurry´s anderem Arm. „Wie oft soll ich dir noch sagen, dass du die Leute hier in Ruhe lassen sollst?"

Nurry riss die Augen auf, verwirrt, doch sie schwieg.

Der Mann musterte ihn misstrauisch. „Wer seid Ihr?"

Leonidas setzte ein entschuldigendes Lächeln auf und zog seine letzten vier Goldmünzen aus der Tasche. „Verzeiht, Herr. Meine kleine Schwester ist … nun ja, nicht ganz bei Verstand. Sie macht manchmal Unsinn. Mein Begleiter und ich sorgen dafür, dass sie niemandem mehr zur Last fällt."

Das Amulett unter seiner Kleidung pulsierte kurz warm gegen seine Haut. War es eine Warnung? Oder half es ihm gerade, die Worte überzeugender zu machen?

Der reiche Mann zögerte. Sein Blick glitt von Leonidas zu Sir Dain, der mit verschränkten Armen neben ihm stand, regungslos, aber mit einer Autorität, die jeder spüren konnte.

Dann, mit einem grummelnden Seufzen, riss der Mann Leonidas die Goldmünzen aus der Hand. „Nun gut", knurrte er. „Aber lasst sie nicht noch einmal in meine Nähe kommen."

Er stieß Nurry von sich und drehte sich brummend um, verschwand in der Menge.

Für einen Moment stand Stille zwischen den Dreien.

Dann wirbelte Nurry herum und starrte Leonidas mit weit aufgerissenen Augen an.

Er wusste, dass sie es ahnte. Dass sie in diesem Moment versuchte, die Puzzleteile zusammenzusetzen. Doch jetzt war nicht der richtige Zeitpunkt, sich ihr zu offenbaren. Die Vergangenheit konnte warten.

Mit ernster Stimme sagte er nur: „Lass dich nicht noch einmal erwischen, Kleines."

Dann drehte er sich um und verschwand in der Menge, ohne sich noch einmal umzublicken.

Der Abend legte sich schwer über die Stadt, die Straßenlaternen warfen lange Schatten auf das Pflaster, und die Geräusche der geschäftigen Stadt wurden von einem kalten Wind fortgetragen. Sir Dain und Leonidas hatten immer noch keine Spur von Trevor gefunden.

Dann – aus dem Nichts – durchzuckte ein dunkles, kehliges Lachen ihre Gedanken.

„Bruderherz!"

Leonidas blieb abrupt stehen, sein Körper spannte sich an. Sir Dain griff instinktiv nach dem Griff seines Schwertes, während seine Augen die Umgebung absuchten. Doch da war niemand.

„Gib mir deinen Formwandler."

Leonidas' Wut entflammte wie ein prasselndes Feuer. Er wusste, was das bedeutete. Sein Herz schlug gegen seine Rippen, als er mit bebender Stimme in die magische Verbindung rief: „Was hast du mit Seraphine gemacht?"

Sir Dain stieg sofort in das Gespräch ein, seine Stimme war eiskalt. „Wenn ihr etwas zustößt, wirst du einen schmerzvollen Tod finden."

Wieder ertönte das Lachen – spöttisch, genüsslich.

„Keine Sorge. Mit der lieben Seraphine ist alles in Ordnung. Sie hat sich nur etwas … hingelegt. Ihr könnt gerne vorbeikommen und euch selbst davon überzeugen."

Leonidas brauchte nicht mehr zu hören. Ohne zu zögern, setzte er sich in Bewegung, seine Beine trugen ihn schneller, als sein Verstand es erfassen konnte. Er rannte durch die Straßen, wich Menschen aus, die ihm fluchend hinterherriefen, hörte den dumpfen Klang seiner Stiefel auf dem Pflaster. Sir Dain rief ihm nach, doch seine Worte drangen nicht mehr zu ihm durch.

Sein Herz schlug immer schneller.

Dann bog er in seine Straße ein.

Plötzlich – ein stechender Schmerz.

Er stolperte, stützte sich mit einer Hand an der kalten Mauer eines Hauses ab. Es war zuerst nur ein Ziehen in seiner Brust gewesen, kaum mehr als ein Flüstern. Doch mit jedem Schritt, den er seinem Elternhaus näherkam, wurde es schlimmer.

Der Schmerz wurde zu einem Krallen hieb in seinem Inneren.

Dann hörte er sie – die Stimme des Dämons.

„Es ist dir verboten, nach Hause zu gehen!"

Die Worte waren kein Rat. Es war ein Befehl.

Leonidas schnappte nach Luft, seine Finger gruben sich krampfhaft in seinen Mantel. Jede Faser seines Körpers schrie danach, umzudrehen, wegzulaufen – zurück.

Aber er bewegte sich nicht.

Er ballte die Fäuste, seine Zähne knirschten.

„Ich soll diesen Bastard töten. Dann muss ich dieser Spur folgen."

Sekundenlang herrschte Stille.

Dann – der Schmerz verschwand.

So plötzlich, als hätte es ihn nie gegeben.

Doch die Stimme des Dämons blieb.

Und sie klang … zufrieden.

„Dann wirst du meinen Auftrag zu Ende bringen."

Leonidas' Atem war schwer.

„Töte Trevor."

Ein Schauer lief ihm über den Rücken.

„Doch eins muss dir klar sein …"

Die Dunkelheit in seinem Inneren kicherte leise.

„Wenn du hier stirbst … wird deine Seele niemals Frieden finden."

Hinter ihm hallten die schweren Schritte des anlaufenden Ritters durch die dunkle Gasse. Leonidas atmete tief durch, seine Brust hob und senkte sich heftig, während er auf Sir Dain wartete. Der alte Ritter holte schließlich auf, leicht außer Atem, aber entschlossen.

„Wir machen das zusammen", sagte er mit fester Stimme.

„Bleib hinter mir."

Leonidas zögerte einen Moment, dann nickte er knapp und ließ seinen Gefährten vorangehen.

Vor ihnen ragte das alte Mehrfamilienhaus in die Nacht. Die Mauern waren mit Rissen durchzogen, und der Putz blätterte an einigen Stellen ab – als hätte das Gebäude selbst das drohende Unheil gespürt. Leonidas' Blick wanderte nach oben, zum Fenster im zweiten Stock. Das Fenster, durch das er vor wenigen Tagen seine Familie verlassen hatte.

Ein Stich durchfuhr sein Herz.

War das das letzte Mal gewesen, dass er sie lebend gesehen hatte?

Tränen brannten in seinen Augen, doch er zwang sich, sie nicht fließen zu lassen. Nicht jetzt. Nicht hier.

Sir Dain trat vor und drückte die knarrende Haustür auf. Sie gab mit einem leisen Quietschen nach. Leonidas atmete tief ein, wischte sich mit dem Ärmel über die Augen und warf einen letzten Blick über die Schulter. Die Straßen waren leer. Niemand beobachtete sie.

Kapitel 25

Er folgte dem Ritter ins Innere.

Das Treppenhaus roch nach Staub und abgestandener Luft. Ein muffiger Geruch hing in der Dunkelheit, als hätte sich hier seit Jahren nichts verändert. Sie stiegen die knarrenden Stufen hinauf, jeder Schritt ein gedämpftes Echo zwischen den kahlen Wänden.

Gerade als sie um die Ecke bogen, sprang etwas aus der Dunkelheit auf sie zu.

Ein Fauchen, ein Schatten, schnelle, leise Schritte – ein Schreck fuhr Leonidas durch die Glieder. Sir Dain riss instinktiv sein Schwert aus der Scheide, die Klinge blitzte im schwachen Licht auf.

Dann – Stille.

Leonidas blinzelte.

„Die fette alte Katze vom Nachbarn", murmelte er schließlich.

Der Ritter ließ die Schultern sinken, atmete aus, schüttelte kaum merklich den Kopf.

Die beiden warfen einen prüfenden Blick den Flur entlang. Alle Türen waren verschlossen, kein Geräusch war zu hören. Das Haus lag so still da, als hielte es den Atem an.

Ohne ein weiteres Wort setzten sie ihren Weg fort.

Die zweite Treppe war solider, ihre Schritte verhallten lautlos in der Stille. Kein Knarzen, kein Echo. Ein unheilvolles Zeichen.

Dann standen sie vor der Tür.

Leonidas' Tür.

Die Tür, durch die er noch vor Tagen sorglos ein und aus gegangen war.

Sir Dain hob eine Hand, um den Türknauf zu umfassen —
doch Leonidas packte ihn am Handgelenk.

Der Ritter wandte sich überrascht zu ihm um.

Leonidas sah ihm tief in die Augen. Seine Stimme war ruhig, aber bestimmt:

„Lass mich sie öffnen."

Sir Dain musterte ihn einen Moment lang.

„Was, wenn es ein Hinterhalt ist?"

Leonidas erwiderte seinen Blick, ohne zu blinzeln.

„Ich bin mir sicher, dass es keiner ist." Ein Hauch von Trauer lag in seiner Stimme, aber auch Entschlossenheit.

„Es ist mein Zuhause."

Der Ritter ließ ihn gewähren.

Er trat zur Seite.

Leonidas hob die Hand – und legte sie auf den kalten Türknauf.

Dann drückte er ihn hinunter.

Leonidas zögerte.

War es wirklich keine Falle?

Ein mulmiges Gefühl kroch ihm den Rücken hinauf, als seine Finger den Türknauf umschlossen. Vorsichtig drückte er ihn hinunter und öffnete die Tür so langsam wie möglich. Kein Quietschen, kein Geräusch – nur das leise Klopfen seines eigenen Herzschlags in seinen Ohren. Gleichzeitig wich er leicht zur Seite, presste sich an den Türrahmen, um in Deckung zu bleiben.

Er spähte in den Raum.

Nichts.

Die Küche lag in gespenstischer Stille vor ihm. Nichts war umgestoßen, nichts fehlte. Alles stand an seinem Platz, so als wäre niemand hier gewesen – und doch fühlte es sich falsch an.

Sir Dain trat ein, seine Bewegungen geschmeidig, die Muskeln angespannt. Mit einer schnellen Bewegung zog er seinen Dolch aus dem Gürtel. Leonidas, der dies bemerkte, zog sofort seinen Rapier.

Etwas war hier.

Sie durchquerten die Küche, ihre Blicke huschten über die Wände, die dunklen Ecken, die Schatten. Dann erreichten sie den nächsten Raum.

Leonidas' Zuhause.

Kein Türrahmen trennte den Raum von der Küche – nur eine offene Durchgangslücke. Es war der Raum, in dem er mit seinen Eltern lebte, schlief, lachte …

Sir Dain hielt abrupt inne.

Seine Hand schnellte hoch und bedeutete Leonidas, zurückzubleiben.

Sein Gesichtsausdruck verriet kaum etwas, doch Leonidas erkannte das Entsetzen in seinen Augen. Sein Herz begann schneller zu schlagen.

Etwas war dort.

Etwas, das der alte Ritter ihm nicht zeigen wollte.

Leonidas' Brust zog sich zusammen. Eine eiskalte Angst kroch in ihm hoch, doch er wusste, dass es kein Zurück gab. Sein Atem ging schwer, seine Hände zitterten. Er trat vor, Schritt für Schritt, bis er die Schwelle erreichte.

Er schloss die Augen.

Leonidas wusste, dass er nicht bereit war.

Er wusste, dass er es trotzdem sehen musste.

Langsam öffnete er sie wieder.

Seine Eltern.

Blutüberströmt. Regungslos am Boden.

Die Welt wurde still.

Ihr Körper war mit tiefen Stichwunden übersät, das Blut hatte sich in dunklen Flecken auf dem Holzboden

gesammelt. Doch der Raum wirkte nicht wie ein Schlachtfeld. Keine Anzeichen eines Kampfes. Kein umgeworfenes
Mobiliar.

Nur die beiden leblosen Körper erzählten von der grausamen Tat.

Leonidas' Blick wurde verschwommen. Sein Atem ging
stockend, Tränen brannten in seinen Augen, während er
auf sie zuschritt. Schritt für Schritt, als würde er sich in einem Albtraum bewegen.

Sein Körper fühlte sich schwer an.

Seine Beine gaben nach, als er neben seiner Mutter auf
die Knie sank.

Dann – eine Bewegung.

Kaum sichtbar.

Ihre Hand zuckte.

Ein schwaches Zittern, kaum mehr als ein Flüstern im
Wind.

Leonidas' Augen rissen sich auf. Hoffnung durchbrach die
Starre seines Körpers wie ein Blitz.

„Sir Dain! Sie atmet!"

Seine Stimme hallte durch den Raum, voller Verzweiflung,
voller Panik.

Der Ritter zögerte keine Sekunde, eilte herbei und kniete
sich neben sie. Er legte seine Hand auf ihre Brust, seine
Finger zitterten leicht – dann sprach er leise, aber bestimmt:

„Heile."

Seine Hand begann zu leuchten. Ein sanftes, warmes Licht
breitete sich aus, umhüllte den leblosen Körper, flackerte
auf den Wunden.

Leonidas hielt den Atem an.

Rabeas Augenlider zuckten, ein schwaches Lächeln
huschte über ihr blutverschmiertes Gesicht. Ihre Stimme

war kaum mehr als ein Hauch, doch in ihren Worten lag unendliche Liebe:

„Tolgur … es geht dir gut."

Ihre Hand hob sich zitternd, als hätte sie kaum noch Kraft, und legte sich sanft an seine Wange.

Leonidas' Kehle war wie zugeschnürt, Tränen strömten über sein Gesicht und vermischten sich mit dem Blut seiner Mutter. Er umfasste ihre Hand, hielt sie fest, als könnte er sie so im Leben halten.

„Ja, Mama … mir geht es gut. Wir kriegen das hin! Alles wird gut!"

Seine Stimme brach, bebte, doch seine Worte waren ein verzweifeltes Versprechen.

Ein Zittern lief durch Rabeas Körper, ihre Atmung wurde flacher. Ihre Augen suchten seinen Blick, und sie hob noch einmal den Finger, deutete schwach auf den Schreibtisch.

„Pass auf dich auf, mein Schatz … das gehört jetzt dir."

Leonidas folgte ihrem Blick – und dann sah er es.

Die kleine braune Tasche.

Der Schriftzug darauf, einst „Torgen und Rabea", begann zu glühen. Die Buchstaben verschwammen, verzogen sich, bis sie sich neu formten – zu einem einzigen Wort:

„Leonidas."

Sein Herz schlug schwer in seiner Brust.

Langsam drehte er sich zu seiner Mutter zurück. Ihre Augen waren glasig, ihre Lippen bebten, als sie ihr letztes Wort flüsterte:

„Ich liebe dich."

Dann, mit einem letzten Atemzug, sank ihre Hand schlaff zu Boden.

„Nein … nein, Mama! BLEIB HIER!"

Sir Dain´s Hände leuchteten noch, während er verzweifelt die Heilung versuchte. Doch dann flackerte das Licht und er zog abrupt seine Hände zurück, schlug mit der Faust auf den Boden.

„Verdammt! Sie hatte zu viel Blut verloren …"

Die Worte trafen Leonidas wie eine Faust.

Ein klaffendes Loch breitete sich in ihm aus, saugte ihm die Luft aus den Lungen. Ein Schrei zerriss seine Kehle, roh, voller Schmerz, als er sich an seine Mutter klammerte, sein Kopf auf ihrer Brust.

„MAMAAAA!"

Sir Dain legte ihm schweigend eine Hand auf die Schulter. Er wartete. Ließ ihn trauern.

Doch dann …

Ein Flüstern in seinem Kopf.

Der Dämon.

Eindringlich, kalt, unaufhaltsam.

„Ich habe dir doch gesagt, das Schicksal lässt sich nicht ändern." Leonidas' Hände ballten sich.

Nein.

Nein, das hier war kein Auftrag mehr.

Das hier war persönlich.

Langsam erhob er sich. Sein Blick war kein Blick eines gebrochenen Sohnes mehr – sondern eines Jägers. Eines Rächers.

Der Zorn übernahm ihn.

Seine Gestalt begann zu verschwimmen, sein Körper veränderte sich – bis er in der Gestalt seines besten Freundes Nic dastand. Sein Gesicht blieb reglos, emotionslos, während er sich das Tuch seines Vaters über die Nase zog.

Ein letzter Blick auf seine Eltern.

Er kniete sich nieder, streichelte sanft über die geschlossenen Augen seiner Mutter. Dann die seines Vaters. Seine Stimme war leise, kaum hörbar – aber mit unendlicher Bestimmtheit gefüllt:

„Fast jedes Leben ist es wert, in Würde zu sterben."
Dann nahm er die Tasche an sich.
Und ohne ein weiteres Wort verließ er das Gebäude.

Kapitel 26

Leonidas' Blick wanderte suchend über die Straße, sein Kiefer mahlte, während seine Stimme vor Zorn bebte.
„Wo ist er?"
Schwere Schritte näherten sich hinter ihm, dann spürte er plötzlich den kalten Druck eines Eisenhandschuhs auf seiner Schulter. Er zuckte kaum merklich zusammen, drehte sich langsam um und sah in das gezeichnete Gesicht von Sir Dain. Die glasigen Augen des Ritters spiegelten Reue, Trauer – und etwas, das Leonidas nicht einordnen konnte.
Sir Dain´s Stimme war leise, rau:
„Mein aufrichtiges Beileid. Wir hätten Seraphine nicht allein hierherkommen lassen dürfen."
Leonidas' Zorn loderte auf, seine Hände ballten sich zu Fäusten.
„Wieso?"
Sir Dain senkte den Kopf. Eine einzelne Träne rann über seine Wange, doch seine Stimme blieb fest.
„Weil ich zu viele Fehler gemacht habe."
Für einen Moment herrschte Stille. Dann hob Leonidas entschlossen den Kopf. Sein Blick war hart, unerbittlich.
„Wir holen sie zurück. Der Verlust reicht für heute."
Er hob zwei Finger an seinen Ohrring und sprach mit fester Stimme:
„Trevor, wir kommen!"
Ein dunkles Lachen hallte in seinen Gedanken wieder.
„Das hoffe ich doch..." – Trevor zog die Worte genüsslich in die Länge – „Aber bevor wir zu den Fäusten greifen, hätte ich gerne ein Gespräch – nur mit dir, Leonidas."
Leonidas' Miene verfinsterte sich.

„Wenn ich dich gefunden habe, wirst du nicht viel Zeit zum Reden haben."

Sir Dain trat einen Schritt vor, seine Stimme klang eindringlich, fast flehend.

„Stell dich, Bruder. Lass uns kein weiteres Blut vergießen."

Für einen Moment war es still – doch dann war da keine Spur mehr von Spott in Trevor´s Stimme. Nur kalte Wut.

„Hach, Eli … glaubst du wirklich, du kannst deine Vergangenheit einfach hinter dir lassen?"

Sir Dain´s Körper versteifte sich, sein Atem wurde schwer. Doch als er sprach, lag keine Angst in seinen Worten – sondern nur schmerzvolle Erkenntnis.

„Nein, Trevor. Ich bin mir meiner Schuld bewusst. Ich werde mit meinen Sünden leben. Das solltest du auch."

Leonidas sah verwirrt zu Sir Dain auf.

„Welche Sünden?"

Ein hämisches Lachen klirrte in seinen Ohren.

„Ja, Eli … welche Sünden? Hast du es deinem kleinen Freund noch nicht erzählt?"

Sir Dain zögerte – sein Gesicht verzog sich, als würde ihm allein der Gedanke an seine Vergangenheit Übelkeit bereiten.

„Mein Bruder durfte mich so nennen. Du bist nicht mehr mein Bruder."

Trevor gab ein spöttisches Schnauben von sich.

„Oh, komm schon, Eli … willst du wirklich nicht erzählen, was du in den letzten Jahren so getrieben hast?"

Der Ritter schüttelte den Kopf.

„Hör auf damit."

Trevor ignorierte ihn, seine Stimme wurde drängender.

„Ich finde, es ist höchste Zeit für ein Gespräch. Setzt euch. Redet mal ausführlich."

Leonidas' Geduld war am Ende.

„Mir ist scheißegal, was Sir Dain getan hat! Lass Seraphine sofort frei, oder ich mach dich fertig!" Trevor machte eine Pause, als würde er überlegen – dann erklang seine Stimme amüsiert:

„Ach, die gute Lady. Nun gut ... Eli wird dir sein wahres Gesicht zeigen – und danach lasse ich Seraphine frei. Klingt doch nach einem fairen Deal, oder?"

Sir Dain bebte vor unterdrückter Wut. Seine Stimme war jedoch kaum mehr als ein Knurren.

„Du elendiger Bastard ... ich hätte dich töten sollen."

Trevor lachte leise.

„Vielleicht hast du später noch die Gelegenheit dazu."

Sir Dain wirkte nachdenklich. Seine Stirn war in tiefe Falten gelegt, während seine Hände unruhig zuckten. Dann atmete er schwer aus.

„Na gut." Seine Stimme klang müde, doch entschlossen. „Ich werde ihm alles erzählen. Danach lässt du sie gehen!"

Ein kehliges Lachen hallte in ihren Gedanken wieder.

„Aber natürlich, Eli. Du kennst mich doch ... mein Wort halte ich stets."

Sir Dain´s Miene verdüsterte sich. Ein Muskel in seinem Kiefer zuckte, als er langsam die Finger von seinem Ohrring nahm und Leonidas mit der anderen Hand bedeutete, es ihm gleichzutun.

„Wir müssen klug vorgehen, wenn wir ihn stellen wollen."

Leonidas nickte knapp. „Ich werde mein Bestes geben."

Doch Sir Dain packte ihn am Unterarm und sah ihm tief in die Augen. Sein Blick war eisern, seine Stimme unnachgiebig.

„Nein. Du wirst dich heraushalten. Egal, was passiert. Deine Aufgabe ist es, Seraphine in Sicherheit zu bringen!"

Leonidas' Magen zog sich zusammen. Jede Faser in ihm schrie nach Vergeltung, nach Kampf – doch er wusste, dass der Ritter es ernst meinte.

Da mischte sich wieder Trevor´s Stimme ein, voll spöttischer Heiterkeit.

„Eli, ich will doch mithören. Falls du etwas vergisst, kann ich dann noch ein paar nette Details hinzufügen."

Sir Dain knurrte leise und griff erneut an seinen Ohrring. Leonidas tat dasselbe, die Spannung zwischen ihnen war greifbar.

„Ist ja gut …" Sir Dain´s Stimme war nun tiefer, schwerer. Er setzte sich auf die Stufen vor dem alten Gebäude und sein Blick wirkte leer, als würde er in einen dunklen Abgrund starren. „Leonidas … alles, was ich dir bisher gesagt habe, war die Wahrheit. Aber du wirst jetzt etwas erfahren, das deinen Glauben an mich erschüttern wird."

Ein zufriedenes Seufzen erklang in ihren Köpfen.

„Oh ja, Eli … und lass ja kein Detail aus. So viel Zeit muss sein."

Sir Dain atmete tief durch, seine Schultern sanken leicht, als würde er eine unsichtbare Last tragen. Er hob eine Hand und deutete Leonidas an, sich zu ihm auf die Stufen zu setzen.

„Das wird jetzt etwas dauern", sagte er leise, sein Blick war auf die dunkle Straße gerichtet.

Leonidas' Hände ballten sich zu Fäusten. „Wir haben keine Zeit für Geschichten! Seraphine ist da draußen, in seinen Händen! Jeder verdammte Moment, den wir hier verschwenden, könnte ihr letzter sein!"

Sir Dain drehte sich langsam zu ihm um. In seinen Augen lag etwas, das Leonidas kaum ertragen konnte – tiefe, nagende Schuld.

„Er wird ihr nichts tun", sagte er mit ruhiger Bestimmtheit.

Leonidas' Blick zuckte misstrauisch. „Und was, wenn doch? Was lässt dich so sicher sein?"

Sir Dain seufzte schwer, sein Atem war kaum mehr als ein Flüstern in der kalten Nachtluft. „Weil ich ihn kenne. Trevor tötet nicht ohne Grund. Und wir werden ihm keinen geben."

Leonidas spürte, wie sich ein Kloß in seiner Kehle bildete. Er wollte ihm glauben, doch der Zorn in ihm brannte heißer als je zuvor.

„Dann sprich schon", presste er hervor, während er sich widerwillig neben den alten Ritter setzte. „Aber wenn du mir nicht alles sagst – jedes verdammte Detail – dann war's das mit unserem Vertrauen."

Trevor lachte in ihren Köpfen, seine Stimme war süffisant und voller Spott.

„Oh, keine Sorge, mein lieber Leonidas ... ich werde schon darauf achten, dass er nichts auslässt."

Kapitel 27

Sir Dain nahm einen tiefen Atemzug, als er die Erinnerung in sich aufsteigen ließ. Die Bilder waren nicht verblasst, nicht im Geringsten. Jedes Detail war noch immer so scharf, als hätte es sich erst gestern zugetragen.

„Es war eine eiskalte Nacht, der Mond hing wie eine blasse Sichel am Himmel, als Trevor und ich nach Hause zurückkehrten. Wir waren bereits Paladine, jung und voller Eifer, das Böse zu vernichten. Unsere Klingen hatten bereits unzählige Dämonen getroffen, unsere Gebete viele Wunden geheilt. Wir dachten, wir wären unbesiegbar. Doch als wir das Haus betraten …"

Seine Stimme stockte kurz. Trevor, der immer noch über den Ohrring zuhörte, lachte leise. „Komm schon, Eli. Erzähl es richtig. Erzähl ihm, wie du gezögert hast."

Sir Dain ignorierte ihn und sprach weiter: „Unsere Mutter lag auf dem Boden, ihr Körper in einem unmenschlichen Winkel verdreht. Die Augen weit aufgerissen, als hätte sie noch im Tod versucht, zu begreifen, was mit ihr geschehen war. Blut bedeckte den Boden, ein dunkler See, in dem sich das fahle Licht der Laternen spiegelte. Und über ihr … stand er."

„Der Formwandler", flüsterte Leonidas.

Sir Dain nickte. „Er hatte die Gestalt eines Mannes angenommen, den ich nicht kannte. Aber in seinen Augen … da war nichts Menschliches. Nur Spott. Nur Kälte. Er lächelte, als ich mein Schwert zog. Als Trevor nach vorne stürmte, voller Wut. Doch bevor wir ihn erreichen konnten, verwandelte er sich. Sein Körper floss, verzerrte sich, bis er die Gestalt unserer Mutter annahm."

Trevor fügte mit säuerlichem Spott hinzu: „Und was tat unser ehrenwerter Eli? Er zögerte. Ich jedoch nicht."

Sir Dain schloss die Augen. „Trevor rammte ihm das Schwert durch die Brust. Ich hörte das Geräusch von reißendem Fleisch, das Würgen des Wesens, als es sich wieder verwandelte – diesmal in eine Kreatur mit schwarzer Haut und leuchtenden, gelben Augen. Es lachte, selbst im Sterben. Sein letzter Atemzug war nicht Schmerzensschreie oder Flüche – es war einfach nur Lachen."

Leonidas runzelte die Stirn. „Weil er wusste, was ihr tun würdet."

„Ja", antwortete Sir Dain mit tonloser Stimme. „Denn das war der Moment, in dem wir zu Jägern wurden. Wir ließen keine Formwandler mehr am Leben. Jeder, den wir fanden, war für uns schuldig. Es gab keine Unschuldigen mehr, nur Monster."

Trevor lachte wieder. „Oh ja, diese Tage. Erinnerst du dich an das kleine Dorf, Eli? Das Dorf, in dem du das Kind getötet hast?"

Leonidas riss die Augen auf. „Ein Kind?"

Sir Dain schwieg. Sein Blick war dunkel, voller unausgesprochener Schuld. Trevor übernahm mit spöttischer Freude: „Ja, ein Kind. Eine kleine Formwandlerin, kaum älter als sechs Jahre. Ihre Mutter hatte sie versteckt, doch Eli fand sie. Und als sie ihn mit diesen großen, unschuldigen Augen ansah, wusste er, was er tun musste."

„Hör auf, Trevor", knurrte Sir Dain.

„Warum? Es ist doch die Wahrheit! Sag ihm, wie sie geweint hat! Wie sie nach ihrer Mutter gerufen hat! Wie du dein Schwert erhoben hast … und wie du es hast fallen lassen. Ich musste es für dich tun, nicht wahr?"

Leonidas starrte Sir Dain an. „Du hast es nicht getan?"

Sir Dain atmete schwer. „Nein. Aber ich habe auch nicht eingegriffen. Trevor tat es. Ich stand einfach nur da."

Trevor kicherte. „Und erinnerst du dich an den Formwandler-Priester? Wie er um Gnade flehte? Wie du ihm die Kehle aufgeschlitzt hast, während er betete? Komm schon, Eli, erzähl Leonidas, wie gerecht du warst."

Sir Dain schloss die Augen, als weitere Bilder aufstiegen – Bilder von brennenden Häusern, von Schreien, von Blut, das an seinen Händen klebte. Er hatte sich damals gerecht gefühlt. Im Namen ihrer Mutter hatten sie getötet, ohne zu zögern, ohne zu hinterfragen.

„Ich … war ein Monster", flüsterte er schließlich. „Ich sah nur noch Hass. Ich glaubte, dass wir das Richtige taten. Ich dachte, wir würden die Welt reinigen. Doch wir wurden selbst zu dem, was wir bekämpften."

„Nicht wir, Eli. Du", korrigierte Trevor mit finsterer Genugtuung. „Ich bereue nichts. Aber du? Du hast dich ändern lassen. Und von wem? Von einer Frau, nicht wahr? Sag ihm, wie Seraphine dich von deinem heiligen Kreuzzug abgebracht hat."

Leonidas wandte sich Sir Dain mit weit aufgerissenen Augen zu, die Worte brachen ihm fast die Kehle:

„Wie…? Das kann nicht sein! "

Sir Dain öffnete die Augen, und in ihnen lag etwas Neues – nicht nur Schuld, sondern auch ein Funken Hoffnung.

„Seraphine hat mich nicht gerettet. Sie hat mich daran erinnert, wer ich war. Sie hat mich gezwungen, meine eigenen Taten zu sehen. Mich gezwungen, die Gesichter derer zu erkennen, die ich getötet hatte. Und sie hat mir vergeben … als ich es selbst nicht konnte."

Trevor spuckte aus. „Schwach. Du hättest weiterkämpfen sollen. Du hättest die Arbeit zu Ende bringen sollen."

Sir Dain richtete sich langsam auf, sein Blick schwer wie die Erinnerungen, die auf ihm lasteten. Er atmete tief durch, als müsse er sich von einer unsichtbaren Last befreien, doch nichts konnte das Gewicht seiner Vergangenheit lindern.

„Ich habe meinen eigenen Weg gewählt, Trevor", sagte er mit fester Stimme. „Und ich werde nicht zulassen, dass du Seraphine in diesen Wahnsinn hineinziehst."

Für einen Moment herrschte Stille. Dann erklang Trevor´s kaltes Lachen – ein unheilvolles Echo in ihren Köpfen.

Sir Dain richtete sich langsam auf, sein Blick schwer wie die Erinnerungen, die auf ihm lasteten. Er atmete tief durch, als müsse er sich von einer unsichtbaren Last befreien, doch nichts konnte das Gewicht seiner Vergangenheit lindern.

„Ich habe meinen eigenen Weg gewählt, Trevor", sagte er mit fester Stimme. „Und ich werde nicht zulassen, dass du Seraphine in diesen Wahnsinn hineinziehst."

Für einen Moment herrschte Stille. Dann erklang Trevor´s kaltes Lachen – ein unheilvolles Echo in ihren Köpfen.

„Oh, Eli ..." Er betonte den Namen auf eine Art, die Sir Dain zusammenzucken ließ. „Wie rührend. Und doch so sinnlos."

Leonidas knurrte leise, seine Geduld am Ende. „Wo bist du?"

Trevor´s Stimme wurde leiser, gefährlicher. „Im Park. Ein schöner Ort, um Dinge zu beenden, findest du nicht? Erinnert dich vielleicht an unsere Heimat, oder ... an den Tod – das tut er bestimmt."

Sir Dain´s Kiefer spannte sich. Er kannte diesen Trick. Trevor wollte ihn aus der Fassung bringen, ihn mit Andeutungen über die Vergangenheit locken, ihn wieder in das alte Feuer der Rache treiben.

„Dann kommt alleine und holt sie."

Mit diesen Worten verstummte Trevor´s Stimme. Ein plötzlicher Windstoß fegte durch die Gassen und trieb den Staub der Stadt über das Pflaster. Die Nacht schien auf einmal bedrückender, schwerer.

Leonidas wollte bereits losstürmen, doch Sir Dain´s gepanzerte Hand hielt ihn zurück.

„Nicht blindlings hineinrennen", sagte er ruhig, aber bestimmt. „Er kennt unsere Schwächen. Und er wird sie gegen uns einsetzen."

Leonidas riss seinen Arm los, seine Augen voller lodernder Wut. „Dann sollte er sich besser darauf vorbereiten, was ich ihm antun werde."

Sir Dain sah ihn an, sein Blick schärfer als das Schwert an seiner Hüfte. „So hat es bei mir auch angefangen."

Leonidas blinzelte verwirrt. „Was?"

Sir Dain sah kurz zu Boden, als würde er überlegen, ob er weitersprechen sollte. Doch dann trafen sich ihre Blicke, und Leonidas erkannte etwas in ihm, das ihn frösteln ließ.

„Das Feuer in dir … dieser Zorn, dieses Brennen …" Sir Dain hob seine Hand, ballte sie zur Faust und ließ sie dann langsam sinken. „So habe ich mich damals gefühlt. Nach dem Tod meiner Mutter. Nach jeder Jagd auf einen Formwandler. Nach jedem Leben, das ich mit meiner Klinge beendet habe."

Leonidas verzog das Gesicht. „Das ist nicht dasselbe."

Sir Dain trat näher, sein Blick unerbittlich. „Nein? Du rennst los, ohne nachzudenken. Du willst töten, weil du denkst, dass es dich erlöst. Denkst du wirklich, dass sich dann irgendetwas besser anfühlt?"

Leonidas' Kiefer mahlte. „Er verdient den Tod."

Sir Dain nickte langsam. „Das dachte ich auch. Immer und immer wieder. Bis ich an einem Punkt stand, an dem es keine Unschuldigen mehr gab – nur noch Feinde. Und weißt du, was ich dann getan habe?"

Leonidas wollte nicht fragen. Aber etwas in ihm zwang ihn dazu. „Was?"

Sir Dain´s Blick wurde dunkler. „Ich habe weitergemacht."

Die Worte hingen zwischen ihnen schwer und unumstößlich.

Leonidas schüttelte den Kopf. „Ich bin nicht wie du."

Sir Dain seufzte. „Nein, das bist du nicht. Und genau deswegen hoffe ich, dass du es nie wirst."

Für einen Moment herrschte Stille. Dann nickte Sir Dain in Richtung der Straße. „Komm. Wir haben eine Freundin zu retten."

Leonidas folgte ihm, doch seine Gedanken ließen ihn nicht los. Der Sir Dain, den er kannte – der gerechte Krieger, der standhafte Ritter – schien mit jedem Schritt mehr zu verblassen. Und an seiner Stelle blieb nur ein Mann, der von der Dunkelheit gezeichnet war, der sich von etwas zu befreien versuchte, dass Leonidas noch nicht einmal ganz begreifen konnte.

Die beiden Gefährten bewegten sich schweigend durch die nächtlichen Straßen, auf dem Weg zum Stadtpark – dorthin, wo Trevor bereits auf sie wartete, Seraphine in seiner Gewalt. Keine Worte wurden gewechselt, doch in Leonidas tobte ein Sturm.

Seine Gedanken kreisten unaufhörlich, wie ein Mahlstrom, der ihn zu verschlingen drohte. Nic … sein bester Freund. Und ein Formwandler. Diese Wahrheit hatte sich wie ein glühender Dolch in sein Herz gebohrt. Warum hatte Nic geschwiegen? Warum hatte er ihm dieses Geheimnis verheimlicht?

Aber war er nicht selbst ein Meister der Masken gewesen? Hatte auch er nicht geschwiegen, seine eigenen Wahrheiten verborgen, aus Angst, aus Selbstschutz?

Dann stieg ein weiteres Bild in ihm auf – sein letzter Tag in der Heimat. Er erinnerte sich an die Leiche, die unweit seines Weges gelegen hatte. Damals nur ein Schatten, ein Detail am Rand. Heute wusste er es mit schmerzlicher Gewissheit: Es war Nic. Kaltblütig ermordet in den Gassen von Edondon. Von Trevor.

Leonidas' Kiefer spannte sich an, seine Fäuste ballten sich. Hätte er etwas bemerken müssen? Hätte er ihn retten können?

Und dann waren da seine Eltern. Hingerichtet. Ausgelöscht – von diesem wahnsinnigen Fanatiker, dem Bruder des Mannes, der nun an seiner Seite ging.

Das Lächeln seiner Mutter. Die ruhige Stimme seines Vaters. Er spürte noch ihre Umarmungen, das Gefühl von zu Hause. Alles fortgerissen.

Sein Blick glitt zu Sir Dain. Der alte Ritter schritt langsam neben ihm her, schweigsam, die Schultern schwer, den Blick in die Dunkelheit gerichtet. In seinen Zügen lag tiefe Trauer – doch auch eine eiserne Entschlossenheit, als hätte er endlich einen Entschluss gefasst, der ihn selbst das Letzte kosten würde.

Leonidas fragte sich, wie viel Schuld ein Mensch tragen konnte, bevor er daran zerbrach. Sir Dain hatte Seite an Seite mit Trevor gekämpft, hatte dieselben Sünden auf sich geladen. Dennoch … war er zurückgekehrt.

War das Reue? Oder der letzte Versuch, seine verdammte Seele zu retten?

Leonidas wusste es nicht. Aber eines war klar: Trevor musste aufgehalten werden. Für Nic. Für seine Eltern. Für Seraphine. Und vielleicht …Für ihn selbst.

Kapitel 28

Es dauerte nicht lange, bis sie den Stadtpark erreichten. Die Dunkelheit lag über den Wegen, das Licht der fahlen Laternen flackerte matt auf dem feuchten Pflaster. Der Park wirkte verlassen. Unnatürlich ruhig. Kein Wind bewegte die Blätter, kein Laut durchbrach die Nacht.

Leonidas spürte, wie sich eine Gänsehaut über seinen Nacken legte. Trevor war hier – irgendwo zwischen den Schatten. Und mit ihm: Seraphine.

„Er ist da", murmelte Sir Dain, mehr zu sich selbst als zu seinem Gefährten.

Leonidas sah ihn fragend an.

„Ich spüre ihn. Und Seraphine lebt. Dafür bürge ich."

„Woher willst du das wissen?"

„Weil mein Bruder vieles ist ... ein Wahnsinniger, ein Mörder ..." – seine Stimme senkte sich – „... aber kein Lügner."

Dann wandte sich der Ritter ihm zu. Mit einer fließenden Bewegung schwenkte er die Hand vor Leonidas' Brust – und plötzlich breitete sich eine seltsame Wärme in dessen Innerem aus. Ein Gefühl der Sicherheit, beinahe wie ein unsichtbarer Schild, der sich schützend um ihn legte.

Leonidas blinzelte. „Was war das?"

„Ich werde auf dich aufpassen", antwortete Dain ruhig, fast väterlich. Dann, nach einem kurzen Zögern: „Sobald du die Gelegenheit hast, Seraphine zu befreien – zögere nicht. Nutze sie."

Langsam zog er sein Schwert aus der Scheide. Die Klinge glänzte im schwachen Licht – kunstvoll verziert, geschmiedet, mit einer Eleganz, die mehr von ihrer Geschichte erzählte als von bloßer Funktion.

Er hob die Scheide, drehte sie in seiner Hand und hielt sie Leonidas hin.

„Hier", sagte er mit fester Stimme. „Sie soll von nun an dir gehören."

Leonidas starrte ihn verdutzt an. „Ist das dein Ernst? Jetzt? Mitten vor dem Kampf?"

Sir Dain nickte. „Gerade jetzt. Sie wurde einst von deiner Lehrmeisterin geführt. Ihre Seele ruht in dieser Scheide. Du hast das Recht, sie weiterzutragen. Und die Kraft, ihr gerecht zu werden."

Leonidas nahm die Scheide entgegen – schwerer, als sie aussah, und doch vertraut. Als er sein Rapier hineinführte, schien sich die Scheide augenblicklich an die Waffe anzupassen. Ein feines, kaum hörbares Klicken hallte durch die Stille, und für einen Moment leuchteten silberne Runen entlang des Leders auf, bevor sie wieder verblassten.

„Magie…", murmelte Leonidas, fast ehrfürchtig.

Sir Dain hatte sich bereits abgewandt. Wachsam glitt sein Blick über die vom Nebel durchzogenen Pfade. Seine Hand ruhte an dem Griff seiner Waffe, sein Körper war angespannt, bereit.

„Bleib dicht bei mir", sagte er über die Schulter. „Und halte die Augen offen. Trevor spielt gern mit der Dunkelheit."

In diesem Moment kam er zurück.

Der Dämon.

Nicht mit der überwältigenden Macht, die ihn sonst in die Knie zwang, sondern schleichend – wie ein kalter Hauch im Nacken. Eine Stimme, kaum mehr als ein Flüstern, hallte in seinem Inneren wieder:

„Den ersten Teil deiner Aufgabe hast du erfüllt. Nun sorge dafür, dass dieser Abschaum von Trevor stirbt."

Dann verschwand die Präsenz, doch nicht ganz. Sie blieb spürbar – wie ein Zuschauer in seinem Verstand, bereit, jedes Detail des bevorstehenden Kampfes mitzuverfolgen. Leonidas fröstelte.

Sein Zorn auf Trevor, eben noch lodernd, wurde überlagert von einer wachsenden Anspannung. Seine Knie wurden weich, der Griff um das Rapier fester.

Sir Dain ging ruhig voran, Schritt für Schritt, wachsam, aber unbeirrt. Er wirkte wie ein Fels inmitten eines aufziehenden Sturms.

Leonidas folgte ihm dichtauf. Jeder Schatten, den die knorrigen Bäume warfen, erschien ihm plötzlich bedrohlich. Die Stille des Parks war unheimlich – zu vollkommen, zu arrangiert.

Und dann ... war da wieder dieses Flüstern in seinem Kopf. Nicht vom Dämon – sondern aus seinem eigenen Innersten.

„Nic ... meine Eltern ... Seraphine ...“

Er dachte an all das, was er verloren hatte. An alles, was Trevor ihm genommen hatte.

Der Zorn kam zurück. Nicht als wildes Feuer – sondern als scharfer, eiskalter Fokus.

Er würde nicht zögern. Nicht diesmal.

Der Park lag still unter dem grauen Schleier der Nacht. Nebelschwaden krochen wie tastende Finger über den moosbedeckten Boden, und die Luft war schwer von kühler Feuchtigkeit. Die Baumkronen rauschten sanft im Wind, doch in diesem Moment wirkten selbst sie wie stumme Zeugen dessen, was hier geschehen sollte.

Sir Dain ging voraus, jede Bewegung kontrolliert, jeder Schritt von gespannter Wachsamkeit begleitet. Leonidas folgte dicht hinter ihm. Die kunstvoll verzierte Scheide mit dem Rapier seiner Lehrmeisterin fühlte sich fast fremd an, an seiner Seite – als gehörte sie noch nicht zu ihm. Noch nicht.

Ein leises Stöhnen ließ beide innehalten.

„Seraphine", flüsterte Leonidas und rannte los, dem Geräusch folgend, ohne zu zögern.

Zwischen verfallenen Steinbänken und halb umgestürzten Laternen fand er sie. Zusammengekauert auf dem kalten Boden, das lange Haar zerzaust, der Umhang zerrissen, Blut an der Stirn, getrocknet und dunkel. Sie lebte – das war alles, was in diesem Moment zählte.

Er kniete neben ihr. „Seraphine, ich bin hier …"

Sie öffnete schwach die Augen, flüsterte seinen Namen – ein hauchzarter Ton, kaum hörbar. „Er … hat mich überrascht … wollte nur, dass du mich findest … nicht getötet …"

Mehr brachte sie nicht heraus, ehe sie erneut das Bewusstsein verlor.

Leonidas drehte sich um, suchte mit den Augen die Dunkelheit ab. „Trevor! Zeig dich, du Feigling!"

Und dann – plötzlich – sprach jemand hinter ihm.

„Leonidas … mein Sohn."

Sein Herz blieb stehen.

Langsam, zögernd, drehte er sich um. Da stand sie. Seine Mutter.

Genauso, wie er sie in Erinnerung hatte. Das kastanienbraune Haar, ordentlich geflochten, das lindgrüne Kleid mit der Stickerei an den Ärmeln, das sie nur zu besonderen Anlässen getragen hatte. Und das Lächeln – weich, warm, voller Liebe. Es war ein Moment, der aus der Zeit gefallen schien.

Leonidas blinzelte ungläubig. „Mutter …?"

Sie trat einen Schritt näher. „Ich habe dich so vermisst, Leonidas. Warum bist du gegangen? Warum hast du uns allein gelassen?"

Ihre Stimme – sie klang so echt. Zu echt.

„Ich … ich …" Er fühlte, wie seine Kehle trocken wurde, wie die Worte in ihm zu Staub zerfielen. „Ihr wart tot … ich konnte nichts tun …"

„Du hast weggesehen." Ihre Stimme wurde fester, kälter. „Du warst zu spät. Du warst immer zu spät."

Sein Blick flackerte. Die vertraute Gestalt wirkte plötzlich … anders. Ihre Augen – eben noch voller Wärme – hatten nun etwas Unheimliches an sich. Zu starr. Zu wachsam.

Ein kalter Schauder kroch ihm über den Rücken.

Hinter ihm trat Sir Dain näher, das Schwert bereits halb erhoben. „Das ist nicht deine Mutter, Leonidas. Das ist Trevor."

Die Illusion flackerte.

Wie Tinte, die sich in Wasser auflöst, begann das vertraute Bild sich zu verändern. Die weichen Züge seiner Mutter verschwammen, verzerrten sich – und da stand er. Trevor. Seine Lippen zu einem spöttischen Grinsen verzogen, seine Augen glimmend vor Sadismus.

„Was für ein herzzerreißender Moment", höhnte er. „Ich muss sagen, du hast besser reagiert, als ich dachte. Fast hätte ich dir abgenommen, dass du mir in die Arme fällst."

Leonidas starrte ihn an, Wut und Schmerz in einem. Seine Finger krampften sich um den Griff seines Rapiers.

„Du Bastard … du hast ihre Gestalt benutzt. Ihre Stimme. Du …"

Trevor zuckte nur mit den Schultern. „Ich wollte sehen, ob du noch fühlst. Ob da noch etwas ist, was man brechen kann." Er machte eine kleine, theatralische Verbeugung. „Es war mir ein Vergnügen."

Dann deutete er auf Seraphine. „Und was deine kleine Freundin betrifft – keine Sorge. Ich habe sie nicht getötet. Noch nicht. Sie war nützlich. Vielleicht wird sie es wieder sein. Wer weiß?"

Sir Dain trat entschlossen vor. „Genug gespielt, Trevor. Lass sie gehen."

Trevor grinste nur. „Ach, Bruder, immer noch so vorhersehbar. Du kannst mich nicht aufhalten. Nicht du. Und ganz sicher nicht dein junger Schüler hier, der kaum weiß, wem er vertrauen kann."

Ein Moment der Stille. Schwer, aufgeladen. Nur das Zittern der Blätter im Wind und das leise Atmen Seraphine's. Trevor trat aus dem Schatten der Illusion, nun ganz in seiner wahren Gestalt. Die Reste des Verkleidungszaubers flackerten kurz um seine Schultern, dann zerfielen sie in dunklen Funken, die im Nebel verschwanden. Sein Gesicht war ruhig, fast freundlich, als wäre nichts geschehen.

„Du glaubst ihm wirklich alles, was er dir sagt, oder?" Fragte er mit einer Stimme, die fast schon bedauernd klang. „Der große, aufrechte Sir Dain. Retter der Schwachen. Verteidiger der Wahrheit. Und doch ... war es nicht auch er, der dich in diese ganze Sache hineingezogen hat?"

Leonidas warf ihm einen misstrauischen Blick zu, doch sagte nichts.

Trevor fuhr fort, jetzt mit langsamen, bedachten Schritten auf sie zugehend. „Du denkst, ich sei das Monster. Der Bruder, der vom rechten Weg abkam. Doch die Wahrheit ist – ich bin der Einzige, der je ehrlich zu sich selbst war. Weißt du, was Dain getan hat, als unsere Mutter starb?"

Sir Dain's Blick verfinsterte sich, doch er schwieg.

Trevor ließ den Moment wirken. „Er hat gebettelt. Wie ein Kind. Um Vergebung. Um Rache. Er war derjenige, der mich damals überzeugt hat, dass wir diesen Abschaum – die Formwandler – zur Strecke bringen müssen. Ich wollte aufgeben. Ich war am Ende. Doch er ... hat mich aufgerichtet. Hat mir gesagt, dass unser Weg richtig sei."

Er drehte sich halb zu seinem Bruder um, dann wieder zu Leonidas. „Und weißt du, was er dann tat? Er hat mich verraten. Als es ihm plötzlich nicht mehr passte. Als er auf diese ... Frau traf" – sein Blick huschte zu Seraphine – „hat er sich umentschieden. Plötzlich war alles anders. Und ich? Ich war auf einmal der Fanatiker."

Leonidas runzelte die Stirn, seine Finger zitterten leicht am Griff seines Rapiers.

„Er hat mich verstoßen, wie einen Hund. Als wäre ich der Einzige, der gesündigt hat. Und dann ..." – seine Stimme wurde dunkler – „hat er dich gefunden. Der perfekte Schüler. Ein junger Mann, voller Zorn, voller Schmerz. Genau wie wir damals. Er hat dich benutzt, Leonidas."

Sir Dain trat nun einen Schritt vor. „Genug."

Doch Trevor hob die Hand. „Lass ihn entscheiden. Er hat ein Recht auf die Wahrheit. Oder willst du sie ihm wieder vorenthalten, wie so oft?"

Leonidas sah zwischen beiden Hin und Her. Zweifel fraßen sich durch seine Gedanken wie Risse durch Glas. Was, wenn Trevor recht hatte? Was, wenn Sir Dain ihn wirklich nur als Werkzeug sah? Wenn seine ganze Ausbildung nur ein neuer Versuch war, alte Schuld zu sühnen?

„Ich habe dir alles genommen, Leonidas", flüsterte Trevor, seine Stimme weich wie Seide. „Deine Eltern. Deinen Freund. Und doch bist du hier – Seite an Seite mit dem Mann, der dich in diesen Krieg geschickt hat. Wer von uns beiden ist grausamer?"

Leonidas schluckte schwer. Der Schmerz war da, scharf und brennend. Doch unter all dem Zweifel, der

Unsicherheit und der Bitterkeit war da eine Wahrheit, die sich nicht wegdiskutieren ließ.

Er hob den Blick.

„Du hast sie getötet", sagte er leise, aber klar. „Du hast meine Eltern ermordet. Du hast Nic umgebracht. Du hast Seraphine verletzt."

Trevor sagte nichts. Ein kurzes Zucken in seinen Mundwinkeln verriet vielleicht Bedauern – oder einfach nur Enttäuschung, dass Leonidas sich nicht hatte umdrehen lassen.

„Vielleicht hat Dain mich benutzt. Vielleicht hat er gelogen. Vielleicht hat er versagt. Aber du ..." – Leonidas zog langsam das Rapier – „... du bist ein Mörder. Und das kann ich nicht vergeben."

Er stellte sich neben Sir Dain. Kein Zeichen der Einigkeit, keine Geste des Vertrauens. Nur eine klare Entscheidung.

Kapitel 29

Sir Dain sah ihn von der Seite an, sagte aber nichts. Es war genug. Für den Moment.

Trevor schnaubte leise. „Dann los. Lasst uns diesen Tanz zu Ende bringen."

Leonidas hob die Hand. Magische Energie sammelte sich in seiner offenen Fläche, vibrierte, knisterte, leuchtete wie ein konzentrierter Sonnenstrahl in der Dämmerung des alten Stadtparks. Seine Stimme bebte, doch war fest: „Stirb."

Ein greller Lichtstrahl schoss aus seiner Handfläche, durchbrach die kühle Nachtluft und raste in einem Zischen direkt auf Trevor zu. Mit einem unheilvollen Zucken traf er ihn mitten auf der Brust – ein direkter Treffer.

Doch statt zu schreien, lachte Trevor auf. Tief und kehlig. „Netter Versuch, Kleiner."

Langsam zog er sein Breitschwert aus der Scheide, das in der Stille bedrohlich schabte. Die Klinge glänzte rot in der Reflexion des Zaubers – fast so, als hätte sie bereits Blut gerochen.

Sir Dain trat vor, seine Stimme war scharf wie Stahl: „Leonidas, kümmere dich um Seraphine. Ich halte ihn auf."

Ohne zu zögern, stellte sich der alte Paladin zwischen seinem Bruder und den Jungen. Für einen Moment begegneten sich die Blicke der beiden Männer – Jahre von Schmerz, Verrat und vernarbter Liebe lagen darin. Kein Wort wurde gesprochen, doch alles war gesagt.

Dann begannen sie zu kreisen. Zwei Veteranen, die einander besser kannten als jeder andere. Trevor grinste wie ein Raubtier, Sir Dain kniff die Augen zusammen, die Klinge fest in der Hand.

Mit einem plötzlichen Aufschrei hieb Trevor nach seinem Bruder. Doch Dain, erfahren und wachsam, riss sein Schwert hoch und fing den Schlag in einem Aufblitzen aus Stahl. Die Klingen kreischten aneinander entlang, Funken stoben.

Ein Tanz aus Hieben und Paraden entbrannte – ein uraltes Duell zwischen Licht und Schatten. Ihre Schwerter schlugen aufeinander ein, während ihre Füße über den moosbedeckten Boden glitten. Jeder Angriff schien mit der Wucht alter Wunden geführt zu werden, jeder Schlag trug Geschichte in sich.

Leonidas wandte sich ab, sein Herz hämmerte. Er hetzte durch die feuchten Schatten der alten Bäume zu Seraphine, die reglos auf dem Waldboden vor der alten Kapelle lag.

Ihr blondes Haar war verfilzt und klebte an einer dunklen Wunde an ihrer Schläfe. Ihr Brustkorb hob und senkte sich flach – sie lebte.

„Nein, nein …" murmelte Leonidas, kniete neben ihr nieder und zog mit zitternden Fingern einen kleinen Heiltrank aus seinem Gürtel. Er hob ihren Kopf behutsam an, flößte ihr die Flüssigkeit ein, während sein Blick immer wieder zu den Klingenblitzen zwischen Sir Dain und Trevor huschte.

Ein leiser Husten, dann ein schwaches Keuchen. Seraphine´s Lider zuckten, dann öffneten sich ihre Augen – trüb, aber lebendig.

„Was … ist hier los?"

„Keine Zeit!" Keuchte Leonidas, die Erleichterung kaum in Worte fassbar. „Sir Dain kämpft gegen Trevor – er braucht uns. Jetzt."

Der Kampf zwischen Sir Dain und Trevor tobte weiter, das Klirren der Schwerter hallte durch die kalte Nachtluft des Stadtparks. Sir Dain, trotz seines Alters, kämpfte mit einer bemerkenswerten Schnelligkeit und Präzision. Doch Trevor, von Hass und Wut getrieben, war schneller, härter, und seine Angriffe kamen mit einer Intensität, die Sir Dain zunehmend forderte.

„Komm schon, Eli! Ist das alles, was du noch draufhast?" Trevor lachte höhnisch, als er mit einem gezielten Hieb die Waffe seines Bruders abwehrte und dabei dessen Gleichgewicht aus der Bahn brachte.

Sir Dain taumelte zurück, konnte sich aber rechtzeitig fangen. Doch die Erschöpfung war ihm anzusehen. Trevor nutzte die Gelegenheit, holte aus und traf Sir Dain mit einem gewaltigen Schlag auf die Schulter, der ihn zu Boden schickte. Der alte Ritter stürzte hart auf den moosbedeckten Boden und rutschte einige Meter weiter.

„Du bist schwach geworden, Eli. Du hast dich dem Schwachen angepasst – du hast dich selbst verraten."

Trevor trat auf den am Boden liegenden Ritter zu, sein Schwert erhoben, bereit, den endgültigen Schlag zu setzen. Sir Dain versuchte, sich zu winden, doch seine Bewegungen waren langsamer als gewöhnlich. Es schien, als würde er dem Angriff nicht mehr entkommen.

Doch bevor Trevor zuschlagen konnte, hörte er eine laute, entschlossene Stimme:

„Halt!"

Seraphine sprang vor, ihre Klinge fest in der Hand. Mit einem schnellen Sprung stellte sie sich zwischen Trevor und Sir Dain und lenkte dessen Schwert mit einer präzisen Bewegung ab. Ihre Augen brannten vor Wut, als sie zu ihm sagte:

„Du wirst ihn nicht töten, Trevor. Ich werde dich aufhalten."

Leonidas, der das Geschehen aus der Ferne beobachtete, spürte, wie sich die Anspannung in ihm steigerte. Doch Seraphine´s Befehl ließ ihm keinen Raum für Zweifel.

„Leonidas!" Rief sie, ohne ihren Blick von Trevor abzuwenden. „Gehe in Deckung! Du kannst hier nichts tun!"

Leonidas' Herz zog sich zusammen, aber er gehorchte. Die Worte seiner Lehrmeisterin gaben ihm die nötige Klarheit. Mit einem letzten Blick auf Sir Dain und Seraphine zog er sich zurück, um sich hinter einem alten Steinrelief zu verstecken und das Geschehen aus sicherer Entfernung zu beobachten. Er wusste, er musste warten – aber die Wut in ihm brodelte.

Seraphine und Trevor standen sich nun gegenüber. Die Luft zwischen ihnen schien zu knistern, als der Kampf weiterging. Seraphine war schnell, ihre Bewegungen präzise, und dennoch war Trevor ein gefährlicher Gegner. Der Kampf, der sich indessen entfaltete, war voller Zorn und verzweifelter Entschlossenheit.

„Du, wirst verlieren, Seraphine!" rief Trevor, während er versuchte, einen weiteren Hieb zu landen. Doch Seraphine wich geschickt aus und landete einen kräftigen Schlag gegen seinen Rücken. Sie sprang zurück und parierte einen weiteren Angriff, als Sir Dain wieder auf die Beine kam, die Schmerzen in seiner Schulter ignorierend.

„Dain, jetzt!" Rief Seraphine, und zusammen stürmten sie auf Trevor zu.

Mit einem vereinten Angriff, Sir Dain mit seinem Schwert und Seraphine mit ihrem Rapier, setzten sie Trevor unter Druck. Ihre Angriffe waren koordiniert, und sie hatten endlich die Oberhand. Trevor wehrte sich verzweifelt, doch der Hass und die Wut, die ihn angetrieben hatten, ließen nach, als er sich gegen zwei so starke Gegner behaupten musste.

Seraphine wich erneut einem Angriff aus, und mit einem gezielten Schlag von Sir Dain wurde Trevor gezwungen, einen Schritt zurückzugehen. Der Ritter und die Kriegerin standen nun Seite an Seite, ihre Klingen funkelten im Mondlicht.

„Du bist erledigt, Trevor", sagte Sir Dain, seine Stimme fest und entschlossen. „Wir haben genug von deinem Wahnsinn."

Die Luft war schwer, durchzogen von der Kälte der Nacht und dem Klang der Klingen, die gegen einander krachten. Sir Dain und Seraphine standen Seite an Seite, die Waffe fest in der Hand, den Blick auf ihren Feind gerichtet. Trevor, der durch seinen Hass beflügelt war, schien nichts anderes zu wollen, als sie zu vernichten. Doch der alte Ritter und die Kriegerin waren entschlossen, es ihm nicht zu erlauben.

Langsam begannen sie, ihren Gegner zu umkreisen, wie Raubtiere, die auf den richtigen Moment warteten, um zuzuschlagen. Seraphine bewegte sich mit der Geschmeidigkeit einer Katze nach links, während Sir Dain zur rechten Seite auswich. Ihre Bewegungen waren präzise, koordiniert, doch jeder Schritt, den sie machten, war von einer tieferen, schmerzlichen Gewissheit begleitet. Sie wussten, dass sie nur eine Chance hatten, dass dieser Kampf alles entscheiden würde.

Trevor war ein gefährlicher Gegner, sein Blick war kalt und voller Hass, als er die beiden Krieger mit verengten Augen musterte. Es war ein Tanz des Todes, und keiner von ihnen wusste, wie dieser enden würde. Doch Sir Dain und Seraphine mussten gewinnen – für sich selbst, für Leonidas, für all die Verluste, die sie erlitten hatten.

Der Moment kam, als sie sich endlich gegenüberstanden, ihre Schwerter in einer synchronen Bewegung erhoben.

Seraphine setzte mit einem blitzschnellen Angriff an, ein gezielter Hieb auf Trevor´s Hüfte. Doch der verfluchte Mann war schneller, als sie erwartet hatte. Mit einer gezielten Bewegung parierte er ihren Schlag. Seine Klinge zuckte wie ein Blitz durch die Luft, und er blockte ihren Angriff mit einer Präzision, die sie nur zu gut kannte – die Präzision eines Mannes, der um jeden Preis siegen wollte. Gerade in diesem Moment nutzte Sir Dain die Gelegenheit. Mit einem gewaltigen Schwung brachte er sein Breitschwert in Richtung seines Bruders. Doch Trevor war auch hier nicht zu unterschätzen. Mit einer blitzschnellen Drehung des Körpers wandte er sich Sir Dain zu, seine Bewegungen geschmeidig und tödlich wie die eines Panthers. Er neigte sich nach unten, und mit einem lauten, durchdringenden Zischen traf seine Klinge den Ritter von unten. Die Schläge der beiden Gegner trafen gleichzeitig. Trevor spürte den stechenden Schmerz, als Sir Dain´s Klinge tief in seine Schulter drang. Blut rann über seinen Arm, und für einen Moment verschwamm seine Sicht. Doch er konnte sich noch rechtzeitig fangen, konnte den Schmerz niederkämpfen. Der gefallene Paladin kämpfte weiter, mit einer Entschlossenheit, die tief aus seiner Vergangenheit stammte.

Aber auch Trevor hatte getroffen.

Eine klaffende Wunde riss sich durch Sir Dain´s Seite, als hätte das Schicksal selbst mit kalter Klinge zugeschlagen. Blut tränkte seine Rüstung, rann in dunklen Schlieren über das Metall, und mit einem keuchenden Laut fiel er auf die Knie. Sein Schwert grub sich zitternd in den Boden, ein letzter Widerstand gegen die nahende Dunkelheit.

Trevor hob sein Schwert zum finalen Schlag – ein Hieb, der alles beenden sollte. Doch im letzten Moment schoss Seraphine heran wie ein Sturmwind, ihr Körper traf ihn mit voller Wucht. Sie warf sich gegen ihn, schleuderte ihn zur Seite. Trevor´s Klinge entglitt ihm, prallte klirrend zu Boden und blieb reglos liegen. Keuchend kam er wieder auf die Beine, doch zwischen ihm und seinem Ziel stand jetzt nur noch die Ritterin.

Und inmitten dieses Chaos begann für Leonidas die Welt zu verschwimmen.

Zeit wurde träge, als hätte jemand ihre Fäden gedehnt. Geräusche verblassten, selbst das Heulen des Windes wirkte fern und dumpf. Alles, was zählte, war der Mann, der da kniend im Blut lag – Sir Dain, der ihm einst ein Schild war, eine Stimme der Vernunft, ein Licht in finsteren Tagen.

Leonidas verließ seine Deckung, rannte, ohne zu denken. Seine Füße schlugen dumpf auf den nassen Boden, und als er bei Dain ankam, sackte er neben ihm nieder.

„Nein … nein, nicht du auch …", flüsterte er, und seine Finger zitterten, als sie auf die Wunde trafen. Warm war das Blut, viel zu warm.

Verzweiflung grub sich in seine Stimme, als er die Worte flüsterte, die ihm so vertraut waren: „Heile … bitte, heile." Ein dunkler Rauch legte sich über seine Handflächen, kräuselte sich in Spiralen, als würde sich die Magie selbst gegen das Schicksal stemmen. Die Wunde begann sich zu schließen, langsam, brüchig, unvollkommen. Es war nicht genug. Es war nie genug. Er konnte den Schmerz nicht nehmen, nicht all das Leid, das in diesem Körper wohnte.

Dain keuchte auf, der Schmerz verzog sein Gesicht – aber in seinen Augen war keine Angst. Nur Traurigkeit.

„Du Narr", fauchte Trevor in Dain´s Richtung, während er sich das Blut von der Lippe wischte und aufrichtete. „Ich bin es leid, Bruder. Ihr sterbt – beide!"

Er riss die Hand nach oben, und die Luft spannte sich wie ein gespannter Bogen. Magie knisterte, wurde heiß.

„Brennt!"

Ein Flammenball loderte hinter den beiden auf, pulsierend, mächtig – bereit, alles zu verschlingen.

Sir Dain sah nicht zu Trevor. Er sah zu Leonidas.

Sein Blick war weich, fast gebrochen – nicht vom Schmerz, sondern vom Wissen um das, was er nun tun musste.

„Es tut mir leid …", flüsterte er. Seine Stimme war rau, ein Schatten seiner einstigen Kraft. Dann legte er seine blutige Hand auf Leonidas' Arm. „Ihr müsst das jetzt alleine zu Ende bringen."

Leonidas' Augen weiteten sich, panisch, ungläubig. „Was?! Nein! Nein, warte – was meinst du damit?!"

Doch Dain antwortete nicht mit Worten. Nur mit einer letzten Anspannung seiner Muskeln, einem letzten Funken der Stärke, die ihn all die Jahre getragen hatte.

Mit einer Bewegung voller Kraft und Entschlossenheit stieß er Leonidas fort – ein mächtiger Stoß, durchdrungen von der letzten Reserve seiner Magie. Leonidas wurde wie ein Blatt im Sturm fortgerissen, flog rücklings durch die Luft, schlug hart gegen den Stamm eines Baumes und blieb benommen liegen.

Dann explodierte hinter Sir Dain die Welt.

Die Feuerkugel traf auf, ein gleißendes Inferno, das den Himmel zerriss. Hitze brannte durch die Nacht, der Boden erbebte, und ein greller Lichtschein verschlang den alten Ritter, hüllte ihn in Flammen und Schweigen.

Für einen endlosen Moment war alles still.

Nur das Prasseln des Feuers blieb zurück. Und der Geruch von Asche.

Leonidas richtete sich schwer atmend auf, sein Blick suchte die Stelle, wo eben noch Sir Dain gekniet hatte. Doch da war nichts mehr.

Nur glühende Erde.

Seine Hände ballten sich zu Fäusten. Sein Herz raste. Tränen brannten in seinen Augen, doch sie wollten nicht fallen. Zu viel war geschehen. Zu schnell. Zu schmerzhaft.

Er hatte ihn verloren.

Kapitel 30

„Zorn ... unaufhaltsamer Zorn ...“
Die Stimme aus dem Rauch war kein Flüstern mehr – sie war ein Donnergrollen in Leonidas' Schädel, eine Urgewalt, die mit jedem Herzschlag lauter wurde. Der schwarze Nebel, der ihn seit seinem Aufbruch aus Edondon begleitete, wallte empor, kroch wie lebendige Schatten aus seinen Poren, aus seinem Blick, aus seinem Innersten.
Und Leonidas stand auf.
Langsam. Unaufhaltsam.
Die Hitze der Explosion, der brennende Schmerz vom Aufprall – alles war vergessen. Nur noch das Bild brannte sich in seine Seele: Sir Dain, in Flammen gehüllt. Ein Opfer. Ein Bruder. Ein Held.
Und Trevor – das Monster – stand noch immer. Keuchend. Lebend.
Leonidas' Augen glühten vor Wut, als er die Hand hob, zitternd vor aufgestauter Magie, aufgeladen mit all der Verzweiflung, all dem Schmerz, all dem unaussprechlichen Verlust.
Sein Finger zielte auf Trevor. Und dann sprach er, mit einer Stimme, die nicht nur ihm gehörte:
„Verrecke.“
Es war kein Befehl. Es war ein Urteil. Sein Amulett leuchtete auf.
Die Luft um ihn herum verdichtete sich augenblicklich, ein tiefes Grollen durchzog den Wald, als würde selbst die Natur den Atem anhalten. Aus dem Rauch und der Luft formte sich eine Kugel – rein, klar, tödlich.

Seraphine, gezeichnet vom Kampf, reagierte instinktiv, warf sich zur Seite, gerade rechtzeitig.

Die Kugel raste los.

Wie ein Mahlstrom sog sie alles auf ihrem Weg in sich hinein – Laub, Äste, Steine, selbst das lodernde Feuer, das noch vom letzten Angriff zehrte. Alles wurde verschluckt, als wäre die Welt selbst in sie hineingekippt.

Trevor hob den Blick, spürte die Bedrohung, doch sein Körper bewegte sich nicht.

War es Angst?

Oder hatte etwas – jemand – ihn gehalten?

Vielleicht war es das Urteil, das ihn nun einholte.

Die Kugel traf. Direkt auf den Brustpanzer.

Ein Donner grollte so tief und machtvoll, dass selbst der Boden bebte.

Trevor schrie nicht. Er wurde nicht fortgeschleudert. Er wurde gebrochen.

Die Druckwelle der Explosion fegte durch den Park, ließ die Welt erzittern. Ein gleißendes Licht entlud sich aus der Mitte, dann – absolute Stille.

Staub und Rauch lagen über der Lichtung. Alles war in grauen Schleier gehüllt.

Leonidas stand keuchend da, sein Arm gesenkt, seine Finger noch immer zitternd von der gewaltigen Magie, die durch ihn geströmt war. Seine Brust hob und senkte sich, seine Gedanken wirbelten.

Die Asche rieselte wie Schnee vom Himmel, legte sich wie ein trüber Schleier über das Schlachtfeld. Die Luft war schwer vom Rauch vergangener Flammen, und der stechende Geruch verbrannter Erde und Magie hing wie ein Fluch über der Lichtung.

Seraphine lag reglos am Boden, ihr Gesicht halb von Ruß geschwärzt, das Haar von Asche durchzogen. Ihre Rüstung war an mehreren Stellen aufgebrochen, Blut klebte an ihren Handschuhen, und jeder Atemzug schien ihr alles abzuverlangen. Doch sie lebte. Langsam, mit schmerzverzerrtem Gesicht, stemmte sie sich hoch, ihr Blick suchte das Schlachtfeld ab – suchte nach *ihm*.

Doch Trevor war verschwunden.

Nicht gefallen. Nicht geflohen. Nicht verbrannt. Einfach… weg.

Das Einzige, das von ihm geblieben war, waren seine eisenbeschlagenen Stiefel, die dampfend in einem verkohlten Krater lagen. Ein Teil seines Brustpanzers war in einen nahegelegenen Baumstamm geschmolzen, eine groteske Erinnerung an die rohe Gewalt, die ihn zerschmettert hatte. Doch kein Leichnam. Keine Gewissheit.

Nur Leere.

Leonidas taumelte durch den dichten Nebel, seine Schritte schwer, als würde ihn nicht nur sein geschundener Körper, sondern auch der Verlust niederdrücken. Seine Kleidung war zerrissen, seine Hände verbrannt vom Zauber, der durch ihn geströmt war. Und seine Augen – sie waren leer.

Er ging zu der Stelle, an der Sir Dain zuletzt gekniet hatte. Doch der alte Ritter war nicht mehr da. Nicht einmal mehr seine Asche.

Nur das Schwert war geblieben – oder besser gesagt: das, was davon übrig war. Die Klinge war geborsten, angeschmolzen, die Gravuren unkenntlich. Ein Symbol des Verlusts, gebrochen wie sein Träger.

Leonidas griff danach. Seine Finger zitterten, als sie sich um den zerstörten Griff legten. Als er das Schwert anhob, schnitt ihm die Schärfe der Erkenntnis tiefer ins Herz als jede Wunde.

Sir Dain war fort.

Seine Knie gaben nach, und er fiel lautlos auf den Waldboden. Die Tränen liefen über seine rußverschmierten Wangen, tropften auf den Boden, auf das Schwert, das nun zu seinem Denkmal wurde.

Ein stummer Schrei bahnte sich seinen Weg durch seine Kehle, und dann kam der Schmerz – roh, ungefiltert, wie ein Sturm, der durch seinen Brustkorb fegte. Leonidas ließ los. Seine Magie war versiegt, seine Wut verraucht – nur die Trauer war geblieben.

Er spürte nicht, wie Schritte sich näherten.

Seraphine stand plötzlich hinter ihm. Ihre Beine zitterten, ihr Atem war flach, doch sie stand. Für *ihn*. Für *Dain*. Für das, was sie nun tun mussten.

Sanft, fast wie ein Flüstern, sprach sie: „Komm her."

Leonidas hob den Kopf. Seine Augen waren glasig, rot vom Weinen. Wortlos drehte er sich zu ihr um – und wurde in ihre Arme gezogen.

Der junge Formwandler, so mächtig, so zornig, war jetzt nur ein Kind in Trauer.

Sie hielt ihn fest. Nicht als Kriegerin. Nicht als Ritterin. Sondern als Mensch.

Im Hintergrund begannen die Alarmglocken zu läuten.

Der Himmel färbte sich langsam in zarte Blautöne. Die Nacht wich dem Tag.

Aber für Leonidas war alles vorbei.

Die Welt war still.

In Seraphine´s Armen versank er langsam in einen tiefen, erschöpften Schlaf.

Sein Atem wurde ruhig. Gleichmäßig.

Doch noch während er in die Dunkelheit glitt, formten seine Lippen ein letztes Wort: „Dain …"

Und dann eine Stimme: „Leonidas … noch einmal werde ich dir nicht so einfach helfen. Doch schlaf jetzt!"

Kapitel 31

Ein leiser Windzug strich durch das offene Fenster und ließ die schweren Vorhänge des Schlafgemachs tanzen. Die Luft war kühl, frisch – und trug den Duft von blühendem Lavendel und feuchtem Stein herein. Irgendwo in der Ferne rief eine Taube, und die letzten Strahlen der Abendsonne tauchten das Zimmer in goldenes Licht.

Leonidas öffnete langsam die Augen.

Ein dumpfer Schmerz pochte in seinem ganzen Körper. Jeder Atemzug fühlte sich an wie ein Kampf gegen glühende Nadeln, und als er versuchte, sich zu rühren, spannte sich sein gesamter Leib wie ein überdehntes Seil. Die Decke, die ihn bedeckte, war weich, doch darunter spürte er die grobe Struktur von Verbänden – Dutzende, vielleicht Hunderte, die seinen geschundenen Körper umhüllten.

Langsam wandte er den Kopf.

Das Bett neben ihm war leer.

Die Balkontüre stand weit offen, und durch sie wehte ein leises Flüstern der Welt dort draußen – friedlich, fast unwirklich. Für einen Moment wusste er nicht, wo er war.

Dann fiel sein Blick zur gegenüberliegenden Wand.

Dort, neben der schweren Eichentür, hingen sein schwarzer Mantel, die silberne Maske – und das Rapier.

In der Scheide, die Sir Dain ihm überlassen hatte.

Ein Stich durchfuhr seine Brust, tiefer als jeder Schmerz seines Körpers. Diese Scheide … es war einst nur Teil eines Auftrags gewesen. Ein Werkzeug. Doch nun war es ein Erbe. Ein Mahnmal. Und der Preis, den er dafür gezahlt hatte, war unaussprechlich.

Seine Finger zuckten unter der Decke. Der Versuch, sich aufzusetzen, scheiterte kläglich. Seine Muskeln fühlten sich an wie glühende Kohlen unter der Haut – dunkel, zerschunden und von fremder Magie durchzogen.

Da erklang eine Stimme, sanft und ruhig, wie aus einer anderen Welt. „Du bist wach. Sehr gut."

Er wandte mühsam den Kopf zur Balkontüre, wo sich eine Gestalt vom Licht der untergehenden Sonne abhob. Seraphine trat ein. Langsam. Vorsichtig. Doch etwas an ihr war … anders.

Sie trug keine Rüstung. Kein Kettenhemd. Kein Schwert. Nur ein schlichtes Gewand aus feinem Stoff – hellgrau, weich fallend, mit einem dünnen Gürtel an der Taille. Sie wirkte … gewöhnlich. Menschlich. Und zugleich wunderschön in ihrer Ruhe.

Für einen Moment glaubte Leonidas zu träumen.

Er öffnete den Mund, wollte etwas sagen, doch nur ein trockenes Krächzen kam über seine Lippen.

„Schon gut", flüsterte sie sanft und lächelte, während sie einen Krug vom Nachttisch nahm. „Ruh dich aus."

Behutsam hob sie seinen Kopf, als wäre er aus Glas, und führte den Krug an seine Lippen. Das Wasser war kühl, glitt wie Balsam durch seine trockene Kehle. Er trank gierig, doch als seine Augen ihr das Zeichen gaben, stellte sie das Gefäß zur Seite.

„Wie lange …?" Die Worte kamen rau, brüchig.

Sie überlegte kurz, ehe sie antwortete: „Zwei Tage. Und eine Nacht."

Sein Blick flog zum Fenster, wo die Sonne sich gerade hinter den Dächern der Stadt versteckte. Die Welt war weitergegangen – ohne ihn.

„So lange?"

Seraphine nickte, während sie sich an seine Seite setzte. Ihre Augen ruhten auf ihm – müde, aber wachsam, voller Wärme: „Du hast deinem Körper mehr abverlangt, als irgendjemand es je sollte. Der Schlaf war überfällig. Du hast überlebt, Leonidas. Und das ist ein Wunder."

Er wollte etwas sagen. Eine Frage stellen. Einen Dank aussprechen. Doch seine Lider wurden schwer, und der Schmerz kehrte zurück, diesmal nicht körperlich, sondern in Form von Erinnerung.

Sir Dain´s Gesicht. Trevor. Der Tod. Das Licht.

Leonidas schloss die Augen – nicht aus Erschöpfung, sondern um nicht zu weinen.

Und während draußen die ersten Sterne aufblitzten, verharrte Seraphine an seiner Seite.

Wachsam. Stumm und bereit, ihn ein weiteres Mal aufzufangen – wenn es nötig sein sollte.

„Versuch noch ein wenig zu schlafen", sagte Seraphine mit ruhiger, beinahe mütterlicher Stimme. „Ich werde im Bett gegenüber ruhen. Wenn irgendetwas ist – ich bin da."

Leonidas' Blick suchte den ihren. Für einen Moment sagte er nichts. Dann – leise, fast kindlich – stellte er die Frage, die ihm seit seinem Erwachen auf der Seele brannte:

„Wird er beerdigt? Werden meine Eltern beerdigt?"

Seraphine´s Gesicht veränderte sich. Ihre Augen wurden weit, ein Schatten aus Überforderung trat darin hervor – sie hatte mit vielem gerechnet, aber nicht mit dieser Frage. Für einen Moment rang sie um Fassung.

„Deine Eltern …", begann sie schließlich leise. „Sie werden eine Zeremonie erhalten. Der König selbst hat die Balsamierung angeordnet. Alles wartet – bis du wieder auf den Beinen bist."

Sie hielt inne, als müsse sie sich sammeln. Die nächsten Worte wählte sie mit Bedacht. Ihr Blick wanderte zum Fenster, wo sich der Himmel in ein tiefes Blutrot tauchte, als wollte er das Unaussprechliche in sich verschlingen.

„Sir Dain … wird keine erhalten."

Leonidas' Herz zog sich zusammen. Doch er sagte nichts. Er wartete.

„Sein Körper …", fuhr sie fort, zögerlich, mit brüchiger Stimme, „ist nicht mehr hier. Seine Gottheit hat ihn zu sich geholt. Ich … ich glaube, er hat seine Sünden gebüßt."

Tränen glitzerten in ihren Augen, doch sie blinzelte weg, zwang sich zur Ruhe.

Leonidas' Stimme war kaum hörbar, ein Hauch im Wind: „Wie meinst du das … ,zu sich geholt'?"

Seraphine senkte den Blick, dann richtete sie ihn wieder auf ihn – ernst, warm, voller Respekt.

„Du musst wissen … bei Paladinen sagt man, dass jene, die sich als würdig erweisen, nach ihrem Tod ins Reich ihrer Gottheit aufgenommen werden. Nicht nur als Seele. Sondern ganz."

Sie machte eine Pause, ihre Worte hingen wie Glockenläuten im Raum.

„Es ist eine Gnade, die nur wenigen zuteilwird. Eine Art … zweite Heimat. Dort leben sie weiter, im Licht ihrer Gottheit. Frei von Schuld. Frei von Schmerz."

Leonidas wandte den Blick zur Wand.

Dort hing sie – die Scheide des Rapiers. Dunkel, schlicht. Und nun das Letzte, was ihm von Sir Dain geblieben war.

Er sagte nichts mehr.

Doch in seinem Schweigen lag mehr als Trauer. Da war Ehrfurcht. Und vielleicht – ganz tief – ein Hauch von Frieden.

Es dauerte nicht lange, bis Leonidas erneut in einen unruhigen, aber zunächst tröstlichen Schlaf fiel. Sein Körper erschöpft, seine Gedanken ein Wirbel aus Schmerz, Verlust und Hoffnung – doch in seinem Traum schob sich all das für einen Moment zur Seite.

Er fand sich in der kleinen Stadtwohnung wieder. Die Wände aus rohem Holz, schief und alt, ließen den Wind durch die Ritzen pfeifen, und der Boden unter seinen Füßen war kalt. Es gab keinen Garten, kein Stück Grün, das ihnen gehörte.

Und doch ... war es ein Zuhause gewesen.

Er sah seine Mutter, wie sie am spärlichen Feuer stand, aus den Resten des Vortages eine Suppe zauberte und dabei lachte – ihr Lachen war hell, klar, stärker als die Dunkelheit ringsherum. Sie lachte über die Missgeschicke seines Vaters, wie er sich den Kopf an einem der niedrigen Balken gestoßen hatte, weil er im Halbschlaf schon wieder vergessen hatte, wie eng das kleine Heim war.

Leonidas spürte, wie er selbst lachte – damals noch ein Kind, barfuß, schmutzig, aber voller Leben.

Dann sah er sich mit Nic und Nurry, wie sie durch die Straßen der Stadt tollten, über Marktplätze huschten, den Wachen Streiche spielten und sich unter Karren versteckten. Sie hatten nichts – aber sie hatten einander. Das reichte damals.

Er sah sich mit seinem Vater an einem Tisch sitzen, der mehr aus zusammengezimmerten Brettern als aus echtem Holz bestand. Alte, vergilbte Schriftrollen lagen vor ihnen, und sein Vater sprach mit ernster Stimme über Zeichen und Geschichten – Leonidas verstand wenig, aber er spürte, dass es wichtig war. Das bedeutete, Teil von etwas Größerem zu sein.

Dann kam die Erinnerung an seine letzte Nacht zu Hause. Nurry, die ihn umarmte, ihm einen Kuss auf die Wange drückte, ein leiser Abschied, der ihm so viel bedeutete. Die Welt war so groß gewesen in diesem Moment. Und er – so klein und mutig zugleich.

Der Traum veränderte sich. Die Erinnerungen flossen weiter, sanft wie ein Bachlauf – bis der Rauch kam. Schwarz, zäh, wie Öl, kroch er in die Bilder. Er fraß sich durch die Leichtigkeit der Vergangenheit, machte sie schwer, erstickte das Licht.

Und dann war er da. Der Dämon.

Die Schatten in Leonidas' Traum formten sich zu der wabernden Präsenz, die ihn seit einigen Tagen begleitete. Kalt, fordernd, zäh wie dunkles Eisen. Die Stimme war tief und vibrierte in seinem Schädel:

„Ich wusste, dass du es wert bist." Ein kehliges Lachen folgte, befriedigt, als hätte der Dämon ein Spiel gewonnen. „Du hast dich gut geschlagen. Besser, als ich es erwartet hatte." Dann wurde sein Ton drohender, eindringlicher: „Aber nun hast du genug geschlafen. Deine Reise ist noch lange nicht zu Ende."

Ein letzter Sog, ein Flackern in der Dunkelheit – dann löste sich die Gestalt auf. Leonidas blieb zurück in der Leere seines eigenen Geistes. Allein.

Mit einem tiefen Atemzug fuhr er aus dem Schlaf hoch. Die ersten Lichtstreifen des Morgens waren noch nicht zu sehen. Die Welt lag in einem dämmernden Halbdunkel, schwer und still. Doch die Schmerzen in seinem Körper hatten sich gelöst, waren milder – wie ein Sturm, der sich gelegt hatte.

Langsam richtete er sich auf. Die Verbände an seinem Oberkörper spannten, und seine Muskeln schmerzten bei jeder Bewegung, doch er konnte sich bewegen. Sein Blick wanderte zur anderen Seite des Raumes.

Seraphine lag auf dem prunkvollen Bett, die Decke bis zum Kinn gezogen. Ihre Haare fielen offen über das Kissen, und in ihrem ruhigen Gesicht lag ein Schatten – eine stille, erschöpfte Traurigkeit. Selbst im Schlaf schien sie die Last der vergangenen Tage zu tragen.

Leonidas senkte den Blick und legte sich wieder zurück. Die Erinnerung an sein altes Zuhause, die Stimme des Dämons, alles hallte noch in ihm nach.

Und doch – für einen Moment war er wieder dieser kleine Junge gewesen. Der, der trotz allem geliebt worden war. In einem Haus ohne Garten. In einer Welt voller Dunkelheit – aber auch voller Licht.

Es war ein schleichender Entschluss, geboren aus einer Mischung aus Unruhe, Schmerz und dem drängenden Wunsch nach Einsamkeit. Langsam, beinahe widerwillig, schwang Leonidas die Beine aus dem Bett. Jeder Muskel seines Körpers fühlte sich an, als sei er von innen heraus mit rostigen Nägeln durchbohrt worden. Die Verbände spannten bei jeder Bewegung, die Haut darunter brannte, und dennoch zwang er sich, die Füße auf den kalten Steinboden zu setzen.

Er wollte keinen Lärm machen. Er wollte sie nicht wecken. Mit mühsamer Präzision richtete er sich auf, lehnte sich schwer auf das hölzerne Nachtkästchen und schlich mit vorsichtigen, tastenden Schritten zur Tür. Seine Hand glitt langsam zum kalten Griff.

Gerade als er den Arm hob, durchzuckte ihn ein brennender Schmerz. Es war, als würde etwas in seinem Inneren reißen – ein Nerv, ein Muskel, vielleicht sogar etwas Tieferes, Seelisches. Seine Knie gaben nach, der Griff entglitt ihm, und mit einem unsanften Knall schlug sein Kopf gegen die Tür. Ein dumpfer Aufprall, gefolgt von einem Fluchen, das er sich gerade noch verkneifen konnte.

„Wer ist da?!"

Die Stimme war verschlafen, aber scharf – instinktiv. Seraphine fuhr hoch, ihre Hand schoss unter das Kopfkissen, und der Dolch blitzte kurz im ersten Schein der Morgendämmerung auf.

Leonidas hielt inne, atmete schwer, dann drehte er sich langsam zu ihr um, sein Blick verschämt und entschuldigend zugleich.

„Alles in Ordnung, Seraphine. Ich … ich wollte mir nur ein wenig die Beine vertreten." Ein gequältes Grinsen zuckte über sein Gesicht, halb belustigt, halb gequält. „War wohl keine besonders gute Idee. Ich setze mich ein bisschen auf den Balkon. Ruh dich ruhig wieder aus."

Sie blinzelte ihn an, ihre Haltung noch halb in Verteidigung, dann entspannte sich ihre Schulter. Der Dolch verschwand, ihr Kopf sank wieder ins Kissen, doch ihre Augen ruhten noch einen Moment auf ihm – wachsam, besorgt.

Leonidas wandte sich ab, überquerte das Zimmer in schleppenden Schritten und öffnete die Balkontür. Die kalte Luft der Nacht schlug ihm entgegen, klärend und beißend zugleich. Er ließ sich auf einen der steinharten Stühle sinken, stützte die Ellbogen auf die Knie und atmete tief durch.

Vor ihm lag der nächtliche Park, in sanftem Nebel versunken, still und friedlich – ein trügerischer Friede.

Dort hinten irgendwo … da war es geschehen. Der Kampf. Trevor. Sir Dain.

Leonidas' Blick wanderte über die dunklen Konturen der Bäume, über das Gras, das sich kaum vom Schatten unterschied. Dort hatte Sir Dain sein Leben gegeben, um seines zu retten. Dort hatte seine Reise ihren Preis gefordert – einen, den er nie wieder zurückzahlen konnte.

Er griff in seine Hosentasche, tastete nach dem letzten Überbleibsel eines alten Lasters – ein kleiner, zerdrückter Zigarettenstummel, kaum mehr als ein Rest. Doch für ihn bedeutete er mehr als das. Er war Erinnerung, Flucht,

Kontrolle. Ein Stück Gewohnheit in einer Welt, die ihm alles genommen hatte.

Mit zittrigen Fingern setzte er sie an die Lippen, nahm seine Feuerbuchse hervor – ein unscheinbares, aber treues Werkzeug – und entfachte mit einem leisen Klicken die Flamme. Der Rauch stieg auf, bitter und beruhigend zugleich. Die Kräuter – eine spezielle Mischung – begannen sofort zu wirken. Seine Muskeln lockerten sich, der pochende Schmerz wich einer wohltuenden Taubheit.

Er ließ den Kopf in den Nacken fallen, schloss die Augen. Nur noch der Wind rauschte leise durch das Geäst. Die Vögel begannen mit ersten, vorsichtigen Lauten. Ein einzelner Ton. Dann ein Zweiter. Eine Melodie, die sich langsam in den Himmel webte. Ein Lied, das den Tag begrüßte – oder Abschied von der Nacht nahm.

Leonidas atmete den Rauch tief ein, ließ ihn lange in seiner Brust ruhen. Gedanken trieben in ihm umher wie Segelboote auf ruhigem Wasser. Erinnerungen. Schuld. Und dazwischen immer wieder das Gesicht seines gefallenen Freundes. Sir Dain.

Wurde er nun erlöst? War er wirklich von seiner Gottheit geholt worden? Oder war das nur ein schöner Gedanke, mit dem man den Tod besser ertragen konnte?

Leonidas wusste es nicht. Aber in diesem Augenblick war er bereit, daran zu glauben.

Er zog erneut an der Zigarette, blies den Rauch langsam aus und ließ seine Gedanken treiben, weit weg, hinaus in die Dunkelheit, dorthin, wo ein neuer Tag bereits lauerte – irgendwo hinter dem Horizont.

Leonidas konnte nicht sagen, wie viel Zeit vergangen war. Die Nacht schien sich endlos zu dehnen, der Rauch seiner Zigarette war längst verflogen, doch der Nachklang in seinem Körper hielt an – wie eine sanfte Welle, die den

Schmerz überdeckte und die Schreie seines inneren Dämons in watteweiches Schweigen tauchte.

Und dann kam der Gedanke. Klar, fast wie eine Eingebung: Diese Kräuter ... sie waren mehr als nur ein Mittel gegen Schmerz. Sie waren ein Schlüssel. Ein Türschloss. Etwas, das den Dämon aussperren konnte.

Aber woher bekommt man so etwas? Wer führte solche Waren? Vielleicht ... vielleicht diese verrückte Hexe im Alchemie-Laden am Markt? Sie hatte weitaus dubiosere Dinge im Angebot gehabt.

Instinktiv griff er in seine Tasche – nichts. Seine letzten Münzen hatte er diesem alten Mann gegeben, um Nurry zu retten. Und sein Goldbeutel? Das Erbstück seiner Mutter? Das schöne kleine Lederstück mit den sorgfältigen Stickereien?

Dies war keine Option. Nicht für sich selbst.

Also blieb nur eine Möglichkeit.

In diesem Moment hörte er Schritte. Leise, schleppend – der Gang einer Schlaftrunkenen. Seraphine erschien im Türrahmen, nur in ihrer Tunika, das Haar wirr, die Schultern gesenkt. Sie sagte kein Wort, trat nur an seine Seite und ließ sich neben ihm auf dem harten Stuhl nieder. Ihre Nähe war wie eine vertraute Erinnerung – beruhigend, aber nicht wertfrei.

Ihr Blick wanderte zu seiner Hand.

„Was hast du da geraucht?" Fragte sie schließlich. Ihre Stimme war ruhig, aber nicht sanft – eher tastend, mit einem Hauch von Vorwurf.

Leonidas spürte, wie sich in ihm ein Unbehagen regte. Dennoch wich er nicht aus.

„Das ... hat mir eine Frau in der Bar in Varinth gegeben. Es hilft beim Entspannen. Und die Schmerzen ... sind fast ganz weg."

Seraphine´s Miene verfinsterte sich.

„Du weißt, dass das nicht gut für dich ist?"

Sein Blick wanderte zu ihr, verwundert, beinahe trotzig.

„Wieso sollte es das nicht sein? Es lindert den Schmerz. Und das Beste: Der Dämon in meinem Kopf … er wird still. Für eine Weile. Fast, als würde er verschwinden."

Sie atmete tief durch, dann legte sich ein ernster Ausdruck auf ihr Gesicht. Ihr Blick wurde klar, durchdringend.

„Weil es dich verändert, Leonidas. Es nimmt dir deine Wahrnehmung, verschleiert sie. Du wirst langsamer. Dein Geist stumpft ab. Und das Schlimmste – es tötet deine Emotionen."

Er runzelte die Stirn.

„Was meinst du damit? Es tötet meine Emotionen?"

Seraphine sah nun nicht mehr in seine Augen, sondern hinaus in die beginnende Dämmerung.

„Es unterdrückt sie. Die Trauer, die in dir tobt, wird stumpf. Die Freude, die du vielleicht noch spürst – sie wird schwächer. Deine Wut wird zu einem fahlen Nachglimmen. Und die Angst … die Angst nimmst du nicht mehr ernst. Sie verschwindet – und mit ihr dein natürlicher Instinkt. Du glaubst, das ist Freiheit. Aber in Wahrheit ist es nur ein anderer Käfig."

Leonidas ließ diese Worte einen Moment sacken. Dann schüttelte er langsam den Kopf.

„Aber ist das nicht gut? Gerade jetzt?" Er hob den ausgebrannten Stummel zwischen zwei Fingern. „Trauer, Wut, Angst – sie überschatten mich seit Tagen. Wenn ich sie … wegschließen kann, nur für einen Moment … dann habe ich endlich Ruhe."

Seraphine schwieg. Ein schwerer Ausdruck trat in ihr Gesicht. Als sie schließlich sprach, war ihre Stimme weich – fast schmerzlich weich.

„Nein, Leonidas. Ruhe kommt nicht, wenn wir fliehen. Sie kommt, wenn wir durch das Feuer gehen. Wenn wir unseren Gefühlen Raum geben. Wenn wir uns erlauben, zu trauern. Wenn wir wütend sind, wenn wir weinen. Nur so kann der Schmerz heilen. Wenn du ihn erstickst, wird er bleiben. Für immer."

Er antwortete nicht. Schaute nur stumm in den dunklen Wald hinaus, in dem das Leben bereits wieder erwachte. Kleine Eichhörnchen huschten durch die Äste, ihre Bewegungen wie lebendige Gedankenfetzen, leicht und flüchtig. Ein Vogel rief. Und ein Zweiter antwortete.

Schließlich murmelte Leonidas fast mehr zu sich selbst als zu ihr:

„Ich … ich verspreche dir, es bedachter zu verwenden. Aber ich glaube nicht, dass ich es ganz lassen kann. Dafür ist mir alles zu viel."

Seraphine antwortete nicht sofort. Dann, leise:

„Ich werde dich nicht aufhalten. Aber ich wünsche mir, dass du es tust. Für dich."

Ein letzter Moment der Stille senkte sich über sie. Dann erhob sich Leonidas langsam.

„Ich werde jetzt trotzdem etwas in die Stadt fliegen. Ich muss noch Dinge erledigen. Und …" – sein Blick wanderte zu ihr – „kannst du bitte den König fragen, ob wir heute Nachmittag meine Eltern beerdigen können?"

Seraphine nickte nur. Keine Worte, nur ein verständnisvoller Blick.

Leonidas schloss die Augen, sammelte sich – und sein Körper begann sich zu wandeln. Federn sprossen aus seinen Armen, seine Form schrumpfte, verdichtete sich, zog sich zusammen. Krallen ersetzten Füße. Flügel spannten sich.

Ein Spatz erhob sich flatternd in die kühle Morgenluft, stieg empor, verschmolz mit den ersten Sonnenstrahlen und flog in die beginnende Stadt, wo das Leben, das er neu ordnen musste, bereits auf ihn wartete.

Kapitel 32

Leonidas landete sanft in einem Gebüsch, nahe dem Stadtrand, dort, wo der Park in die ersten Häuserzeilen von Edondon überging. Gut verdeckt zwischen den Ästen, verwandelte er sich lautlos zurück. Die Federn und Flügel wichen einem menschlichen Körper, sein Gesicht formte sich zu jener Maske, die er seit seiner Ankunft in Edondon trug – ein vertrautes Trugbild, das er so oft getragen hatte, dass es sich beinahe echt anfühlte.

Mit ruhigem Schritt trat er aus dem Dickicht auf die Straße. Der Morgen hatte gerade begonnen, sich über die Stadt zu legen. Die Gassen füllten sich mit Leben – mit Arbeitern, die geschäftig zu ihren Stätten eilten, mit Händlern, die ihre Stände vorbereiteten, und mit jenen, deren Nacht noch nicht ganz vorbei war und die müde nach Hause torkelten.

Er steuerte zielstrebig auf den Alchemie-Laden zu. Der Laden der alten Edna – und ihrem verrückten Vogel, Tipsi.

Die Tür war nicht verschlossen. Als Leonidas die Klinke hinunterdrückte, ertönte ein leises *Klingeln* der kleinen Glocke über ihm und kündigte seine Ankunft an.

Edna stand an einem der Regale und sortierte mit langsamen, bedächtigen Bewegungen ihre Gläser. Als sie sich umdrehte, verzogen sich ihre Lippen zu einem milden Lächeln. „Guten Morgen, mein Freund."

Leonidas nickte höflich. „Guten Morgen."

Er griff in seine Tasche und zog den fast abgebrannten Zigarettenstummel hervor. Vorsichtig hielt er ihm Edna entgegen.

„Verkaufen Sie auch Kräuter ... für das hier?"

In diesem Moment flatterte Tipsi herbei – der kleine, zappelige Vogel mit dem gelben Gefieder.

Mit einem spitzen *Piep* setzte er sich auf Leonidas' Hand, beschnupperte neugierig den Stummel, dann flog er mit einem flatternden Satz in ein Regal hinter Edna. Dort reihten sich verschiedenste Gläser – manche klar, manche matt, alle gefüllt mit getrockneten Pflanzen und Kräutermischungen.

„Welche genau brauchst du denn?" Fragte Edna, mit einem schelmischen Funkeln in den Augen.

Leonidas räusperte sich, etwas überrumpelt. „Ich … weiß nicht genau. Etwas zum Entspannen. Und gegen Schmerzen."

Die alte Dame kicherte leise. „Das kann ich verstehen. Es war auch einiges los bei dir – vorgestern." Sie zwinkerte ihm verschwörerisch zu.

Dann nahm sie ein kleines Beutelchen aus dem Regal und legte es behutsam auf die Theke. „Diese Mischung sollte passen. Und Papier zum Einwickeln habe ich auch." Sie reichte ihm alles mit einer Selbstverständlichkeit, als hätte sie schon vorher gewusst, dass er kommen würde.

Leonidas nahm das Päckchen dankbar entgegen. „Das ging ja … schnell. Vielen Dank."

Doch ehe er sich abwenden konnte, griff Edna nach seinem Arm. Ihre alte, runzlige Hand war erstaunlich fest. Sie sah ihm tief in die Augen, und in diesem Blick lag etwas – etwas, das weder Spott noch Mitleid war. Nur eine ernste, fast mütterliche Sorge.

„Aber sei vorsichtig, mein Kleiner. Nicht, dass du dich darin verlierst."

Leonidas erwiderte ihren Blick, suchte darin nach einem Vorwurf – fand aber nur ehrliches Mitgefühl. „Keine

Sorge", sagte er leise. „Was kostet es denn? Ich … bin im Moment eher knapp bei Kasse."

Sie ließ ihn nicht los, nur ihre Stimme wurde noch ruhiger, fast ehrfürchtig: „Für den Retter der Stadt – ist das heute gratis."

Leonidas' Augenbrauen zogen sich zusammen. „Woher wissen Sie das?"

Edna lächelte nur. „Ich bin eine alte Dame. Und Tipsi … der sieht alles, was in dieser Stadt geschieht."

Tipsi krächzte zustimmend aus dem Regal, als wäre es das Natürlichste der Welt.

„Nun sieh zu, dass du wieder ansehnlich wirst", fuhr Edna fort, „du hast heute noch etwas vor."

Leonidas sah sie irritiert an, doch sie sagte nichts weiter.

„Na gut … vielen Dank. Und auf Wiedersehen."

„Auf Wiedersehen", erwiderte sie knapp.

Er öffnete die Tür – das Klingeln der Glocke war wieder leise und unaufdringlich. Und als er die Schwelle gerade übertrat, hörte er Edna´s Stimme noch einmal hinter sich. Sanft, kaum mehr als ein Hauch:

„Mein Beileid, junger Mann."

Die Worte der alten Edna hallten noch in seinem Kopf nach, als er die Straße entlangging. *Mein Beileid, junger Mann.* Wie konnte sie das wissen? War sie einfach nur alt und klug? Oder war sie mehr als das? Vielleicht eine Wahrsagerin – eine, die zwischen den Schleiern der Zeit lesen konnte? Leonidas wusste es nicht. Und jetzt war auch nicht der Moment, sich damit zu beschäftigen. Er hatte noch etwas zu erledigen.

Die Straßen waren inzwischen voller geworden. Händler priesen lautstark ihre Waren an, Handkarren rumpelten über das Pflaster, und der süße Duft von frisch gebackenen Broten vermischte sich mit dem beißenden Geruch des Morgens.

Leonidas bewegte sich durch das Gewirr, bog in enge, dunkle Gassen ab, wo kaum jemand unterwegs war – alte Wege, die er kannte. Schließlich stand er vor dem Haus. Nic's Haus. Oder besser gesagt: das Haus, in dem Nic einmal gelebt hatte.

Er blieb kurz stehen. Betrachtete die Tür, die schief in ihren Angeln hing, das Fenster mit dem gesprungenen Glas. Er erinnerte sich. An jenen Tag vor so vielen Jahren.

Sie mussten sieben oder acht gewesen sein, beide an der Hand ihrer Mütter. Er wusste nicht mehr, wohin sie damals unterwegs waren. Nur, dass ihre Mütter sich angeregt unterhielten, während er, schweigend, an der Seite stand. Da stieß ihn der kleine Halbelf an der Schulter.

„Du bist." Und rannte los.

Leonidas hatte das Spiel nicht verstanden, sah ihm nur verwirrt hinterher. „Das ist ein Spiel", rief Nic lachend über die Schulter. „Du musst mich fangen!"

Dann streckte er ihm noch frech die Zunge heraus, ehe er um die nächste Ecke verschwand. Sein Ehrgeiz war sofort geweckt. Er rannte ihm nach, so schnell er konnte – doch der Vorsprung war zu groß. Irgendwann blieb Nic stehen, wartete lächelnd auf ihn.

„Wie heißt du eigentlich?" „Ich bin Leonidas. Und du?" „Nic."

So banal. Und doch eine Erinnerung, die ihm für immer geblieben war.

Langsam öffnete er die Tür. Das Holz knarzte, als würde es die Vergangenheit begrüßen. Er stieg die schmalen Treppen empor, hielt die kleine Goldtasche seiner Mutter fest umklammert. Oben angekommen, klopfte er leise an.

Es dauerte nicht lange, bis die Tür geöffnet wurde. Ein kleines Mädchen stand davor, kaum älter als sechs. Ihr Gesicht war blass, ihre Haare dunkel wie die ihres Bruders. „Hallo?", fragte sie mit leiser Stimme.

Im Hintergrund ertönte eine schwache Stimme – traurig, wie durch Tränen gedämpft. „Schatz, wer ist gekommen?" Kurz darauf trat eine Frau in den Türrahmen. Ihre Augen waren gerötet, ihr Blick müde und voller Schmerz. Leonidas' Herz schlug schwer. Er sah sie an. Und dann ließ er die Verkleidung fallen.

Sein Körper schimmerte kurz, seine Gestalt wandelte sich – bis das wahre Gesicht von Leonidas vor ihr stand. „Ich bin's", sagte er leise. „Leonidas. Nic' Freund."

Sie war sichtlich verwirrt, doch nach einem zögerlichen Moment öffnete sie die Tür ein Stück weiter und deutete ihm mit einer schlichten Handbewegung, hereinzukommen.

Drinnen offenbarte sich Leonidas ein vertrautes Bild – eine kleine Wohnung, kaum genug Raum für vier Personen. Enge, Abnutzung, der Hauch von Wärme, der trotz allem in der Luft lag. Er wollte sich nicht lange aufhalten.

Langsam öffnete er den kleinen Goldbeutel. Und obwohl er es bereits wusste, verschlug ihm der Anblick für einen Moment den Atem – ein unermesslicher Reichtum, verborgen in der unscheinbaren Tasche, die ihm seine Mutter vermacht hatte. Sorgfältig gestapelte Goldmünzen, Tausende davon, schimmerten in einem Raum, der weit größer war, als die Tasche hätte fassen können. Er griff hinein.

„Ich habe von Nic gehört", sagte er leise. „Mein Beileid."

Nic' Mutter antwortete nicht sofort. Stattdessen veränderte sich ihr Körper – ihre Hülle fiel, wie auch seine zuvor. Die wahre Gestalt einer Formwandlerin kam zum Vorschein: schwarze Haut, lange dunkle Haare und tiefblaue

Augen, in denen sich Trauer spiegelte, aber auch eine stille Schönheit, die Leonidas den Atem raubte. Sie sah ihn lange an.

„Mir tut es auch leid … was mit deinen Eltern passiert ist", sagte sie schließlich. Ihre Stimme war leise, gebrochen. „Aber man erzählt sich, der Täter wurde gefasst. Weißt du, ob das stimmt?"

Die Frage traf ihn wie ein Dolch ins Herz. Gefasst? Ja. Er selbst hatte es getan. Mit letzter Kraft nickte er. „Ja … das habe ich auch so gehört. Meine Eltern … waren seine letzten Opfer."

Es fiel ihm schwer, die Worte auszusprechen. Doch er zwang sich dazu. Dann zog er eine Handvoll Gold aus dem Beutel und reichte sie ihr hinüber.

„Ich möchte, dass ihr das nehmt. Meine Eltern hätten es so gewollt."

Nic' Mutter starrte die Münzen an, zögerte, als wollte sie widersprechen. „Aber … das können wir doch nicht annehmen", flüsterte sie. „Du brauchst das Geld doch selbst."

Leonidas legte die Münzen vorsichtig auf den kleinen Tisch, griff erneut in den Beutel und holte ein weiteres Dutzend hervor. „Ich habe genug", sagte er ruhig. „Ich möchte, dass es euch gut geht, dass ihr hier rauskommt." Er blickte sich in der kleinen Wohnung um, dann sah er sie wieder an. „Ich will keine Gegenleistung. Er hat euch geliebt."

Die Worte fielen wie ein letzter Tropfen in einen übervollen Krug.

Nic' Mutter brach in Tränen aus. Schluchzend bedeckte sie ihr Gesicht mit den Händen, während Leonidas still stehen blieb, sie nicht drängte, nichts sagte.

„Wie kann ich dir jemals dafür danken?", flüsterte sie schließlich.

„Dankt mir damit, dass ihr ihn nie vergesst."

Ohne weitere Worte wandte sich Leonidas zur Tür. Er verwandelte sich nicht zurück. Als er hinaustrat, trug er sein wahres Gesicht – aufrecht, verletzlich und auf eine stille Weise stärker denn je.

Zurück auf der Straße bemerkte Leonidas schnell die Blicke. Viele der Passanten drehten sich nach ihm um – nicht aus Neugier, sondern aus Ablehnung. Man war es nicht gewohnt, dass ein Formwandler in seiner wahren Gestalt offen durch die Straßen von Edondon ging.

Die meisten Leute waren bereits in ihren Werkstätten und Geschäften verschwunden, die Straßen deutlich leerer als noch vor einer Stunde. Und doch reichten wenige Stimmen, um Gift zu verspritzen. Gemeine Bemerkungen, gemurmelte Anfeindungen, hasserfüllte Blicke.

Doch Leonidas blieb aufrecht. Er wusste, was sie nicht wussten. Etwas, das sie nie verstehen würden.

Er ignorierte sie.

Sein Weg führte ihn zurück durch die vertrauten Gassen, bis er wieder den großen Marktplatz vor dem Schloss erreichte. Die prächtigen Stände, das bunte Treiben – all das erschien ihm jetzt unwirklich. Denn es war Zeit.

Zeit, sich vorzubereiten. Auf den Abschied, der nun endgültig bevorstand.

Er schritt auf die Wachen am Eingangstor zu. Ihre Lanzen kreuzten sich vor ihm. Ohne zu zögern, trat er näher, sein Blick fest, seine Stimme selbstbewusst:

„Lasst mich ein. Ich bin Leonidas."

Die beiden Wachen sahen sich an, tuschelten etwas – Worte, die im Lärm des Marktes untergingen. Also legte er nach: „Was ist jetzt? Der König wartet bereits auf mich."

In diesem Moment begann sein Amulett an seiner Brust zu pulsieren – kaum spürbar, aber vertraut.

Die erste Wache senkte ihre Lanze, trat beiseite. Die andere jedoch zögerte: „Das müssen wir abklären. Leonidas ist eindeutig kein Gestaltwandler."

Leonidas setzte ein spitzes Lächeln auf. „Dann fragt nach. Aber ich fürchte, der Ärger wird eurer sein."

Die Wache verschwand im Inneren, kam nach kurzer Zeit mit gesenktem Blick zurück. „Es tut mir leid, werter Herr. Tretet ein. Der König erwartet Euch bereits."

Mit einem Anflug von Überlegenheit betrat Leonidas das Schloss. Auf der anderen Seite des Tors wartete bereits Arbell.

„Guten Morgen, Leonidas. Es ist schön, deine wahre Gestalt kennenzulernen."

Leonidas neigte respektvoll den Kopf. „Guten Morgen, Arbell. Ich hatte das Gefühl, mich hier nicht mehr verstecken zu müssen."

Der Elfen-Diener nickte mit freundlichem Ernst. „Nach allem, was sie für diese Stadt getan haben, brauchen sie das auch nicht mehr. Darf ich sie zu König Magnus bringen? Er wartet bereits."

Leonidas machte eine einladende Geste. „Sehr gerne. Aber bitte … lass uns beim Du bleiben."

Arbell verneigte sich mit einem Lächeln. „Wie du wünschst."

Gemeinsam durchquerten sie die Gänge des Schlosses. Goldverzierte Wände, Statuen aus edelstem Stein, Gemälde längst vergessener Könige – der ganze Überfluss, den Leonidas einst verabscheut hatte, ließ ihn nun kaum noch innehalten. Nicht aus Gewöhnung. Sondern, weil es Wichtigeres gab.

Nach einem kurzen Marsch erreichten sie den Thronsaal. Die mächtige Tür stand offen.

Auf einem Thron aus purem Gold, geschmückt mit Juwelen aus aller Welt, saß König Magnus.

„Hallo Leonidas. Wie geht es dir?"

Leonidas trat näher und verneigte sich respektvoll. „Guten Tag, werter König. Es geht schon deutlich besser."

Als er sich aufrichtete, spürte er jedoch, wie die Schmerzen zurückkehrten. Der Kampf hatte Spuren hinterlassen – und die Erschöpfung klopfte an.

„Werter König … ich möchte nicht unhöflich erscheinen, aber ich habe eine Bitte."

Magnus richtete sich interessiert auf. „Wenn es in meiner Macht liegt, werde ich sie gewähren. Du hast dieser Stadt große Dienste geleistet."

Leonidas sammelte sich kurz. „Ich würde meine Eltern gerne in der Nähe ihres alten Hauses begraben. Sie sollen in ihrer Heimat ruhen dürfen."

Der König nickte sofort. „Sehr gerne. Zur Abenddämmerung wird alles bereit sein."

Leonidas verneigte sich erneut. „Vielen Dank. Wenn es gestattet ist, würde ich mich bis dahin zurückziehen. Die letzten Tage … waren lang."

Der König erhob sich und trat ein paar Schritte näher. „Natürlich. Ich lasse dir etwas zu essen auf dein Zimmer bringen. Du hast dir Ruhe verdient."

Leonidas nickte stumm. Die Worte bedeuteten ihm mehr, als er zeigen konnte.

Er wandte sich ab und verließ den Thronsaal durch einen Seitenausgang, der ihn in Richtung seiner Gemächer führte.

Nur wenige Augenblicke später trat er in sein Zimmer. Es war leer. Seraphine schien anderweitig beschäftigt zu sein.

Er trat an die Kommode, nahm die Schwertscheide zur Hand. Das Rapier passte perfekt hinein – wie ein Teil von ihm selbst. Einen Moment lang betrachtete er die Waffe still, ehe er sie zur Seite legte.

Dann begann er, sich langsam auszuziehen. Der Schmerz war zurückgekehrt, spürbar bei jeder Bewegung – stechend, aber erträglich.

Die Verbände fielen zu Boden. Seine Haut war gerötet, übersät mit kleinen Schnitten, die wie stumme Zeugen der vergangenen Schlacht wirkten. Doch der eigentliche Schaden saß tiefer – in den Muskeln, erschöpft von der Magie, die er entfesselt hatte.

Als er schließlich nur noch seine Unterkleider trug, ließ er sich ins Bett sinken.

Und da war er wieder.

Dunkel. Mächtig. Der schwarze Rauch. Sein ständiger Begleiter.

Die Stimme erklang in seinem Geist – wie ein Flüstern aus den Tiefen:

„Leonidas. Heute Nacht ist es so weit. Deine Reise geht weiter."

Er antwortete erschöpft: „Was soll ich tun?"

Der Dämon klang beinahe … erfreut. „Verlasse erst einmal die Stadt. Dann wirst du es wissen."

Und wie so oft verzog sich der Rauch, ließ keine Spur zurück. Keine Präsenz. Nur Stille.

Leonidas schloss die Augen. Sein Körper ruhte, doch sein Geist fand keinen Frieden. Ein flüchtiger Halbschlaf umfing ihn – unruhig und durchzogen von Bildern, die kamen und gingen.

Kapitel 33

Er schreckte hoch, als sich die Zimmertür öffnete.

Seraphine trat ein. Die letzten Sonnenstrahlen tanzten durch das Fenster. Sie sah ihn an und lächelte spöttisch: „Na, wie geht's unserer Schlafmütze?"

Leonidas richtete sich langsam auf, sein Gesicht verzogen vor Schmerz. „Schon deutlich besser ..."

Doch seine Stimme verklang, als sich Traurigkeit in seine Worte mischte. „Die Beisetzung beginnt bald."

Er senkte den Blick, betrachtete die Falten der Bettdecke in seinen Händen.

Seraphine´s Stimme wurde weicher: „Abschied zu nehmen wird dir guttun."

Leonidas setzte sich auf die Bettkante. Der Schatten des kommenden Moments lag schwer auf seinen Schultern. Er blickte zu ihr auf. „Begleitest du mich?"

Sie zögerte einen Moment. Dann nickte sie. „Wenn du das möchtest ... wird es mir eine Ehre sein."

Er stand auf – langsam, als würde ihn jedes Glied erneut prüfen.

Tränen brannten in seinen Augen, als er einen Schritt auf sie zuging und sie in die Arme nahm. Fest. Dankbar. Verloren.

Doch nicht mehr allein.

Nun war der Moment gekommen.

Leonidas ging langsam durch die engen Gassen des Viertels, in dem er aufgewachsen war – an seiner Seite Seraphine. Die Dämmerung färbte den Himmel in ein sanftes Rot, während die Lichter der Stadt nach und nach zu flackern begannen. Der Wind war kühl und trug den Geruch von Erde und verblühten Blumen mit sich.

Der kleine Friedhof, verborgen zwischen alten Häusern und moosbedeckten Mauern, war voller Menschen. Viel voller, als Leonidas je erwartet hätte.

Er blieb stehen, als sich das Bild vor ihm entfaltete.

Zahlreiche Stadtbewohner hatten sich versammelt – manche in schlichter Kleidung, andere mit geflickten Jacken, rußigen Händen oder schmutzigen Schürzen. Männer, Frauen, Kinder. Viele davon hatte er schon einmal gesehen. Einige erkannte er sofort: den alten Schmied, dem seine Mutter einst ein neues Werkzeugset finanziert hatte. Die junge Bäckerin, die oft an ihre Tür geklopft hatte, um Mehl zu leihen. Den Händler mit dem verletzten Bein, dem sein Vater stets beim Tragen geholfen hatte.

Alle waren gekommen. Wegen zwei Formwandler. Zwei Lebewesen, die nie offen sie selbst sein durften. Und doch mehr gegeben hatten, als sie nahmen.

Leonidas' Brust zog sich zusammen. Es war nicht nur Schmerz – es war eine Mischung aus Trauer und Stolz.

Der Blick vieler richtete sich auf ihn, doch keiner mit Abscheu. Nur mit Mitgefühl.

Er trat näher an die beiden frischen Gräber heran. Zwei einfache Holztafeln trugen die Namen seiner Eltern. Kein Wappen, keine Herkunft, nur ihre Namen und ein einfaches Gedicht:

„Sie verbargen ihr wahres Gesicht, doch nie ihr Herz. Sie lebten im Schatten, doch spendeten Licht. Und in der Stille ihrer Güte haben sie mehr verändert als tausend Stimmen es je könnten."

–In Liebe und Dankbarkeit für jene, die gaben, auch wenn sie nichts besaßen.–

Der Priester trat vor und hob seine Stimme – ruhig, klar, durchdringend. „Heute nehmen wir Abschied von zwei Seelen, die dieser Stadt mehr gegeben haben, als viele je erfahren werden. Sie gaben, ohne zu fragen. Halfen, ohne zu urteilen. Sie lebten unter uns – verborgen, ja – aber nicht aus Scham, sondern aus Angst. Und doch haben sie trotz dieser Angst geliebt, gepflegt, geteilt."

Seine Stimme bebte leicht, als er fortfuhr: „Viele von euch stehen heute hier, weil sie euch einst geholfen haben. Mit einem Lächeln, mit einem Laib Brot, mit einer offenen Tür oder einem guten Wort. Ihre Herkunft war verborgen, doch ihre Güte war sichtbar. Und heute ehren wir nicht nur ihr Andenken – wir erkennen an, was sie wirklich waren: Teil unserer Gemeinschaft."

Ein leiser Windzug ging durch die Reihen. Einige weinten. Andere nickten stumm. Ein Kind legte eine kleine, selbst gebastelte Blume ans Grab.

Leonidas trat hervor. Er hatte nichts vorbereitet. Doch seine Stimme fand die Worte von selbst:

„Ich … wollte euch danken. Dafür, dass ihr hier seid. Meine Eltern hatten nichts. Keine Reichtümer. Keine Sicherheit. Und doch haben sie nie aufgehört, anderen zu helfen. Sie lebten in Angst – und taten Gutes. Sie hatten wenig – und gaben viel. Ich weiß nicht, ob ich je so stark sein werde wie sie. Aber ich werde es versuchen. Für sie."

Er schwieg, Tränen liefen ihm lautlos über die Wangen. Seraphine stellte sich neben ihn und legte ihm eine Hand auf die Schulter. Tolgur verneigte sich tief.

Dann, einer nach dem anderen, traten Menschen nach vorn. Legten Blumen nieder, kleine Andenken, Kerzen. Manche sprachen ein stilles Gebet. Andere ein schlichtes: „Danke."

Und als die Sonne endgültig unterging, brannten dutzende Lichter auf dem kleinen Friedhof – ein Zeichen der Erinnerung. Und des Neuanfangs.

Der Friedhof leerte sich langsam. Eine sanfte Brise fuhr durch die Bäume und ließ die Blätter leise rascheln – als wollten sie den Abschied flüstern, den Worte nicht fassen konnten. Die letzten Trauernden warfen einen letzten Blick zurück, bevor sie sich schweigend auf den Heimweg machten.

Nur zwei Gestalten blieben zurück.

Seraphine und Leonidas standen nebeneinander, den Blick gesenkt auf das hölzerne Kreuz, das sich bescheiden aus der Erde erhob. Darauf eingraviert die Worte, die ihm das Herz zusammenschnürten.

Sie standen lange schweigend da. Zwei Krieger, vereint in der Stille des Abschieds.

Dann durchbrach Seraphine die Ruhe mit sanfter Stimme: „Ich werde zurück an den Hof reisen."

Leonidas wandte sich zu ihr. Ein Schatten legte sich auf sein Gesicht. „Jetzt schon?", fragte er leise. Noch ein Abschied. Noch jemand, der geht. Noch eine Leere, die zurückbleibt.

Seraphine begegnete seinem Blick, ernst und aufrecht: „Ja. Ich muss Bericht erstatten. Die anderen erwarten mich in einer Woche."

Leonidas schluckte. „Wo ist dieser Hof? Was … was genau ist deine Aufgabe?"

Sie zögerte kurz, dann sagte sie mit fester Stimme: „Ich kann dir nicht sagen, wo er liegt. Doch ich kann dir sagen, was wir tun: Wir schützen das Reich vor jenen, die in den Schatten herrschen. Vor jenen wie Trevor. Vor Dingen, die schlimmer sind, als du es dir vorstellen kannst."

Er wandte sich ab, seine Stimme klang bitter: „Also lässt du mich jetzt auch noch allein?"

Sie trat an ihn heran, legte ihm eine Hand auf die Schulter, ging dann um ihn herum, bis sie ihm wieder direkt gegenüberstand. „Nein. Wenn du willst, komm mit mir. Ich bilde dich weiter aus. Und du wirst nie wieder allein kämpfen müssen."

Leonidas sah sie an – lange – dann schlich sich ein schwaches, aber echtes Lächeln auf seine Lippen. „Lass uns erst zurückgehen."

Doch bevor er sich abwandte, kniete er sich noch einmal nieder. Seine Finger strichen über die raue Holzoberfläche des Kreuzes. Sein Herz pochte schmerzvoll in seiner Brust, während er flüsterte: „Ich liebe euch. Ich werde euch nie vergessen."

Keine Antwort kam. Nur das sanfte Rascheln der Blätter.

Dann trat auch Seraphine einen Schritt vor und kniete sich neben ihn. Einen Moment zögerte sie, dann legte sie sacht eine Hand auf das kalte Holz. Ihre Stimme war kaum mehr als ein Hauch: „Ihr habt ihn zu dem gemacht, was er ist – mit eurer Güte, eurer Liebe. Ich danke euch dafür."

Ein letzter Blick – still, voller Achtung und Trauer. Dann richtete sie sich auf und half Leonidas auf die Beine.

Sie verließen den Friedhof Seite an Seite. Zwei Gestalten, gezeichnet vom Schmerz, aber getragen von Erinnerung.

Bis sie in ihrem Schlafgemach ankamen, war kein weiteres Wort zwischen ihnen gefallen. Die Nacht hatte Edondon längst in Dunkelheit gehüllt. Nur das matte, flackernde Leuchten der Laternen fiel durch das Fenster und legte sich wie ein Schleier auf ihre Gesichter. Schweigend begannen sie, ihre Habseligkeiten zu ordnen. Jedes gefaltete Kleidungsstück, jedes eingepackte Erinnerungsstück trug das Gewicht der vergangenen Tage – und all der Entscheidungen, die vor ihnen lagen.

Dann, fast flüsternd, durchbrach Leonidas die Stille. „Seraphine?"

Sie drehte sich langsam zu ihm um. Ihre Augen fanden seine, und sofort erkannte sie, was hinter seinem erschöpften Blick lag: Trauer. Zweifel. Angst. „Ja?", antwortete sie leise.

Er zögerte. Der Moment schien sich zu dehnen. Schließlich sprach er, Tränen in den Augen, die Stimme rau und gebrochen: „Ich werde nicht mit dir kommen ... Ich ... ich habe hier noch etwas zu erledigen." Seine Hand wanderte an die Stirn – zu dem Ort, an dem die Spur des Rauchs in ihm lebte, als würde allein das Berühren ihm Klarheit geben.

Seraphine schwieg. Für einen langen Augenblick. Sie schluckte, rang mit der Fassung – nicht, weil sie es nicht geahnt hätte, sondern weil es nun wahr wurde. Dann nickte sie. „Dann heißt es wohl ... Abschied nehmen."

Sie trat einen Schritt auf ihn zu, schloss ihn in ihre Arme, und er erwiderte die Umarmung sofort – fest, fast verzweifelt. Es war kein gewöhnlicher Abschied. Es war der Abschied zweier Seelen, die gemeinsam durch das Feuer gegangen waren. Und die wussten, dass sie einander verändert hatten. Für immer.

Als sie sich voneinander lösten, sah Leonidas sie an. „Kann ich ... die Klinge von Sir Dain haben?"

Überrascht hob sie die Augenbrauen. „Was willst du mit ihr?"

Er lächelte schwach, während er sich die Tränen von den Wangen wischte. „Ich weiß es nicht. Noch nicht. Aber es fühlt sich richtig an."

Sie zögerte kurz, dann griff sie in ihre Tasche, holte die zerbrochene Klinge hervor und hielt sie ihm hin. „Dann nimm sie. Ich werde sagen, sie sei verloren gegangen." Ein leichtes Zwinkern schlich sich auf ihr Gesicht – ein letztes gemeinsames Geheimnis.

Leonidas nahm die Klinge, befestigte sie neben seinem Rapier und betrachtete sich mit einem schiefen Lächeln. „Steht mir doch ganz gut, oder?"

Sie lachte – warm und ehrlich. „Besser als sie mir je stand."

Er trat zur Tür, seine Hand lag zögernd auf der Klinke. „Vielleicht ... sehen wir uns wieder."

Seraphine trat näher. Ihre Stimme war ruhig, aber voller Gefühl. „Vielleicht. Und falls du jemals bereit bist ... wirst du wissen, wo du mich findest."

Er hielt kurz inne, sein Blick verweilte auf ihr, als wollte er sich jedes Detail einprägen. Dann lächelte er – traurig, aber voller Hoffnung – und trat hinaus in die Stille der Nacht.

Im Pferdestall wartete Bella bereits auf ihn. Die vertraute Stute hob den Kopf, als sie ihn sah, und stupste ihn sanft an, als wollte sie sagen: Du bist nicht allein.

„Na du, altes Mädchen ...", murmelte er und legte die Stirn gegen ihren Hals. „Es ist Zeit, nach Hause zu kehren."

Er löste sie aus dem Geschirr, führte sie durch die dunklen Stallgassen zum großen Tor des Schlosses. Dort kniete sich Bella nieder, wie sie es so oft getan hatte, und Leonidas stieg vorsichtig auf. Jeder Muskel schmerzte, jeder Atemzug erinnerte ihn an das, was war – und an das, was noch kommen würde.

Hinter ihm lag die Stadt. Stumm. Friedlich. Voller Erinnerungen.

Vor ihm – Dunkelheit. Aber irgendwo da draußen, jenseits der Straßen, lag seine nächste Wahrheit. Vielleicht würde er sie wiedersehen. Vielleicht würde er zurückkehren. Aber nicht heute.

Heute ritt er weiter.

Kapitel 34

Der Weg kam ihm kürzer vor als noch vor wenigen Tagen. Vielleicht war es die Müdigkeit, vielleicht auch die Sehnsucht, endlich wieder an einem vertrauten Ort anzukommen – oder schlicht das Wissen, was ihn am Ende dieses Pfades erwarten würde. Die Dunkelheit begleitete ihn wie ein alter Freund, sanft und still, nur ab und an durchbrochen vom Ruf einer Eule oder dem entfernten Rascheln in den Büschen. Bella trottete in ruhigem Gleichmaß neben ihm her, ihre Schritte schwer, aber stetig – als spürte auch sie, dass dies mehr war als nur das Ende eines Weges . Es war eine Heimkehr.

Als sich der Weg aus dem letzten dichten Gehölz öffnete, sah er den Hügel vor sich aufragen – still und vertraut. Dort oben, unter diesem Himmel, hatte alles begonnen. Erst jetzt wurde ihm bewusst, wie viel Zeit in so wenigen Tagen vergangen war. Nicht auf der Uhr, sondern in ihm. Er war nicht mehr der gleiche Mann, der hier einst gestanden hatte, mit nichts als Fragen im Herzen.

Er blieb stehen, ließ den Blick über das Land schweifen, das sich ihm in der Dunkelheit offenbarte wie ein Gemälde aus Schatten und Licht. Unterhalb flackerte das Licht der Taverne. Die alte Schänke wirkte winzig von hier oben, und dennoch zog sie eine fast magische Wärme aus, wie ein leiser Ruf zurück in die Normalität. Doch er spürte, dass er diesen Ort heute nicht betreten würde. Nicht mit all dem, was er nun wusste. Nicht mit der Geschichte, die sich wie ein zweites Herz in ihm gebildet hatte.

Stattdessen wandte er sich gemeinsam mit Bella dem Stall zu, der etwas abseits in der Dunkelheit lag. Die Tür quietschte leise, als er sie öffnete – ein vertrautes

Geräusch, das fast so klang, als würde das alte Gebäude ihn willkommen heißen. Drinnen war es still. Kein Wiehern, kein Atmen anderer Tiere. Nur leere Boxen und der Duft von Heu und Holz, der in der Luft hing wie eine Erinnerung.

Langsam führte er Bella hinein. Sie folgte ihm ohne Zögern, als wüsste sie, dass ihr Weg hier endete. Er geleitete sie zu ihrer Box – der alten, linken am Fenster –, öffnete die Tür und ließ sie hineintreten. Ihre Hufe klangen dumpf auf dem Boden, ein Geräusch, das ihm das Herz ein wenig schwerer machte. Als sie stand, streute er frisches Heu in ihren Futterkorb, beobachtete sie dabei, wie sie sich sogleich darüber beugte und zu fressen begann. Alles an ihr wirkte ruhig. Angekommen.

Er trat zu ihr, legte die Hand auf ihre breite Stirn, spürte die Wärme ihres Körpers, das gleichmäßige Heben und Senken ihres Atems. Seine Stimme war kaum mehr als ein Flüstern: „Danke, meine Liebe ... du bist jetzt zu Hause."

Sie hob kurz den Kopf, schnaubte leise, fast als hätte sie ihn verstanden. Ihre Augen ruhten einen Moment lang in seinen, und er glaubte, einen Funken von Stolz darin zu erkennen – oder war es sein eigener Wunsch, diesen Funken zu sehen?

Er verweilte noch ein paar Minuten, sagte nichts mehr, bewegte sich kaum, als könnte er die Zeit damit anhalten. Dann trat er zurück, zog die Tür der Box leise zu und schlich sich hinaus aus dem Stall, als wolle er ihre Ruhe nicht stören.

Am Tor blieb er stehen.

Etwas in ihm drängte ihn, sich noch einmal umzudrehen. Und er tat es. Da stand sie, mit gesenktem Kopf, blickte ihm nach – oder vielleicht darüber hinweg, in etwas, das er nicht sehen konnte. Dann schüttelte sie den Kopf, als würde sie sich von ihm verabschieden. Etwas so Sanftes und Menschliches lag in dieser Geste, dass es ihm für einen Moment die Kehle zuschnürte.

Er lächelte schwach. Flüsterte: „Lebe wohl, meine treue Freundin."

Dann trat er zurück, atmete tief durch. Die kühle Nachtluft strich über sein Gesicht. Er ließ die Schultern kreisen, schloss die Augen. In ihm regte sich etwas – ein Flimmern, ein Ziehen, ein vertrautes Kribbeln, das aus seinem Innersten kam. Er konzentrierte sich, ließ es zu.

Sein Körper begann, sich zu wandeln.

Die Finger wurden zu Federn, schmal und fein, dann wichen auch die Arme und Beine, wurden zu Flügeln und zierlichen Krallen. Sein Gesicht veränderte sich, wurde spitzer, kleiner, bis schließlich ein Schnabel entstand. Die Verwandlung dauerte nur Sekunden, doch sie fühlte sich wie eine stille Ewigkeit an.

Als der Spatz sich erhob, zitterte kurz der Wind, als hätte er gewusst, dass nun jemand Neues durch die Lüfte schwebte. Er stieß sich vom Boden ab – ein einzelner Schlag mit den Flügeln, kraftvoll und zugleich zärtlich – und erhob sich in die Dunkelheit.

Unter ihm lag die Welt still. Die Hügel, die Felder, der Wald, die Taverne mit dem flackernden Licht. Der Stall, in dem Bella stand.

Und über ihm – die unendliche Weite des klaren Nachthimmels. Kein Wind, kein Laut. Nur der Rhythmus seiner Flügel und das Pochen seines Herzens.

Nun gab es nur noch einen Ort, den er aufsuchen wollte. Einen letzten, bevor der Dämon in seinem Inneren ihn weitertrieb – weiter ins nächste Abenteuer, weiter in das nächste Ungewisse. Doch für heute war genug. Der Tag war lang gewesen, der Abschied schwer, die Reise erschöpfend.

Der Mond stand bereits hoch über der Welt, silbern wie eine stumme Uhr, und warf sein kühles Licht auf den Weg, den Leonidas soeben entlangflog. Seine kleinen Flügel rauschten leise im nächtlichen Wind, während er Ausschau hielt nach einem geeigneten Platz zum Rasten.

Ein schlichter Baum am Wegesrand – knorrig, alt und voller Ritzen und Geschichten – zog seine Aufmerksamkeit auf sich. Mit einem leichten Schwung landete er auf einem der höheren Äste. Der Stamm fühlte sich vertraut an, das Blätterdach schützend. Er kuschelte sich in eine kleine, natürliche Mulde, dort, wo der Ast in den Stamm überging. Hier war er sicher. Hier durfte er atmen.

Mit geschlossenen Augen und warmen Federn ließ er sich fallen – nicht in den Tod, nicht in das Abenteuer – sondern in den Schlaf.

Es war ein tiefer Schlaf. Traumlos oder zumindest ohne Erinnerungen. Kein Bild, kein Wort, kein Lächeln huschte durch seinen Geist. Es war ein reiner, stiller Schlaf. Einer, der nicht fragte, wohin der Weg ihn führen würde. Einer, der nichts von ihm verlangte. Nur Ruhe.

Die Sonne stand bereits hoch am Himmel, als er vom rhythmischen Stampfen von Hufen geweckt wurde. Stimmen – lebhaft, durcheinander, neugierig – klangen zu ihm herauf. Er blinzelte. Unten auf dem Weg zog eine kleine Reisegruppe vorbei. Verschiedenste Wesen bewegten sich gemeinsam, als hätte das Schicksal sie zusammengewürfelt. Ein schlanker Elf mit schimmerndem Haar sprach aufgeregt mit einem Tiefling, dessen Hörner im Sonnenlicht glänzten. Ihre Worte trugen Fetzen von Geschichten, die nach Mut, Gefahr und Sieg klangen. Ein Abenteuer lag hinter ihnen – oder hatte gerade erst begonnen.

Leonidas beobachtete sie einen Moment lang. Ihre Stimmen wurden leiser, verschwanden schließlich im Wind. Er wusste, dass seine Zeit des Beobachtens vorbei war. Es wartete noch etwas auf ihn. Etwas, das ihn rief.

Er spreizte die Flügel, hob sich vom Ast in die Luft und flog weiter – höher, freier, mit dem ersten Anflug neuer Kraft in der Brust. Die Strecke war weit, und so gönnte er sich eine Rast.

An einem Flussufer, wo die Steine von der Sonne aufgewärmt worden waren, landete er behutsam. Dort, genau an jener Stelle, an der er einst seine erste Nacht mit Sir Dain und Seraphine verbracht hatte. Das Wasser gluckerte ruhig über die Kiesel, als wolle es ihm Geschichten erzählen, die er längst kannte.

Er verwandelte sich zurück, ließ den Spatzen hinter sich und setzte sich auf einen flachen Stein, der halb im Schatten eines Baumes lag. Aus seiner Tasche zog er ein paar der letzten Essensreste, die er sich noch im Schloss eingepackt hatte – hartes Brot, etwas getrocknetes Fleisch, ein Stück Apfel. Er aß schweigend, beobachtete das Lichtspiel auf dem Wasser. Für einen Moment fühlte er sich wieder wie ein Kind, das einem längst verstorbenen Traum nachhing.

Als er sich unbeobachtet fühlte, stand er auf. Ein letzter Blick zum Wasser, dann formte sich sein Körper wieder – Federn, Flügel, Schnabel. Ein Spatz stieg in den Himmel.

Der Wind war milder geworden, die Luft klar. Die Reise führte ihn nun dorthin, wo das Unbekannte flüsterte. Dorthin, wo die Geschichten alt waren, und die Bäume sprachen.

Zum Wald der Baumgeister.

Hoch oben kreiste er in der klaren Luft, getragen vom Wind, der still und wachsam über das Land strich. Unter ihm erstreckte sich der gewaltige Wald wie ein schlafender Riese – endlos, dunkelgrün, uralt. Die Baumkronen rauschten leise wie Stimmen in weiter Ferne. Leonidas ließ seinen Blick über die Weiten schweifen und suchte. Wonach genau wusste er selbst nicht.

War es ein Ort? Eine Antwort? Ein Gefühl?

Dann geschah es.

Wie aus heiterem Himmel brachen die Wolken über ihm plötzlich auf, als ob sie sich ehrfürchtig zur Seite schoben. Ein einzelner Sonnenstrahl durchbrach die graue Decke und fiel wie ein göttlicher Finger auf eine kleine Lichtung tief im Herzen des Waldes. Der Strahl tanzte auf Moos und Blattwerk, tauchte den Flecken Erde in goldenen Glanz – als hätte jemand ein Versprechen dort hinterlassen.

Er wusste sofort: Dort.

Mit einem leichten Flügelschlag glitt er hinab, wie von unsichtbarer Hand geleitet. Die Bäume wichen zurück, gaben ihm Platz. Die Lichtung war rund, fast vollkommen – ein geschützter Ort, umgeben von wildem Grün, von Blättern, die im leisen Wind flüsterten. In ihrer Mitte ragte ein Baum auf, gewaltig und wunderschön. Höher als alle anderen, mit einer Krone, die wie ein Dach aus Licht und Schatten über dem Ort thronte. Seine Rinde war silbergrau, von Zeit gezeichnet, von Würde durchdrungen. Es war kein gewöhnlicher Baum.

Leonidas landete lautlos neben ihm. Einen Moment lang rührte er sich nicht – er sog den Duft der Erde ein, das Rascheln der Blätter, das Flüstern in der Luft. Und dann spürte er es: Die Bäume sprachen.

Nicht in Worten, nicht in Sätzen. Es war ein Gefühl. Ein Wispern an den Rändern seines Geistes. Ein Willkommen. Ein stilles Wissen.

Er atmete tief ein – und ließ los.

Langsam verließ er die Gestalt des kleinen Vogels. Doch nicht in die von Leonidas, nicht dem Sohn zweier Formwandler. Nicht in die des Kämpfers, des Schülers, des Flüchtenden. Zum ersten Mal seit Langem nahm er die Gestalt an, die tief in seinem Herzen lebte – sein wahres Selbst.

Ein Formwandler. Nicht verborgen, nicht beschämt. Einfach nur er.

Er griff an seinen Gürtel und löste die zerbrochene Klinge von Sir Dain. Das Metall war stumpf geworden, rau, gezeichnet von den Kämpfen, die sie überstanden hatten. Doch noch immer lag eine Würde in ihr – eine Geschichte, eingraviert in jedem Kratzer. Mit den Fingerspitzen fuhr er sanft über die einst kunstvolle Gravur, jetzt kaum mehr zu erkennen.

„Jedes Leben ist es wert, in Würde zu sterben", murmelte er leise. Die Worte kamen wie ein Gebet über seine Lippen – oder ein Schwur.

Mit einer letzten Bewegung hob er das zerbrochene Schwert über sich. Dann stieß er es mit aller Kraft in die weiche Erde direkt vor dem alten Baum. Der Aufprall hallte leise nach, fast ehrfürchtig.

Ein Denkmal. Kein Grab. Ein Zeichen.

Er sank auf die Knie, spürte das kühle Gras unter sich, den sanften Druck der Erde, die alles Leben trägt. Den Blick gen Himmel gerichtet, sprach er: „Ich hoffe, mein Freund ... du hast deinen Frieden gefunden."

Und dann schwieg er. Die Welt hielt den Atem an.

Die Zeit verlor ihren Sinn. Stunden mochten vergehen, vielleicht auch nur Minuten – doch der Wald blieb still, wie ein Zuhörer, der nicht zu stören wagte. Kein Tier regte sich, kein Laut zerriss die Stille. Nur das stetige, beruhigende Rauschen der Blätter, wie das leise Atmen der Erde selbst.

Leonidas setzte sich, kreuzte die Beine neben der Klinge. Er legte die Hände in den Schoß, schloss für einen Moment die Augen – und begann dann zu erzählen.

Nicht laut. Nicht für jemanden. Sondern einfach so.

Von allem.

Vom ersten Tag in Edondon. Von seinen Eltern. Von dem Mord, der alles veränderte. Von Seraphine. Von Dain. Von Trevor. Von Verlust, von Wut, von Hoffnung. Von den Schatten, die ihn begleiteten. Von den kleinen Lichtern, die ihn weitergehen ließen. Von Freundschaft. Von Schuld. Von Mut.

Er sprach und sprach, als ob der Wald selbst sein Herz aufnahm, seine Erinnerungen bewahrte, damit sie nicht verloren gingen. Vielleicht sprach er zu den Geistern. Vielleicht zu den Bäumen. Vielleicht zu sich selbst.

Irgendwann wurden seine Worte leiser. Dann verstummten sie ganz.

Er streckte sich langsam auf der weichen Wiese aus. Die Arme hinter dem Kopf verschränkt, den Blick in den Himmel gerichtet. Er sah, wie das Licht zwischen den Zweigen tanzte, sah einen Vogel hoch oben kreisen, frei und ungebunden.

Ein Lächeln spielte um seine Lippen.

Er wusste nur: Etwas in ihm war leichter geworden.

Dann schloss er die Augen – und schlief ein.

„Du glaubst, du hättest viel gesehen? Nein … das war nur der erste Schatten."

Danksagung

Zum Abschluss möchte ich mich von Herzen bei einigen besonderen Personen bedanken. Ein großer Dank geht an Christoph, unseren Spielleiter, der mit seiner kreativen Vision eine faszinierende Welt erschaffen hat, die es mir ermöglichte, diese Geschichte zum Leben zu erwecken.

Ebenso danke ich Eddie, Zorr und Tiverin, die Leonidas auf seinen künftigen Abenteuern treu begleiten werden – ohne eure Unterstützung wäre diese Reise nicht dasselbe gewesen.

Ein besonderer Dank gilt meiner Freundin, die mich nicht nur durch den gesamten Schreibprozess begleitet hat, sondern auch mit Geduld und Verständnis dafür sorgte, dass ich mich in der Welt von Leonidas verlieren konnte.

Und natürlich danke ich meinem **Supportteam** – all denen, die mir den Rücken gestärkt und an mich geglaubt haben.